Autodidacte, ***René Barral*** *a su retenir de l'enseignement de ses professeurs d'antan la curiosité et la soif d'apprendre. Une fois retraité, il étudie les lettres à l'université et décide de prendre sa plume pour dépeindre avec amour et verve les Cévennes. Souvent récompensé, il a conquis un lectorat fidèle grâce à ses histoires généreuses, accessibles à un large public. Il est l'auteur de douze romans, tous publiés aux éditions De Borée.*

LE BONHEUR DE LUCIA

Du même auteur

Aux éditions De Borée

L'Enfant secret de la Borie
L'Été des enfants rois
La Colère des Drailles, premier prix du roman du Scribe d'Opale 2010
La Lettre à Émilie
La Terre de Pauline
Le Miracle de Combesèque
Le Mystère de la Verdière
Les Soleils de l'hiver, prix de l'Académie de Provence 2007
Ombres et lumières de Costebelle
Un été cévenol, prix Charles Gide 2001

TERRE DE POCHE
45, rue du Clos-Four – 63056 Clermont-Ferrand cedex 2

René Barral

Le Bonheur de Lucia

de Borée
TERRE DE POCHE

À trois soleils, Léa, Kévin, Sarah.
À mon épouse, Anne-Marie.
À la mémoire de mon père, mineur,
gravement blessé lors d'un éboulement
à la mine des Malines.

Le bonheur est la plus grande des conquêtes,
celle qu'on fait contre le destin qui nous est imposé.

Albert CAMUS,
Lettre à un ami allemand.

I

Domaine de Grand-Puy, septembre 1950

Roger Paillès tira sur les guides et arrêta le cabriolet sur une hauteur qui dominait la vigne du Puech, la plus importante du domaine de Grand-Puy. De son promontoire, le régisseur pouvait observer à loisir la *colle*[1] qui s'activait dans les rangées de ceps et il hocha la tête d'un air satisfait. Dans moins d'une heure, les vendanges seraient terminées et on pourrait faire la fête qui se préparait déjà au mas. Il s'avança un peu pour libérer le chemin, la charrette arrivait, allant charger un voyage de comportes pleines de grappes gorgées de jus. Avec un peu de chance, elle serait de retour à la cave avant que l'orage n'éclate. Il ne resterait plus, alors, aux charretiers qu'à revenir chercher la fin de la récolte. Peu importe, maintenant, si la pluie tombait ; il avait tant craint une catastrophe, en ce dernier jour !

1. *Terme régional des Cévennes désignant l'ensemble des vendangeurs : coupeurs de raisins, videurs de seaux, « porteurs » de comportes.*

Le régisseur fit avancer le cheval et leva la tête. Depuis l'aube, des brumes de plus en plus épaisses mêlées de crachin étaient venues du sud, recouvrant peu à peu le pays tout entier, le retranchant du monde dans une chaleur lourde, suffocante. Puis le ciel s'était dégagé sous l'effet de brusques rafales d'un vent violent, laissant filtrer une lumière glauque, presque jaune ; mais maintenant de gros nuages gonflés comme des outres pleines menaçaient de crever à tout instant.

« Pas sûr que l'orage nous laisse encore une heure pour terminer », songea le régisseur en claquant la langue pour faire avancer le cheval qui obéit, docile.

Il soupira. Ces premières vendanges en tant que régisseur de Grand-Puy n'avaient pas été faciles à organiser. Il y avait déjà cinq ans que la guerre était terminée et, en cette année 1950, l'activité repartait partout, aussi devenait-il difficile de trouver de la main-d'œuvre occasionnelle pour un travail pénible et relativement mal payé.

Il avait quand même réussi à recruter, pour le compte de Louis Massebiau, le maître du domaine, un groupe disparate de femmes, quelques jeunes garçons et filles de la ville voisine ainsi que des Espagnols établis dans le pays après avoir fui le régime de Franco, avant la guerre. Les domestiques avaient fini de renforcer cette équipe et, ma foi, il pouvait se sentir satisfait du résultat. Bien sûr, il y avait eu des tiraillements quand il avait imposé de travailler une heure et demie de plus les jours précédents. Le temps menaçait et il fallait accélérer pour mettre le plus vite possible la récolte à l'abri. Mais après la promesse d'une petite prime obtenue auprès du maître, les choses étaient rapidement rentrées dans l'ordre.

En passant devant les charretiers, il leur demanda de faire fissa et se présenta au bout des dernières rangées de ceps, là où se trouvait la colle en train de terminer. Il descendit du coupé, prit le sac où il avait entassé deux bouteilles de vin, de l'eau et du sirop, puis il s'avança vers les vendangeurs, indifférent au fait d'être observé, sachant que ses visites n'étaient jamais appréciées.

Le régisseur était un homme d'une trentaine d'années, grand, sec, les traits anguleux, la casquette perpétuellement vissée sur l'oreille. Il cachait ses rares sourires et la proéminence de sa denture par une moustache à la gauloise et le regard de ses petits yeux noirs, perçants comme des vrilles, n'attirait guère la sympathie. Cè célibataire à qui on ne connaissait aucune liaison n'était pas dupe du sentiment qu'il inspirait, mais aujourd'hui il était content que la vendange se termine en ayant évité les intempéries et il avait pensé que ce serait une bonne chose d'amener à boire à tout le monde pour marquer la fin de la campagne.

— Hé, té, le pisse-vinaigre, l'emmerdeur, ironisa Marcelle, une femme d'une cinquantaine d'années qui n'avait pas sa langue dans sa poche.

— Un faux-cul ! laissa tomber un porteur en se tournant pour cracher à terre. Chien qui se couche devant son maître, chien de garde teigneux avec les domestiques.

Tous regardaient à la dérobée l'homme qui venait vers eux et ne cessait, depuis le début des vendanges, de faire la navette entre la cave et les vignes, harcelant les uns et les autres au moindre relâchement quand on prenait simplement le temps, les mains sur les hanches, de redresser des reins douloureux ou pour houspiller une « coupeuse » qui avait trois ou quatre souches de retard sur ses voisins. Mais en cette fin d'après-midi, le régisseur se mêla aux vendangeurs et se laissa aller à plaisanter, faussement bonhomme, interrogeant familièrement les uns et les autres, presque disert. Et il souriait, ce qui constituait en soi une sorte d'événement. Il faut dire qu'au premier coup d'œil il avait constaté qu'il ne restait plus que quelques souches pour en finir, on pouvait enfin se détendre.

Il s'avança au bout de la rangée, renversa une comporte vide pour s'en servir de table sur laquelle il disposa les bouteilles et les gobelets qu'il avait amenés, puis il apostropha les vendangeurs :

— Holà ! vous autres, venez un peu ici. Il y a à boire pour tout le monde. La récolte a été bonne, ça s'arrose.

Ils se redressèrent lentement, un peu incrédules.

— Té, pardi, grommela un Espagnol à la face toute ridée. Cé con y nous a pressé coume des citrons, et maintenant qu'il a ou cé qu'il voulait, y fait lo gentill.

Marcelle, qui se trouvait à côté de lui, eut une grimace significative et renchérit :

— J'aimerais pas être domestique à Grand-Puy…

En fait, chacun s'approchait sans hâte de la table improvisée et personne n'avait vraiment envie de sourire. Le régisseur avait beau afficher un air affable, chacun se souvenait des remarques désagréables qu'il avait dû supporter durant ces vingt jours de campagne. Quelquefois, il s'était même montré odieux, rabrouant méchamment les uns et les autres, surtout les jeunes, filles ou garçons. Il était bien temps d'être aimable ! Personne, d'ailleurs, n'était heureux d'avoir à participer à cette fête de fin des vendanges prévue à Grand-Puy. Mais il fallait bien en passer par là pour récupérer les enveloppes de la paye que le maître avait préparées, un salaire durement gagné suivant un barème bien établi.

Lucia, elle, n'attendait pas grand-chose. Elle savait qu'elle devrait se contenter d'une petite prime ajoutée au maigre pécule qu'accordait, de mauvaise grâce, Louis Massebiau à ceux qui, orphelins, avaient été « placés », très jeunes, au domaine. Comme Alain, un garçon de quatorze ans qui coupait les raisins avec elle et aussi Martin, plus âgé, qui était charretier. Des gages de misère qui ne permettaient même pas d'économiser pour l'avenir, lorsqu'elle serait enfin majeure. Elle soupira. Encore trois ans à ronger son frein.

Paillès l'interpella :

— Eh bien, Lucia, tu ne t'approches pas ? Un peu de vin ?

Perdue dans ses pensées, la jeune femme se tenait à l'écart. Elle s'avança.

— Non, monsieur, juste de l'eau, s'il vous plaît.

Lucia se méfiait de ce régisseur, de ses manières brutales, de ses regards équivoques qu'elle surprenait, parfois, et qui la mettaient en garde. Elle préférait de loin le précédent, M. Joseph, que Louis Massebiau avait congédié alors qu'il venait à peine de succéder à son père, Anthelme, au prétexte qu'il était complaisant avec les domestiques et qu'il agissait trop à sa guise en ce qui concernait la conduite du domaine. Pourtant, Joseph se montrait exigeant et compétent, mais il était humain et respectueux, ce qui n'était pas le cas de Paillès. Celui-ci se faisait craindre de tout le personnel de Grand-Puy qui le fuyait, sachant qu'il s'emportait facilement.

Toutefois, Lucia ne courbait pas l'échine. Lorsqu'il arrivait à Paillès de la rabrouer devant les autres, la plupart du temps pour le simple plaisir d'affirmer son autorité, elle plantait son regard dans celui du régisseur qui braillait de plus belle. Mais elle ne baissait pas la tête. Jamais. Cela faisait déjà six ans qu'elle avait été placée à Grand-Puy et la vie de misère, de bouleversements qui était la sienne depuis sa naissance lui avait au moins appris à se défendre. Ainsi, par fierté, et pour le tenir à distance, lui donnait-elle à tout bout de champ du « monsieur », poli, mais réservé, sachant que cela l'agaçait. Pourtant, depuis quelque temps, il se montrait plus aimable avec elle, aussi redoublait-elle de prudence.

Elle prit le verre qu'il lui tendait, souriant.

— Eh bien, Lucia, pas trop fatiguée ? demanda-t-il. C'est dur les vendanges…

— Oh ! Monsieur, j'ai commencé toute petite, j'ai l'habitude…

Il eut une moue navrée, comme s'il la plaignait.

— Je sais, tu n'as pas eu de chance, mais ça pourrait changer, il faut toujours espérer…

— Ah ?

Les premières gouttes de pluie interrompirent leur conversation. Tous se précipitèrent pour terminer au plus vite. En retournant à son travail, Lucia s'inquiétait, perplexe, méditant les paroles sibyllines que venait de prononcer Paillès : « Qu'est-ce qui pourrait bien changer dans ma vie d'infortune ? » songeait-elle. Elle s'attaqua à la première souche en songeant qu'elle devrait faire preuve de vigilance.

Ce n'avait été qu'une brève ondée, mais les vendangeurs se hâtaient de finir la dernière rangée. Paillès observait surtout Lucia en se lissant la moustache, pensif. De temps en temps, un coupeur criait : « Au seau ! » et un homme se précipitait pour aller vider dans une comporte le récipient plein de raisins. Lucia était vive et se débrouillait seule. Lorsqu'elle se relevait pour soulever sa charge, elle tendait les bras vers le haut et le geste qu'elle faisait cambrait ses reins et son buste, élançait sa fine silhouette tandis que se découvraient, au bas de sa jupe, ses mollets bien galbés et, parfois, jusqu'à la naissance des cuisses, au-dessus du genou. Paillès la trouvait ravissante.

Le travail se terminait. Il rangea les bouteilles vides et les gobelets dans son sac et rejoignit les vendangeurs à grandes enjambées. Au passage, il s'arrêta à la hauteur de la jeune femme.

— Je te ramène, dit-il. Tu aideras Marthe qui a fort à faire pour préparer la fête que M. Massebiau désire offrir à toute l'équipe.

Lucia se releva, indécise, observant Paillès d'un air interrogatif. Celui-ci était déjà assis, guides en main.

— Allons, insista-t-il, pressons-nous avant que n'éclate l'orage.

Confuse, Lucia rougit violemment, tant elle avait honte de quitter ainsi la *colle* en compagnie du régisseur alors que tous les regards étaient fixés sur elle, sachant que les autres devraient rejoindre le mas à pied. Elle finit par obéir, tête baissée pour cacher son embarras. Comment refuser un ordre ?

Paillès conduisait l'attelage d'une allure tranquille tandis que Lucia se tenait à son côté, les mains posées sur ses genoux, inquiète de voir qu'il avait négligé la route menant à Grand-Puy pour emprunter un chemin charretier, sinueux et cahotant, qui traversait un bois de chênes longeant une vigne déjà vendangée.

— Pourquoi passer par ici ? avait-elle demandé.

— C'est plus court, s'était-il contenté de répondre.

— Et si l'orage éclate ?

Il avait ri.

— Bah, nous ne risquons rien. La pluie s'est calmée.

Le régisseur observa Lucia à la dérobée, devinant son angoisse. Pour faire diversion, il lui parla de la Lozère, un pays montagneux et pauvre, au climat rude, où il était né et qu'il avait fui, jeune, pour se placer dans un domaine viticole du côté de Béziers, où tout le monde le malmenait.

— J'en ai bavé, tu peux me croire. Et puis, en grandissant, j'ai changé plusieurs fois d'exploitation agricole pour bien connaître mon métier et j'ai fini par décrocher ce poste de régisseur auprès de M. Louis Massebiau qui voulait modifier les méthodes de gouvernance de son père, Anthelme.

Il lança un coup d'œil à Lucia et se rengorgea :

— Je suis enfin parvenu à obtenir un emploi digne de moi et maintenant j'ai une bonne situation qui me permet de bien gagner ma vie…

Il soupira.

— Régisseur, c'est difficile, confia-t-il d'une voix navrée, surtout dans un pays comme celui-là. Les gens vous considèrent comme un gendarme, mais maintenant, après les mauvaises récoltes de la guerre faute de traitements efficaces contre le mildiou et l'oïdium, il faut bien que les domaines tournent à nouveau correctement et que les comptes soient faits, n'est-ce pas ?

Il parla des Massebiau, du sort qui semblait s'acharner sur cette puissante famille avec la mort du père, Anthelme, l'année précédente, à quoi avait succédé l'attaque cérébrale de son épouse, Élisabeth, qui l'avait laissée très diminuée, l'obligeant à se déplacer en fauteuil roulant.

Lucia l'écoutait, l'esprit ailleurs. Elle connaissait tout cela et songeait à sa propre vie de dénuement ainsi qu'à celle de Marie et de Martin, eux aussi enfants de l'Assistance publique, taillables et corvéables à merci, surtout depuis que Louis Massebiau avait pris la gouvernance du domaine et embauché Paillès.

— Monsieur, vous aviez vraiment besoin que je vous accompagne pour revenir au mas ? demanda-t-elle à brûle-pourpoint. Je suis certaine que Marthe a tout préparé depuis longtemps.

Elle trouvait déjà très étrange et suspect le choix qu'il avait fait en empruntant ce chemin malaisé sinuant au milieu d'un bois alors que l'orage risquait d'éclater d'un moment à l'autre. Et cette manière de la mettre dans ses confidences, elle qui faisait partie de la valetaille du plus bas étage, ne pouvait qu'accentuer ses craintes.

Il sourit.

— Je t'observe depuis un moment, répondit-il. Tu as du caractère, tu es vive, et voilà plus de six ans que tu as été placée ici, sans grand espoir d'un avenir meilleur. Alors je me suis dit que tu accepterais peut-être une proposition. Tu pourrais sortir de ton état de simple domestique, une fois cuisinière, une autre vendangeuse, à aider aux foins ou encore ramasseuse de sarments, l'hiver, quand ce n'est pas aller faire la lessive au lavoir et que les mains sont crevassées, à force de les plonger dans l'eau glacée. Je sais de quoi je parle, j'ai débuté comme toi…

Il s'interrompit pour allumer une cigarette, lui jeta un coup d'œil aigu.

— Ce serait moins pénible pour toi, tu ne penses pas ? demanda-t-il.

Sa voix s'était faite charmeuse, insinuant on ne sait quelles possibilités, quelles promesses. Lucia soutenait le regard du régisseur dégoulinant de bons sentiments qui quémandait une réponse. Elle se tenait sur ses gardes, songeant qu'elle devait se montrer prudente car Grand-Puy était encore assez loin. Il lui fallait gagner du temps, en essayant de ne pas vexer le régisseur. Elle l'observa à la dérobée. Avec sa casquette de travers, ses yeux de chien triste mouillés par la fumée de la cigarette qui restait fichée au coin de ses lèvres, son visage creux et sa moustache ridicule, il n'avait, à ce moment, plus tout à fait la tête de son emploi.

— Je ne sais pas, monsieur… C'est difficile… Ce serait pour quel genre de travail ?

Le cabriolet s'engageait dans un endroit particulièrement sombre, augmentant l'impression de chape qui menaçait, sous le ciel bas. Lucia était tendue à l'extrême. Paillès semblait réfléchir.

— Le domaine est vaste et je suis très occupé, expliqua-t-il. Entre les vignes, les champs à ensemencer et à faucher, le troupeau de moutons, les journaliers qui font du charbon de bois dans les environs, je ne manque pas de besogne. Sans parler du vin, dont je dois négocier la vente et bien d'autres choses encore. Je ne suis pas payé pour rien et M. Louis est exigeant, tu t'en doutes. Il me faudrait quelqu'un pour m'aider.

Lucia eut un sourire crispé. Elle s'écria :

— Mais comment, monsieur ? Je ne suis qu'une simple domestique et je ne connais rien à vos affaires…

— Eh bien, relança-t-il, il s'agirait d'une assistance beaucoup plus générale. Tu n'ignores pas que le maître a mis une dépendance à ma disposition. Et une maison, pour un homme seul, c'est difficile à tenir…

Lucia cessa de sourire. Elle s'affolait, ne sachant que dire.

— Oh, monsieur ! Je préfère rester au domaine avec tout le monde… balbutia-t-elle. D'ailleurs, M. Massebiau ne voudrait pas se séparer de moi et il n'y a que lui qui puisse décider…

Il y eut un silence. Paillès se préparait à répondre quand l'air parut soudain se figer tandis qu'un éclair gigantesque zébrait le ciel qui s'était obscurci et que le tonnerre se mettait à gronder violemment, couvrant tout le pays de ses roulements effrayants. Alors, la pluie tomba, verticale, drue, lourde, rageuse, épaisse comme un bloc.

— Hue ! cria Paillès en agitant les brides.

D'un geste, il avait remonté la capote tandis que le cheval, nerveux, accélérait l'allure. Ils n'allèrent pas loin. Sur le bord du chemin, un énorme rocher faisait voûte où ils furent à l'abri. Affolée par l'orage qui les retenait prisonniers en ce lieu isolé et cette intimité nouvelle que créait la bâche relevée, Lucia frissonnait et se tenait, raide, dans son coin, les bras repliés contre sa poitrine sans oser regarder le régisseur. Quant à celui-ci, la tempête ne l'avait pas détourné de son idée.

— Massebiau ? J'en fais mon affaire, assura-t-il. Il me donnera son accord. Alors, tu as réfléchi ?

Et comme elle restait silencieuse, il insista :

— Réponds, dit-il en se plaquant soudain à elle, pesant de tout son poids contre son épaule, collant ses jambes aux siennes.

Lucia s'attendait à un assaut, sans savoir à quel moment il se produirait. Est-ce la certitude d'être acculée sans pouvoir espérer un secours en ce lieu isolé qui lui permit de garder son sang-froid ? Elle regardait Paillès fixement, sans émotion particulière, ce qu'il interpréta comme un encouragement. Il la prit par l'épaule, attira son visage vers le sien, cherchant sa bouche qui se dérobait tandis que sa main se faufilait sous sa robe, montant très haut, tentant d'écarter les cuisses.

— On dirait une gitane, souffla-t-il, mais tu es belle ! Rien à voir avec les souillons de la ferme. Nom de Dieu !...

Lucia le laissait se coller à elle, sans essayer de se débattre inutilement. La moustache de Paillès allait et venait dans son cou, sur ses joues. Autour d'eux, l'orage redoublait, le ciel lézardé craquait de tous côtés.

— Attendez, dit-elle soudain, je tombe.

Étonné, le régisseur se releva à demi, la libérant de son poids. L'instant d'après, elle le repoussa brusquement de toutes ses forces, décuplées par la peur, contre le montant de fer qui retenait la capote. Il y eut un bruit mat, un cri. Étourdi, Paillès porta la main à sa tête tandis que Lucia lui échappait dans un froissement d'étoffe.

— Miladiou ! Le fouet, c'est le fouet qui va te caresser les côtes, petite garce ! rugit-il. Et je dirai que c'est toi qui m'as provoqué.

Mais elle avait déjà sauté hors du coupé. Serrant sa jupe entre ses doigts, elle fonça à travers les chênes verts, courant à perdre haleine, insensible à la pluie qui tombait dru, prenant garde de ne pas s'étaler en trébuchant sur une racine ou un caillou car le déluge rendait la vue difficile. Mais Paillès avait rapidement repris ses esprits et s'était lancé à sa poursuite, faisant claquer la lanière de cuir pour l'affoler.

— Reviens, espèce de *caraque*[1] ! hurla-t-il quelque part derrière elle.

---

1. Régionalisme. Romanichel, bohémien. Peut être considéré comme une insulte.

Puis encore :

— Je t'apprendrai à obéir, moi. J'en ai maté d'autres, tu sais…

La voix du régisseur était furieuse, menaçante et semblait se rapprocher. Il y eut un silence, comme s'il cherchait à écouter pour repérer l'endroit où elle se trouvait, puis il changea de méthode.

— Je regrette, je te jure que je regrette. Allons, il nous faut rentrer. Les autres ne vont pas tarder à arriver au mas. Viens…

Mais il n'était pas très loin et, bien au contraire, Lucia redoubla de vitesse. Les jambes en feu, elle trébucha plusieurs fois contre des mottes de terre, des buis qu'elle ne voyait qu'au dernier moment dans la semi-obscurité du sous-bois.

Soudain, elle entendit un aboiement tout proche, bifurqua vers ce qui semblait être une clairière et dérapa sur une pierre moussue. Sa tête heurta violemment le sol où elle resta allongée, étourdie par le choc, incapable de se redresser, ayant juste conscience que les jappements redoublaient, tout près maintenant. Puis elle sentit deux mains qui la saisissaient doucement aux aisselles pour la relever. Paillès ? Non, un inconnu qu'elle distinguait mal, car un large chapeau dégoulinant de pluie masquait en grande partie son visage. L'homme la chargea sans peine dans ses bras tandis que, derrière eux, le chien continuait à grogner sourdement. Alors, elle s'abandonna, épuisée, enfin consciente que le régisseur ne pouvait plus l'atteindre.

Ils n'allèrent pas loin. Au pied de trois chênes aux troncs serrés, son sauveur la reposa sur ses pieds pour tirer, tout en la maintenant, une porte de planches grossièrement ajustées permettant d'entrer dans un abri de branchages que protégeait un toit de fortune constitué d'un morceau de tôle recouvert de feuillages. L'instant d'après, il la fit asseoir sur un billot de bois qui servait de siège, attendit que son chien se faufilât derrière eux, puis il referma. Ils se trouvaient maintenant serrés dans un espace très réduit, mais à l'abri de la pluie.

Encore bouleversée, Lucia tentait en vain de reprendre ses esprits. Mais elle était toute mouillée et tremblait de froid. Elle remarqua que son sauveteur était jeune, avec une carrure rassurante et un regard franc. Il portait une tenue de chasse et son fusil était pendu à une branche. Quant au chien, faute de place il s'était fourré contre ses jambes et ne bougeait plus, ce qui la réchauffait un peu. Un liquide chaud coulait sur sa joue, qui la brûlait. Elle passa sa main et s'aperçut que c'était du sang. Alors elle baissa la tête et se mit à pleurer.

L'homme sortit un mouchoir de sa poche et lui tamponna le visage. Puis il lui massa les tempes et les pommettes, un travail d'infirmier qui lui parut incertain. Lorsqu'il vit les paupières de la jeune femme se soulever enfin et son regard noyé se poser sur lui, il ôta sa veste, puis sa chemise qu'il roula en boule et entreprit de la frictionner vigoureusement sur tout le corps en commençant par sa longue chevelure ruisselante. L'air perdu, Lucia se laissait faire. Parfois, son regard se portait sur la haute silhouette qui la dominait, penchée sur elle, avec l'impression d'émerger d'un cauchemar. Son corps était brisé, vidé de sa substance et n'était que douleur. Elle songea vaguement qu'ils n'avaient pas encore échangé un seul mot.

Maintenant, c'était au tour du jeune homme d'observer Lucia en silence. Son front plissé, son regard perdu, ses mains agitées de temps à autre par un tremblement convulsif qu'elle essayait en vain de maîtriser traduisaient son désarroi. Elle semblait avoir échappé à un grand danger dont il se gardait de connaître la raison, préférant attendre qu'elle se confie. Dehors, le tonnerre s'était éloigné et la pluie avait cessé.

Il remit sa veste de chasse et, comme la jeune femme restait silencieuse, il finit par demander :

— Que vous est-il arrivé, mademoiselle ?

Lucia secoua la tête. Il eut peur de la voir pleurer à nouveau, mais elle réussit à se retenir au prix d'un violent effort. Puis elle respira de plus en plus vite et parvint à se calmer.

— Je m'appelle Lucia, dit-elle, et je suis domestique à Grand-Puy. Alors que nous terminions les vendanges, le régisseur a voulu me ramener au domaine en cabriolet sous le prétexte d'aider la cuisinière à préparer la petite fête que le maître avait décidé d'organiser pour l'occasion. Mais au lieu d'emprunter la route qui va au mas, il a coupé à travers bois et, quand l'orage a éclaté, il a conduit l'attelage à l'abri d'un rocher qui faisait voûte. Et là...

Elle s'interrompit, le menton secoué de tremblements, tandis qu'elle rougissait violemment.

— Mon Dieu !... souffla-t-elle.

Elle ploya la tête en avant, se mit à hoqueter, voulut continuer à parler mais, cette fois, il posa sa main en travers de ses lèvres.

— Paillès ? demanda-t-il.

— Vous le connaissez ?

— J'ai une petite propriété, la Vernède, non loin d'ici, expliqua-t-il. J'y vis avec ma mère, car mon père est décédé.

Il eut une grimace de mépris.

— Je sais que ce Paillès vous mène la vie dure, sous les ordres de Louis.

— Vous m'avez sauvée, dit-elle, émue.

— En fait, vous devez une fière chandelle à Filou, protesta-t-il en caressant son chien. Il a dû percevoir des cris et a commencé à grogner devant la porte. Moi, je n'avais rien entendu avec le déluge qui tombait sur mon toit de fortune, alors je lui ai ouvert et quand il s'est mis à aboyer furieusement je me suis précipité, juste pour vous voir vous étaler. Je pense qu'à ce moment Paillès a compris que quelqu'un se portait à votre secours et qu'il n'a pas voulu se montrer à un témoin.

— Mais que faisiez-vous là ? s'étonna-t-elle.

Il sourit.

— Mes vendanges sont finies depuis plusieurs jours. Je chassais les perdreaux qui viennent manger les grappillons qui restent sur les souches. Il y a une compagnie en lisière de la vigne, plus bas. Mais la pluie m'a surpris, alors je me suis réfugié dans cet affût, où je me cache pour tirer les grives, à la saison froide.

Il lui jeta un petit coup d'œil amusé.

— J'ai mal choisi mon jour pour courir les bois, dit-il. Ou peut-être est-ce le contraire ?

— Mais vous êtes tout près de Grand-Puy, remarqua-t-elle.

Le sourire du garçon s'élargit.

— Oui, mais Anthelme Massebiau autorisait la chasse sur ses terres et, pour l'instant, Louis n'a rien changé.

Il eut une grimace.

— Pas sûr qu'il continue à le faire…

Maintenant, Lucia réfléchissait. Le temps avait passé, les vendangeurs étaient certainement arrivés au domaine depuis belle lurette après avoir pris toute l'averse. Aussi avaient-ils dû avaler rapidement un casse-croûte et bu un verre de vin par politesse, avant de réclamer leur enveloppe, pressés de rentrer chez eux.

Ceux de Cabriac, la petite ville voisine, venaient à vélo, mais ils avaient quand même six kilomètres à parcourir avec des vêtements trempés. Quant aux domestiques, elle se demandait avec angoisse ce qu'ils devaient imaginer à son sujet en constatant sa disparition. Quelles explications avait bien pu fournir Paillès pour justifier son absence ?

« Je dirai que c'est toi qui m'as provoqué ! » avait-il crié.

Et que devait penser le maître ? Quoi qu'il en soit, il lui fallait rentrer au plus vite. Elle se leva brusquement.

— Mon Dieu ! s'exclama-t-elle, il faut que je me dépêche de revenir à Grand-Puy, sinon M. Massebiau va lancer du monde à ma recherche.

L'inconnu parut contrarié. Il s'inquiéta.

— Vraiment ? Vous croyez que vous ne risquez rien ? Paillès est un sale type.

Elle grimaça et haussa les épaules.

— Je ne peux pas faire autrement.

Il insista :

— Vous n'avez pas de parents dans la région ? Des amis ? Nous pouvons vous accueillir pour cette nuit, ma mère et moi...

Elle secoua la tête et resta muette. Comment lui expliquer ? Elle répéta, têtue :

— Il faut que je rentre vite au domaine avant qu'on se mette à ma recherche, insista-t-elle, il n'y a pas d'autre solution.

Il eut une grimace navrée.

— Alors, je vous accompagne, décida-t-il. Venez, nous allons prendre un raccourci.

Lucia suivit son guide par un sentier étroit et abrupt qui escaladait la colline. Le chien trottait devant, ouvrant la marche. De temps à autre, le jeune homme s'arrêtait, soulevait une branche basse chargée de pluie et la tenait à son passage pour lui éviter de trop se mouiller. Ils ne tardèrent pas à déboucher sur un tertre d'où ils dominaient, juste au-dessous d'eux, la masse imposante du château de Grand-Puy dans son écrin de chênes verts, avec son toit d'ardoises grises que surmontaient quatre tours de briques rouges. À côté se dressaient la ferme hébergeant le personnel, puis le pigeonnier et, plus loin, l'immense bergerie. L'ensemble donnait une impression de puissance considérable.

Lucia s'était arrêtée, hésitante, n'ayant plus qu'une cinquantaine de mètres à parcourir pour accéder aux communs où elle logeait dans une chambrette sous les tuiles avec les autres domestiques. Le cœur battant, elle se demandait ce qui allait se passer lorsqu'on la verrait arriver. Mais il lui fallait d'abord se faufiler par une porte dérobée, à l'arrière du bâtiment, pour monter se changer avant de se montrer. Il lui tardait de quitter ses vêtements mouillés. Son compagnon l'observait, visiblement inquiet.

— Vous êtes sûre que vous ne risquez rien ? insista-t-il. Je peux vous accompagner, si vous le désirez.

— Non, répondit-elle. Je pense qu'il vaut mieux que je rentre seule, surtout si Paillès vous connaît.

Ils se regardèrent un moment en silence, puis Lucia s'écria :

— Mon Dieu, que je suis sotte, je ne connais même pas votre nom !

Il eut un large sourire, souleva son chapeau de façon comique, dévoilant une lourde tignasse blonde ébouriffée.

— Sylvain, fit-il. Sylvain Maillé pour vous servir, mademoiselle.

Elle songea vaguement que ce garçon respirait à la fois la droiture, la bonté et l'insouciance de son âge. Spontanément, elle se pencha pour l'embrasser.

— Moi, c'est Lucia. Lucia Bartolomé. Je ne vous oublierai jamais, Sylvain, dit-elle, émue.

Il sourit.

— Mais j'espère bien vous revoir, Lucia !

Elle rougit, ne sut que bafouiller :

— Oui... peut-être... Excusez-moi, il me faut partir.

Elle vit qu'il espérait une réponse plus précise et paraissait déçu. Confuse, elle eut un sourire gêné et s'éloigna, s'arrêta pour faire encore un signe de la main, puis elle s'enfuit en courant, vaguement mécontente de n'avoir pas mieux remercié ce garçon si sympathique qui s'était miraculeusement porté à son secours. Mais ses pensées étaient trop embrouillées par ce qui l'attendait au domaine, surtout avec la peur panique de se retrouver face à Paillès pour bavarder plus avant. Toutefois, alors qu'elle s'approchait de Grand-Puy, une idée s'imposa à elle avec de plus en plus d'insistance, un sentiment qui l'obsédait depuis quelque temps. Aurait-elle le courage de prendre la décision qui avait mûri dans son esprit ?

II

La cloche lointaine d'une église réveilla Lucia qui s'approcha d'une fenêtre aux vitres crasseuses pour tenter d'observer, au-dehors, le lieu où elle se trouvait. Le jour se levait à peine et une brume froide estompait l'horizon, l'empêchant de mieux se situer. Elle frissonna et alla à nouveau s'allonger sur le lit de fortune qu'elle s'était arrangé avec un peu de paille et de vieux habits dénichés sur place, dans le refuge qu'elle avait repéré dans la nuit : un mazet, une de ces petites constructions bâties au milieu des vignes servant de resserre pour les outils, les produits d'entretien et, quelquefois, d'abri en cas d'orage. Heureusement qu'elle avait pris la précaution de se procurer une lampe de poche !

Le regard fixe, elle réfléchit à la situation dans laquelle elle se trouvait. Il était maintenant trop tard pour revenir en arrière, mais avait-elle eu raison de fuir ?

Elle soupira. La tentative de viol du régisseur avait fini par la décider de mettre à exécution ce choix, lourd de conséquences, auquel elle pensait depuis longtemps déjà pour échapper, une fois pour toutes, à la vie de misère qu'elle menait et aux dangers de plus en plus précis qui pesaient sur elle. Heureusement qu'elle s'y était préparée !

Lucia serra les poings. Elle étouffait de rage en revivant les événements qui l'avaient définitivement poussée à partir après avoir quitté le garçon qui l'avait sauvée. Au moment où elle se faufilait pour rejoindre sa chambre afin de changer ses vêtements mouillés, Paillès lui avait sauté dessus et, la prenant violemment à la gorge pour l'empêcher de crier, il avait menacé de l'étrangler. En fait, il la guettait, se doutant qu'elle regagnerait la ferme par cette porte dérobée. Et il n'avait relâché sa brutale pression que lorsqu'il avait deviné, la voyant à bout de souffle, qu'elle allait s'écrouler. Alors, il avait collé son visage au sien et, dans la semi-obscurité où ils se trouvaient, le regard qu'il avait planté dans ses yeux était celui d'un dément, d'un halluciné prêt à tout, si bien qu'une peur panique s'était emparée d'elle.

— Tu as intérêt à faire attention à ce que tu diras, avait-il menacé d'une voix sourde, sinon ta vie deviendra un enfer. Je n'ai pas envie de perdre la face et ma situation à cause d'une petite bâtarde comme toi.

Folle de rage, elle avait voulu protester :

— Je ne suis pas une…

Mais il l'avait interrompue en la secouant violemment :

— Je m'en fous. Écoute bien : les vendangeurs sont partis et j'ai raconté aux autres que les éclairs et le tonnerre t'avaient affolée au point que je n'ai pu t'empêcher de sauter du cabriolet. Je t'ai couru après, mais je n'ai pu te rattraper. Tu t'es enfuie parce que tu avais peur. Tu as bien compris ?

Et sans lui laisser le temps de répondre, il avait à nouveau resserré sa pression avant de lâcher, farouche :

— C'est ce que tu raconteras à M. Massebiau dès que tu te seras changée, tu m'entends ? Je vais le prévenir que tu es rentrée. File, et attention de ne pas faire ta fière, tout à l'heure. Je t'aurai sérieusement à l'œil à partir de maintenant.

L'espèce de folie qui s'était emparée de cet homme, la certitude qu'il la persécuterait, dorénavant, l'avait confortée dans son idée qui ne pouvait être que définitive. Même si ce n'était pas le bon moment pour cela.

Elle avait grimpé dans sa chambre pour se changer en toute hâte puis elle avait saisi le sac tyrolien préparé de longue date caché sous son lit où étaient rangés les quelques habits convenables qu'elle possédait, les papiers qui la suivaient depuis l'orphelinat ainsi que le peu d'argent laborieusement économisé. Enfin, elle s'était précipitée dans l'escalier avant de prendre la fuite par la porte empruntée à l'aller, le cœur battant la chamade, espérant que le maître et le régisseur, ne la voyant pas se présenter, ne commenceraient pas à la rechercher trop tôt.

Là, elle avait eu de la chance. Il s'était écoulé pas mal de temps avant qu'elle n'entende, au loin, les premiers appels. Mais elle avait eu tout loisir de se cacher en attendant la tombée du jour, puis de rejoindre la route afin de s'éloigner le plus possible de Grand-Puy. Jusqu'à ce qu'elle finisse par repérer cet abri où elle s'était écroulée de fatigue.

Il lui revint en mémoire le mot de Marthe, la vieille cuisinière qui lui avait tout appris de son métier et toujours manifesté de la sympathie, contrairement aux autres domestiques qui la traitaient de sauvage. Un jour où Paillès l'avait durement humiliée parce qu'elle refusait de baisser la tête, Marthe lui avait furtivement caressé les cheveux avant de lui souffler :

— Bats-toi, petite. Ce Paillès est un sale type, il ne faut pas se laisser faire.

Cet encouragement, cette attention lui avaient réchauffé le cœur. Mais à Grand-Puy elle disposait d'un toit, d'une chambre pour dormir et elle était nourrie. Maintenant, elle devrait se débrouiller seule. De plus, à dix-huit ans et n'étant pas majeure, elle savait que Louis Massebiau pouvait la faire rechercher par les gendarmes. Et pas de famille, pas d'amis à qui demander du secours ! Pourtant, il allait bien falloir qu'elle trouve une solution, car il était trop tard pour faire marche arrière.

Elle tenta de se rassurer en songeant qu'elle avait un plan mûrement réfléchi, bien que ne possédant aucune certitude quant à sa réussite. Que deviendrait-elle si elle s'était trompée ? Cette question lancinante torturait sans cesse son esprit.

Lucia retourna s'allonger. Pour le moment, son refuge la protégeait, il ne servait à rien de se précipiter. Elle ferma les yeux et essaya de faire le vide en elle afin de se reposer un peu. Mais le visage tragique de son père lui apparut, le jour où on l'avait emmené avec d'autres prisonniers en les faisant monter dans un camion pour une destination inconnue d'où il n'était jamais revenu, et elle étouffa un sanglot. L'image de ce dernier regard qu'ils avaient échangé ressurgissait sans cesse, la nuit, lorsqu'elle se sentait perdue, comme en cet instant.

Comment pourrait-elle faire face à tous les dangers qu'elle allait devoir affronter ? La rage et la peur qui l'avaient incitée à s'enfuir, la veille, ne suffisaient plus, soudain, à prendre le dessus sur l'abattement qui s'emparait de tout son être tout à coup. Elle se demandait avec angoisse quel était son destin et finissait par croire qu'elle n'avait nulle part sa place dans ce monde sans pitié, que nulle part on n'avait ni on n'aurait souci d'elle. Amour d'elle. Alors, dans la terrible solitude où elle se trouvait, elle se mit un bras devant les yeux et se laissa aller à pleurer tandis que les images de ce qu'avait été sa vie surgissaient de sa mémoire.

Lucia Bartolomé n'a pas eu d'enfance. Elle est née en Espagne en 1932. Un jour de 1938, son père vient la chercher chez ses grands-parents, où sa mère et lui l'ont placée, toute petite, en lui expliquant simplement qu'ils seraient absents quelque temps. De cette période, elle garde le souvenir d'avoir souvent entendu son pépé et sa mémé parler à mots couverts d'événements graves avec des mines inquiètes. Toutefois, un mot leur échappe, parfois, qui revient dans leurs conciliabules. Ce nom, qu'ils prononcent avec beaucoup de crainte, elle ne l'a jamais oublié : « Franco. »

Elle n'a que six ans, aussi les événements qui suivent restent-ils vagues dans sa mémoire, mais ce qui la frappe, en revoyant son père, c'est son visage défait, amaigri, sa tenue toute chiffonnée et sa précipitation à l'emmener rejoindre sa maman et des compagnons pour faire un grand voyage.

— Ce sera long et difficile, a-t-il prévenu, et il faudra beaucoup marcher, mais, après, nous serons réunis avec ta maman et tout ira bien.

Plus tard, ils rallient une longue cohorte de gens qui marchent tous en direction de grandes montagnes qu'on aperçoit, à l'horizon. Par chance, son père, Francisco, a réussi à la caser sur une charrette surchargée en compagnie d'un homme qui ne parle pas et semble gravement blessé. Une femme vient régulièrement le soigner avant qu'il ne finisse par mourir, une nuit particulièrement froide et humide. Elle se souvient encore de ses râles, qui l'ont terrorisée.

Le soir, à la halte, son père l'abandonne pour courir d'un groupe à l'autre à la recherche de nouvelles. Et lorsqu'il revient, seul et le visage sombre, il se contente de dire :

— Ta maman nous rejoindra plus tard.

Mais elle ne l'a jamais revue.

Après, il y a eu ces longues journées de marche sur des routes ou des chemins difficiles, avec le froid, la faim, la fatigue qui ploie les corps et affaisse les nuques.

— Courage, lui dit son père lorsqu'elle pleure quand, épuisée, elle réclame sa maman. Elle nous rejoindra quand nous serons en France. Tu verras, c'est un beau pays où nous pourrons vivre en toute liberté.

Elle ne comprend pas pourquoi ils sont ainsi obligés de fuir vers un pays inconnu, loin de son pépé et de sa mémé. Quant à retrouver sa maman, elle devine bien, malgré tous les efforts que fait son père pour lui donner le change, qu'il n'y croit plus lui-même. Lorsqu'elle songe à ces jours tragiques, les larmes lui reviennent encore aux yeux.

Quant au camp d'Argelès-sur-Mer, où ils ont été accueillis et hébergés quelques mois, cela a été l'enfer. Elle a le souvenir confus d'une prison où ils ont mené une vie de misère dans des conditions atroces, avec une nourriture infecte, juste bonne à ne pas mourir de faim.

Puis il y a ce jour terrible où on a emmené son père. Un matin, de bonne heure, des camions sont arrivés d'où jaillissent des policiers en armes paraissant pressés, énervés. Des cris ont fusé. Il s'agit d'organiser un rassemblement au milieu du camp. Là, un gradé lit une liste et épelle des noms. Chaque fois, un homme sort du rang et montait dans le véhicule qu'on lui désigne dans un concert de protestations, de cris d'angoisse, de pleurs de la famille, des enfants, des amis.

Terrorisée, Lucia ne lâche pas la main de son père, se collant contre lui de toutes ses forces. Jusqu'à ce qu'elle entende, comme dans un cauchemar : « Francisco Bartolomé. » Et elle a beau hurler, essayer de lutter, de s'accrocher, un policier met brutalement fin à leur étreinte et embarque son père sans ménagement. Celui-ci reste agrippé jusqu'au dernier moment à la ridelle, ne cessant de lui crier, sans la quitter du regard :

— N'aie pas peur, Lucia ! Un jour, je reviendrai te chercher…

Jusqu'à ce que le camion ne disparaisse à un détour du camp dans le bruit infernal du moteur poussé à fond. Ce jour-là, elle se sent si désespérée, si affreusement abandonnée, seule au monde, qu'elle croit, qu'elle souhaite, qu'elle veut mourir.

Heureusement, dans l'après-midi, un autocar brinquebalant est arrivé dans lequel se trouvent des bonnes sœurs à cornette et tout de noirs vêtues. Cette fois, on a regroupé les enfants et Lucia fait partie de ceux qu'on fait monter dans le véhicule où les religieuses les réconfortent, les rassurent du mieux possible.

Au cours du voyage qui dure longtemps, jusqu'à la nuit en ce qui concerne Lucia, l'autobus s'arrête dans des bourgades ou des lieux isolés, devant des bâtiments qui ressemblent vaguement à de grandes églises. Là, une dame qui parle espagnol s'étant présentée comme étant sœur Marie-Thérèse consulte une liste et énonce des noms. Quelques enfants descendent en compagnie d'une religieuse, puis on reprend la route pour une nouvelle destination où une nonne accompagne un autre groupe qui disparaît derrière une lourde porte qui se referme avec un claquement sinistre.

À la nuit tombée, il n'y a plus que Lucia dans le véhicule ainsi que Claudio Gomez, un garçon un peu plus âgé, et sœur Marie-Thérèse. Celle-ci s'efforce de les réconforter en leur expliquant qu'ils sont arrivés dans une localité se nommant Concourès et qu'ils vont être hébergés dans une grande maison abritant une école catholique où elle, sœur Angèle et sœur Germaine dispensent leur enseignement aux gamins du petit bourg.

Là, Lucia vit cinq années somme toute assez heureuses, malgré la discipline stricte qu'impose sœur

Marie-Thérèse et l'hostilité des enfants du village. Ils l'acceptent difficilement pour participer à leurs jeux et certains lui jettent parfois des pierres en la traitant de gitane quand les religieuses l'envoient chercher un pot de lait à la ferme, après la classe. Il arrive que Claudio l'accompagne et essaie mollement de la défendre. Il menace mais n'agit jamais. Curieusement, lui, on le laisse tranquille. Il faut dire qu'il a une grande taille, mais il est timide et un peu mou, aussi ne lui est-il pas d'un grand secours. Et puis, étant plus âgé, il n'est resté que deux ans chez les sœurs avant d'être placé dans une famille. Lucia, elle, ne se laisse pas faire et se bat farouchement, quitte à prendre des coups. Pourtant, lorsqu'elle revient avec une ecchymose sur la joue ou le bonnet arraché, ou encore avec un accroc à sa robe, sœur Marie-Thérèse, au lieu de la gronder, l'encourage :

— Ne te laisse pas faire, petite. Tu ne vaux pas moins que les autres, bien au contraire.

Et elle l'entend souvent dire à sœur Angèle et à sœur Germaine, avec une pointe de fierté :

— Cette petite bouillonne de colère, cela me plaît. Elle en aura bien besoin pour se défendre dans la vie.

Pendant ces années, la fillette apprend à lire et à écrire correctement. De plus, sœur Marie-Thérèse se démène pour lui faire établir des papiers en règle. Et comme Lucia lui pose souvent des questions sur son père, elle finit par avoir quelques renseignements. Grâce à quelles relations, mon Dieu ?

— J'ai réussi à apprendre, lui explique-t-elle avec une grande franchise, que de nombreux Espagnols ont été enrôlés dans une compagnie de travailleurs étrangers, en 1939, pour édifier des fortifications sur le front, comme pour la ligne Maginot. Malheureusement, ces hommes ont été faits prisonniers par la Wehrmacht en 1940 et déportés dans un camp en Allemagne, personne ne sait où. Il y a de fortes probabilités que ton père ait fait partie de ceux-là.

Lucia n'a rien compris à ces explications, mais elle a beaucoup pleuré. Au moins sait-elle depuis ce jour-là, qu'elle ne reverra plus son père.

Elle a quand même trouvé un havre de paix à Concourès mais, à douze ans, le destin va encore se montrer cruel. En 1944, Lucia fait partie de ces orphelins que l'Assistance publique envoie, très jeunes, dans des familles nourricières qui ont besoin de bras pour compenser le manque de main-d'œuvre dû à la guerre et aux nombreux prisonniers qui sont en Allemagne. Or, le placement des enfants à la campagne se fait au petit bonheur la chance. Au petit malheur pour elle, car si certains trouvent l'affection dans des maisonnées accueillantes, d'autres atterrissent dans des fermes où les patrons ne se montrent pas trop regardants sur la morale : ils encaissent une rémunération de l'État et disposent, en plus, d'un quasi-esclave qui ne leur coûte que le pain et le couvert et, dans le meilleur des cas, quelques pièces glissées au bon vouloir du propriétaire.

À Grand-Puy, où est dirigée Lucia, ce n'est pas que le maître, Anthelme Massebiau, soit foncièrement mauvais. Mais le domaine a pâti des bouleversements de la guerre et des faibles récoltes de la vigne dues au manque de traitements de qualité dans cette période troublée. Toutefois, en 1944, les Allemands subissent de nombreuses défaites sous la poussée des armées de la coalition tandis qu'à l'est les troupes soviétiques ne cessent de progresser.

Alors Anthelme Massebiau pense que c'est le bon moment pour commencer à redresser la situation. Ainsi, s'il a demandé à accueillir trois enfants, c'est tout simplement pour disposer d'une main-d'œuvre d'appoint. Il voulait des garçons, mais ceux-ci sont très recherchés et il n'en a reçu que deux, plus une fille : Lucia. Aussi M. Joseph, l'ancien régisseur, l'a prévenue d'entrée qu'il faudra qu'elle rende les mêmes services que ses camarades.

Avec les hommes, Lucia grandit au rythme des saisons, apprenant vite à travailler la vigne, à s'occuper des chevaux, à seconder le berger au moment des agnelages, à aider aux moissons du blé, de l'avoine et de l'orge. Une période où tout le monde doit s'y mettre, la fille comme les autres, même quand on n'a plus de reins, plus de dos et que les bras vous manquent alors que les visages ruissellent sous le soleil brûlant. Au boulot ! Il faut se hâter de peur qu'un orage ne vienne tout gâcher.

Avec les femmes, elle apprend comment s'occuper au jardin, arroser, sarcler les mauvaises herbes ou aller distribuer le grain à la basse-cour et mille choses encore. Mais aussi Marthe, un vrai cordon-bleu, lui enseigne la cuisine et tous ses secrets.

Au bout du compte, garçon pour aider au moment des gros travaux de printemps et d'été, pour semer et rentrer les récoltes. Mais fille l'hiver venu, alors que les hommes jouissent d'un peu de répit et qu'il faut réparer les frusques abîmées, servir à table, faire la vaisselle, balayer la grande salle de la ferme. Sans parler des lessives qui n'en finissent plus et qui occasionnent des gerçures aux mains engourdies par l'eau glacée du lavoir. C'est dire s'ils sont lourds, le soir, les bras de Lucia. Si elles sont longues, les nuits où la lassitude, l'accablement et la tristesse la gagnent lorsqu'elle songe qu'avant sa majorité, à vingt et un ans, elle ne peut attendre nul secours, nul espoir d'un sort meilleur. Elle est captive de Grand-Puy aussi sûrement que si elle se trouvait en prison. Et les années lui paraissent durer une éternité. Avoir vingt ans pour être libre, y arriverai-je un jour ? se demande-t-elle parfois.

Ces jours-là, elle s'interroge. Dieu est-il si mauvais de lui réserver un destin si cruel ? Car depuis le départ de son père son cœur est un désert aride. Lucia n'a reçu nulle caresse, jamais personne ne l'a consolée, réconfortée, encouragée, serrée tendrement dans ses bras. Même sœur Marie-Thérèse. Certes, celle-ci l'a protégée, aidée, instruite, mais lui a toujours imposé une discipline stricte, sans cajoleries ni faiblesses au prétexte qu'il faut qu'elle soit forte dans la vie pour surmonter les épreuves qui l'attendent. Elle a peut-être eu raison, d'ailleurs, car à Grand-Puy elle vit dans un monde essentiellement masculin. Au château, il y a du personnel féminin qui est relativement bien installé, mais à la ferme, excepté Marthe qui dispose d'un logement avec son mari, il n'y a qu'un dortoir pour les valets. Encore une chance qu'Anthelme Massebiau lui ait octroyé une chambrette contiguë, à la demande expresse de son épouse.

Aussi rêve-t-elle, parfois, qu'un garçon viendra à elle un jour, un colporteur, un vendangeur, un de ces charbonniers qui travaillent dans les bois, n'importe qui pourvu qu'il arrive de loin et qu'il s'arrête en la voyant, qu'elle s'arrête aussi, qu'elle aille à lui en sachant dès le premier instant qu'il est là parce qu'elle y est, que depuis leur naissance ils ont tous deux marché l'un vers l'autre pour vivre ce moment magique. Puis qu'il la prenne par la main pour l'emmener au loin.

Car saison après saison, elle a grandi, Lucia. La gamine anguleuse s'est épanouie, formée, comme disent les vieilles commères. Svelte, très brune, jolie, elle paraît même un peu plus que son âge. Et sa fraîcheur juvénile, la vivacité de son regard attirent inévitablement celui de ses compagnons, ce qui lui fait comprendre qu'elle est devenue femme pour éveiller le désir des hommes.

C'est à ce moment-là que mes ennuis ont commencé, songe-t-elle. Une nuit, alors qu'elle dort tranquillement dans sa chambre, elle sent tout à coup des mains sur son corps, une haleine empuantie de vinasse sur son visage, un poids qui pèse sur elle. Dans la faible lueur qui tombe de la lucarne, elle reconnaît tout de suite Justin, un domestique fruste et solitaire qui a tendance à s'enivrer seul, à la cave, ce qui lui vaut de sévères remontrances. Mais on lui pardonne parce qu'il est fort comme un bœuf et infatigable au travail.

Elle sursaute et se dégage vivement, ne comprenant pas trop ce que le garçon lui veut. Elle lui dit d'aller se faire voir ailleurs mais, comme il insiste, elle s'empare à tâtons d'un de ses croquenots qui traînent à terre et le frappe à la tête de toutes ses forces en hurlant de colère, ce qui réveille les valets dormant dans la grande chambre commune.

Au moins les cris ont-ils poussé l'intrus à renoncer. Mais elle ne peut éviter le ridicule et la honte d'être la risée de tous les garçons. Ce qu'il désirait, ils le lui expliquent sans détour, avec force moqueries. Justin voulait faire avec elle ce que font les étalons avec les juments, les béliers avec les brebis, les chiens avec les chiennes, les coqs avec les poules. Sans oublier de se proposer pour lui en faire la démonstration.

Lucia est habituée aux manières brusques et n'est pas plus vertueuse qu'une autre. Elle accepterait sans façon de se laisser caresser. Mais, outre qu'aucun domestique ne lui plaît, ils ne sont pas ses amis, bien au contraire. Lorsque, plus jeune, elle peinait dans un rude travail d'homme, ils ne lui ont jamais épargné les ricanements et les sarcasmes. Ils ne l'ont jamais aidée, même petite, quand elle se trouvait en difficulté et qu'elle pleurait de rage. Et Anthelme Massebiau, une fois informé du forfait, se contente d'éclater de rire grassement au lieu de punir Justin. Cela n'empêche pas sa femme, Élisabeth, d'envoyer Lucia à confesse, le dimanche suivant, ce qui lui vaut de sévères remontrances du curé qui l'accuse de provocation et lui demande de faire pénitence. Comme si c'était elle la coupable !

Puis les semaines, les mois passent. Passent les nuits, aussi. Lucia apprend à dormir sur le qui-vive, une binette prise au jardin à portée de la main. Mais aucun des valets n'a jamais tenté d'imiter Justin malgré quelques plaisanteries salaces qu'ils lui lancent, parfois, avec un air bravache. Au fond, Lucia pense qu'ils sont plus bêtes que méchants.

Mais tout change après la mort d'Anthelme. Quelque temps plus tard, Louis Massebiau lui-même se montre empressant. Il l'aborde un jour où elle passe devant le château alors qu'elle revient des champs, épuisée après une longue journée de labeur. La voyant fatiguée, il commence par s'apitoyer puis, faisant mine de réfléchir, il lui laisse entendre qu'elle pourrait peut-être remplacer une lingère qui va quitter sa place pour se marier.

Toutefois, la manière insidieuse de lui annoncer cette possibilité et surtout l'insistance de son regard qui la déshabille la mettent en garde, aussi répond-elle vaguement avant de s'esquiver.

Bien lui en a pris. Pendant quelque temps, Louis s'obstine à la surprendre lorsqu'elle se trouve seule au jardin, à la lessive ou à la basse-cour, lui répétant chaque fois que son sort pourrait s'améliorer largement après le départ de la jeune femme dont il lui a parlé, il suffira qu'elle se montre un peu docile. Par chance, il n'ira jamais jusqu'à faire un geste déplacé, en tout cas pas avant que Cécile, son épouse, ne finisse par remarquer son manège, un jour où Lucia est agenouillée au lavoir et qu'il la presse de lui donner une réponse. Acceptera-t-elle d'être gentille s'il lui réserve la place de lingère ?

Lucia ne sait ce que la maîtresse a dit à son mari, mais depuis ce jour-là il a cessé de l'importuner et il n'a plus jamais été question de remplacer qui que ce soit au château. Cependant, manifestement vexé, il ne cherche jamais à intervenir pour la défendre, lorsque Paillès la rabroue vertement devant lui, même si elle n'a rien fait de mal. C'est sa façon de se venger.

C'est à partir de ce moment-là que germe dans son esprit l'idée de s'enfuir du domaine. Malgré tous les graves dangers et les incertitudes que cela représente, elle commence par s'acheter un sac tyrolien, un jour de marché où elle a pu accompagner Marthe qu'un charretier mène à Cabriac, une fois par semaine, afin qu'elle puisse faire les courses nécessaires à sa cuisine. Il y a déjà longtemps que Lucia économise sou par sou ce qui lui permet de faire, à l'occasion, emplette de quelques vêtements modestes mais corrects. Depuis, elle est prête mais hésite, affolée par les risques inconsidérés que signifie la fuite d'une mineure placée sous l'autorité de l'Assistance publique. La tentative de viol du régisseur qui a insulté ses parents en la traitant de bâtarde l'a décidée à brusquer les choses car elle sait bien que, dorénavant, la vie sera encore bien plus difficile pour elle à Grand-Puy.

Lucia finit par ouvrir les yeux et soupire. Une vive inquiétude s'empare d'elle, soudain, en songeant à ce qui a dû se passer au domaine, la veille. Comment ont réagi Louis Massebiau et Paillès en constatant son départ ? Elle a beaucoup marché pour s'éloigner le plus possible, mais le maître possède une voiture et il peut parcourir le pays à sa recherche. Peut-être espérera-t-il un éventuel retour de sa part avant de prévenir l'Assistance publique. Elle a déjà tout calculé et sait où elle doit se rendre pour prendre un autobus qui l'amènera à Béziers. Là, on lui indiquera comment atteindre sa destination finale. Mais en attendant, elle doit se montrer prudente et éviter les routes.

Elle se lève de son lit de fortune pour aller à la fenêtre. Le soleil commence à percer la brume et elle constate qu'il y a un puits avec un seau juste à côté de la maisonnette qui l'a abritée pour la nuit. Cela va lui permettre de faire un peu de toilette et de se changer. Elle finit de se consoler en songeant qu'elle trouvera dans la vigne quelques raisins que les vendangeurs auront oubliés, au hasard d'une souche. C'est mieux que rien.

Elle s'empare de son sac et en retire une tenue propre et des chaussures convenables. Elle pense aux paroles de Marthe, lorsqu'elle la voyait malheureuse, se plaignant de son passé :

— Allons, petite, quand on met trop les yeux en arrière, on ne pose pas bien le pied en avant. Prends patience, un jour tu seras majeure et tu pourras faire ce que bon te semble pour organiser ta vie.

« Eh bien, se dit-elle, le moment est venu d'affronter mon destin. »

III

À LA SORTIE D'UNE DERNIÈRE COURBE, l'autobus déboucha enfin dans une ligne droite et Concourès apparut au loin, niché au débouché des gorges de la Daure, entre Cévennes et montagne Noire. Le cœur de Lucia battait très fort. Elle apercevait déjà les premières maisons du village qu'elle connaissait si bien. C'était là qu'elle avait passé cinq années somme toute heureuses. Au moins se sentait-elle protégée tant qu'elle avait vécu ici.

Une foule de souvenirs l'envahit et elle eut du mal à retenir ses larmes. Voilà six ans qu'elle était partie de ce village. Allait-elle trouver du secours dans la grande maison qui abritait l'école ? Sœur Marie-Thérèse serait-elle toujours là pour l'accueillir ? Et si oui, Louis Massebiau ne l'avait-il pas déjà prévenue de sa disparition ? Quoi qu'il en soit, elle était maintenant à pied d'œuvre et aurait bientôt la réponse, mais le doute s'emparait d'elle et l'angoisse la gagnait.

Après sa nuit blanche passée dans le mazet, elle avait marché jusqu'à Cabriac. Là, elle s'était cachée en attendant l'arrivée du car qui l'amènerait à Béziers. C'était le moment le plus risqué. Le maître de Grand-Puy pouvait avoir demandé à un valet de surveiller les lieux, pensant que Lucia emprunterait inévitablement le seul moyen de transport disponible pour fuir la région. C'est pourquoi elle s'était méfiée. Mais, contrairement à ses craintes, nul n'avait fait attention à elle parmi les quelques voyageurs qui s'étaient embarqués en même temps qu'elle à l'arrivée de l'autobus.

À la gare routière de Béziers, elle avait dû patienter plusieurs heures avant de prendre un autre autocar et, en cette fin d'après-midi, elle arrivait au but qu'elle s'était fixé. Déjà, le véhicule longeait la Daure dont les eaux paisibles scintillaient sous le soleil couchant. Elle aperçut le Gué, au loin, un ancien moulin à papier ; une construction délabrée depuis longtemps. Puis le car passa devant la ferme de la Bourriette où, lorsque Lucia était enfant, les religieuses l'envoyaient avec le pot de lait. Elle sourit, songeant qu'elle avait du mal à le ramener entier les jours où les gamins du village l'agressaient et qu'elle devait se défendre. Et ce n'était pas mieux quand elle devait lutter contre les bourrasques de la tramontane, porteuses de pluies et de froid en hiver, de chaleur et de sécheresse en été.

L'autobus entrait maintenant dans la rue principale et Lucia observa les façades des maisons de pierre avec leurs toits de tuiles rouges, ces modestes habitations qui se dressaient à l'arrière d'un jardinet dont presque toutes étaient pourvues.

Le car s'arrêta bientôt sur la place du village et la jeune femme reconnut, face à elle, l'antique mairie jouxtant le bureau de poste et, sur sa droite, le seul bistrot que comptait le bourg et qui, à l'époque, servait aussi un plat du jour, le midi. Émue, Lucia se saisit de son sac tyrolien et descendit en compagnie d'une dame qu'elle ne connaissait pas, hésitant sur la conduite à tenir. Dans un jardin, non loin de là, un homme de petite taille, très vieux, s'était dressé et regardait de son côté, le béret repoussé en arrière. Elle se souvint tout de suite de son nom, Joseph Cambon. L'avait-il reconnue ? Les sœurs l'employaient pour s'occuper de leur potager. Curieuse, elle aimait aller l'observer avec Claudio en dehors des heures de classe. Très bavard, il leur expliquait sa science et ils adoraient l'écouter, surtout Claudio qui posait sans cesse des questions et n'hésitait pas à l'aider dans sa tâche. Quant à elle, elle s'amusait de ses mimiques quand il leur dévoilait ses secrets de jardinier avec un sourire malicieux. Devait-elle se présenter à lui pour se renseigner ? Elle haussa les épaules. La belle maison qui abritait l'école catholique se trouvait à deux pas de là. Autant aller droit au but, elle était impatiente de savoir ce qui l'attendait. Elle partit d'un pas décidé et s'arrêta bientôt, stupéfaite. À travers la grille du portail, elle ne reconnaissait pas la vaste cour ombragée qui donnait accès au bâtiment. Quant à l'habitation elle-même, le toit paraissait neuf et la façade avait été recrépie et peinte en blanc, ce qui faisait ressortir le bleu lavande des volets. L'effet en était très harmonieux.

Lucia fronça les sourcils, brusquement inquiète. Quelque chose avait changé, elle en était certaine. Elle tira vivement la chaîne qui activait la clochette pour signaler sa présence et attendit, les nerfs à vif. Après quelques instants, la porte d'entrée s'ouvrit et une dame âgée, toute menue, apparut sur le seuil. Lucia eut tout le loisir de l'observer tandis qu'elle approchait. Ses traits, son cou veiné de bleu et sa démarche lente trahissaient une santé précaire, mais l'expression de son visage était d'une grande douceur.

— Que puis-je pour vous, mademoiselle ? S'enquit-elle.

Interdite, Lucia ne savait que répondre, tandis qu'une boule gonflait dans sa poitrine, l'empêchant de parler. Elle ne s'était donc pas trompée, l'école n'existait plus et les religieuses étaient parties ! Brusquement, elle réalisait que tous ses espoirs s'écroulaient.

Comme elle demeurait muette, la dame s'aperçut de son trouble et ouvrit le portail pour la prendre par le bras.

— Venez, ma fille, dit-elle gentiment, je vais vous servir quelque chose à boire et vous m'expliquerez. Vous paraissez exténuée.

Une fois franchi le vestibule, elles entrèrent dans une vaste pièce et Lucia resta sur le seuil, stupéfaite. La salle de classe était devenue un grand séjour avec cheminée. Le tout était luxueusement meublé. Sans réfléchir, la jeune femme s'avança jusqu'à la porte vitrée qui donnait sur l'arrière de la maison et observa, médusée, l'ancienne cour de récréation ainsi que le petit terrain, entièrement clos à l'époque et interdit aux enfants, car c'était le lieu réservé au jardin qu'entretenait M. Joseph. Tout était bouleversé, elle ne reconnaissait plus le cadre où elle avait vécu cinq ans. Disparus, les légumes qui ravitaillaient les sœurs. On avait libéré l'espace, arboré, fleuri avec goût, meublé la terrasse d'un confortable mobilier en osier du plus bel effet et même enlevé une statue de la vierge qui trônait dans une niche, contre un mur extérieur !

Son hôtesse finit par l'interroger :

— Vous êtes une ancienne élève ?

— Oui, madame, confessa-t-elle d'une toute petite voix.

Celle-ci s'était approchée et lui serrait affectueusement le bras. Encouragée, Lucia hésita, puis débita d'une traite, sans tourner la tête :

— Je m'appelle Lucia Bartolomé et j'ai été placée ici en 1939 en compagnie d'un garçon un peu plus âgé que moi, Claudio Gomez. Mon père avait fui l'Espagne de Franco en m'emmenant avec lui, après la disparition de ma mère dans les combats. Mais en France, on nous a enfermés dans un camp, à Argelès-sur-Mer, où on a survécu dans des conditions terribles jusqu'au jour où, en 1939, des camions sont arrivés un matin avec des policiers qui ont embarqué de force des hommes désignés on ne sait comment pour les conduire vers une destination inconnue.

Lucia sembla réfléchir avant d'ajouter :

— D'après sœur Marie-Thérèse, qui m'avait recueillie ici, il semble qu'on les ait dirigés sur le front pour construire des fortifications avant qu'ils ne soient faits prisonniers par les Allemands. Nul ne sait ce qu'ils sont devenus…

Il y eut un silence, puis Lucia finit par mentir, pour ne pas révéler sa situation :

— Ce soir, je suis invitée à la ferme de la Bourriette, chez M. et Mme Bonnaure. C'est là où les sœurs m'envoyaient chercher le lait. Mais en revenant à Concourès, j'espérais bien revoir les religieuses, surtout sœur Marie-Thérèse qui s'est occupée de moi pendant cinq ans. Jusqu'au jour où l'Assistance publique m'a placée dans une famille.

Il y eut un long silence, puis son hôtesse demanda, d'une voix douce :

— Votre père faisait partie du convoi ?

— Oui, souffla Lucia.

La vieille dame l'entraîna vers un siège et la pria de s'asseoir.

— Ma pauvre fille, s'apitoya-t-elle, vous avez bien mal débuté dans la vie. Je comprends votre peine de ne pas retrouver votre école et les sœurs qui vous avaient recueillie.

Elle s'éloigna et revint bientôt avec une bouteille et deux verres.

— Je vais nous servir un vin d'orange de ma fabrication, dit-elle, cela nous fera du bien à toutes les deux.

Elles burent en silence, avant que la dame ne s'explique. En fait, sœur Marie-Thérèse était décédée deux ans plus tôt et l'évêché avait décidé de vendre l'immeuble qui ne recevait plus guère d'élèves et coûtait cher à entretenir. C'était ce qu'on avait appris à Julien Fabre, son fils, quand il avait acheté cette maison pour trouver un havre de paix pendant ses périodes de repos.

— Il voyage beaucoup pour ses affaires en compagnie de Régine, son épouse, qui lui sert de secrétaire, conclut-elle. Quant à moi, je suis veuve et ils ont tous deux la gentillesse de me garder avec eux.

Elle ajouta encore :

— Nous avons une bonne, Mariette, mais c'est son jour de congé.

Le silence retomba. Lucia se sentait anéantie. Apprendre ainsi la mort de la seule femme sur qui elle comptait pour l'aider dans la situation périlleuse où elle se trouvait la bouleversait. Mais outre la peine, tout le plan qu'elle avait échafaudé s'écroulait. Qu'allait-elle devenir ? Devait-elle avouer à cette vieille dame sa fuite et son désarroi ? Lucia jugea que c'était vain. Aussi esquiva-t-elle du mieux qu'elle put les questions que Mme Fabre lui posait, curieuse de connaître le but réel de sa visite. Après quelques vagues explications, elle finit par conclure d'une pirouette :

— J'avais beaucoup d'affection pour les religieuses qui m'ont élevée ici jusqu'à mes douze ans. J'étais de passage et je comptais bien les embrasser, mais la mort de sœur Marie-Thérèse me touche beaucoup.

Elle regretta de mentir encore une fois à cette vieille femme si aimable, mais elle n'avait pas le choix :

— Maintenant, il se fait tard. M. et Mme Bonnaure doivent m'attendre. Merci de votre gentillesse, madame Fabre.

Elle s'était levée pour prendre congé et son hôtesse l'accompagna jusqu'au portail. Au moment de s'éloigner, Lucia posa la question qui lui brûlait les lèvres :

— Euh, savez-vous où sont allées sœur Angèle et sœur Germaine ?

La vieille dame prit un air navré.

— Je suis désolée, ma fille. Elles étaient parties depuis longtemps lorsque Julien a acheté la maison.

Il était déjà 19 heures lorsque Lucia pénétra dans le bistrot à l'enseigne de *Chez Julie*. Le nom avait changé, preuve que les anciens propriétaires avaient dû vendre. Elle en fut contrariée car ils étaient chaleureux et accueillants, mais elle n'avait pas le choix après une nuit blanche et la rude journée qu'elle venait de vivre. De plus, le panneau indicateur informait les voyageurs que l'autobus ne passait qu'à 9 heures, le lendemain, et l'idée de dormir une nouvelle fois à la belle étoile, sans avoir mangé, l'angoissait au plus haut point.

Deux hommes étaient assis dans un coin, qui l'observèrent avec curiosité. Il n'y avait personne derrière le comptoir mais un client, debout, sirotait un verre de vin. Un chasseur, probablement, à voir sa veste bariolée de vert et son épais pantalon de velours. L'inconnu la dévisagea un instant, l'air visiblement perplexe, puis se détourna et but une gorgée sans plus lui porter attention, ce qui rassura Lucia. Personne ne l'avait reconnue et elle pensait que c'était mieux ainsi.

— Patronne, cria un des deux clients assis, viens nous resservir !

Une jeune femme sortit de la cuisine et passa derrière le comptoir. Elle était très brune, malgré une peau laiteuse, et ses cheveux courts lui donnaient une tête de petit garçon. Elle s'approcha de Lucia qui remarqua son regard ardent, plein de lumière autour de ses pupilles noires.

— Bonsoir, fit-elle. Je m'appelle Julie. Vous désirez boire quelque chose ?

Le ton affable et le visage avenant rassurèrent Lucia. Elle décida de tenter franchement sa chance :

— Je dois prendre l'autobus pour Béziers, demain matin, dit-elle. J'ai fait un long voyage pour venir ici et je suis épuisée et affamée. J'aimerais trouver à me loger pour la nuit et manger quelque chose de chaud, si possible.

Lucia rougit un peu, car les trois hommes l'avaient écoutée avec curiosité. Une jeune fille seule, perdue dans un village, ce n'était pas commun. Mais Julie ne semblait pas surprise.

« Peut-être l'habitude du commerce, songea Lucia. À moins qu'elle n'ait deviné mon désarroi à travers ma mine fatiguée. »

La patronne prit une bouteille derrière le comptoir et sourit.

— Ça peut s'arranger, dit-elle. Je ferai réchauffer un peu de blanquette de midi. Attendez que je serve ces messieurs.

Elle revint bientôt et l'invita à la suivre. L'escalier de bois craquait et, lorsqu'elle pénétra dans la chambre, elle se tourna vers Lucia, complice.

— Nous n'avons guère de gens de passage avoua-t-elle pour s'excuser de l'état des lieux, mais cela ne vous coûtera pas cher.

En effet, la pièce n'avait pas été aérée depuis longtemps et une forte odeur de moisi flottait dans l'ombre des volets. Julie ouvrit les fenêtres. Sur les murs, le papier peint orné de fleurs était fané et se décollait par endroits. Mais il y avait un grand lit et l'eau courante à un lavabo. Un luxe dans la situation où elle se trouvait.

— Ici vous serez bien, dit Julie. Je vous laisse faire un brin de toilette et je vous attends en bas.

Lucia remercia et se pencha à la fenêtre qui donnait sur la place du village. Un chien aboyait quelque part, au loin. Tandis que, harassée, elle se débarrassait de son sac, elle songea que c'était peut-être le premier signe d'espoir du destin. « Mais demain ? » se dit-elle aussitôt. Elle décida que, pour l'instant, il lui fallait profiter du répit qui lui était offert pour se reposer.

Assise sur le banc, à l'arrêt de l'autobus, Lucia tentait de réfléchir à sa situation. Par chance, elle avait dormi d'un trait et le copieux petit déjeuner gentiment servi par Julie avait fini de la revigorer. Elle se sentait mieux après avoir repris des forces. Mais que ferait-elle une fois revenue à Béziers ? À qui demander du secours ? Elle songeait qu'elle pourrait peut-être se renseigner pour essayer de trouver une congrégation de religieuses où elle pourrait se réfugier, si elle plaidait bien sa cause. Les sœurs l'avaient sauvée une première fois. Pourquoi ne pas tenter à nouveau sa chance ? Mais le doute s'emparait d'elle, insidieux. La jeune femme réalisait soudain qu'entre son enfance à Concourès et les six ans passés à Grand-Puy elle ne connaissait pas grand-chose de la vie et des pièges qu'elle vous réserve. Assise sur ce banc où elle était seule à attendre l'autobus, elle se sentait perdue.

Une joyeuse exclamation la fit se tourner et elle observa, stupéfaite, le vieux monsieur qui traversait la rue, venant à sa rencontre. L'homme avait la tête haute, le front étroit et davantage de rides sur le visage qu'autrefois. Sa démarche était plus lente, mais le regard pétillant de ses petits yeux d'oiseau disait assez le ravissement de revoir Lucia, à la fois un peu gênée, mais quand même heureuse de pouvoir parler à quelqu'un qu'elle connaissait bien. Elle retrouva naturellement ses réflexes de gamine.

— Bonjour, monsieur Joseph, fit-elle en se levant pour l'embrasser.

Souriant, celui-ci souleva son béret, se gratta la tête en contemplant longuement la jeune femme, puis s'exclama :

— D'abord, j'y ai pas cru ! Hier, j'étais dans mon potager à plumer l'herbe de mes salades lorsque tu es descendue de l'autobus. Non, j'y ai pas cru et maintenant te voilà, là, devant moi. La petite Lucia, celle qui bataillait toujours avec les gamins qui te traitaient de gitane à cause de tes cheveux noirs et qui venait me voir travailler en compagnie de Claudio, quand je m'occupais du jardin, chez les sœurs.

Il rit.

— Ah, tu ne te laissais pas faire, on peut le dire ! Je suis content que tu m'aies reconnu.

— Bien sûr, monsieur Joseph, dit Lucia un peu interloquée. Comment vous oublier ? Il vous arrivait même de nous défendre, Claudio et moi, quand les autres nous criaient après, à la récréation. Et je me souviens des bonbons ou des carrés de chocolat que vous nous apportiez, quelquefois, à la demande de votre femme, Rosine. Je suis bien contente de vous voir.

— Et moi aussi ! s'écria le vieil homme. Mais dis donc, tu étais toute maigrichonne et te voilà devenue une bien jolie fille !

Il réfléchit un instant, compta sur ses doigts puis sourit, avant d'ajouter :

— Tu es partie d'ici juste avant la fin de la guerre pour être placée dans une ferme en 1944. Tu dois avoir dix-huit ans.

— Vous ne vous trompez pas. C'est bien cela.

Ils s'assirent et le visage de Cambon retrouva son sérieux. Il se tourna vers elle et lui prit la main.

— Mais dis-moi, petite, comment vas-tu et quel hasard t'a ramenée à Concourès ? Hélas, tu dois savoir que les sœurs ne sont plus là. Tu voulais les revoir, peut-être ?

La question que la jeune femme redoutait était posée. Franche. Curieux, Cambon observa le sac tyrolien, puis son regard se fixa sur Lucia et il ne la quitta plus des yeux. Celle-ci hésitait, certaine qu'il avait deviné qu'elle se trouvait en difficulté. Joseph Cambon n'était pas seulement vieux. Tout ce qui apparaît de la vie quand les années l'ont usée jusqu'à en révéler le cœur et l'esprit était lisible sur son visage couturé de rides. Et surtout une infinie bonté. Il reprit doucement :

— Tu sais, tu peux me parler franchement. À mon âge, on peut tout comprendre…

Une affectueuse pression de la main finit de la convaincre. Elle avait besoin de se confier et l'autobus n'allait pas tarder à passer. En quelques phrases hachées, elle avoua tout, sa condition à Grand-Puy, le domaine où elle avait été placée. L'arrivée du nouveau régisseur, très dur avec les domestiques, ce qui avait aggravé sa situation et, surtout, sa fuite après la tentative de viol dont l'avait miraculeusement sauvée un garçon, Sylvain, posté près de là dans un affût de chasse. Sa déception et son chagrin en apprenant de Mme Fabre le décès de sœur Marie-Thérèse sur qui elle comptait pour la tirer d'affaire parce que, mineure, elle était en danger. Elle finit par lever les bras, en signe d'impuissance, et conclut :

— Après mon départ, elle ne m'a jamais écrit pour demander de mes nouvelles, je ne pouvais donc pas me douter. Mais sa mort m'a brisé le cœur et je ne sais plus où aller. J'espère qu'à Béziers je trouverai une communauté religieuse qui pourra m'accueillir. Voilà.

Elle prit un air buté et ajouta :

— Mais quoi qu'il arrive, je ne retournerai pas à Grand-Puy !

Cambon s'inquiéta.

— Je ne peux que te donner raison, d'après ce que tu me dis, mais as-tu un peu d'argent, au moins ?

— Pas beaucoup, avoua Lucia, mais je peux tenir quelques jours. Il faudrait que je trouve du travail, mais qui embauchera une fugitive qui n'est pas encore majeure ?

Le vieil homme ne la quittait pas des yeux. Il resta pensif un instant, puis resserra sa prise sur la main de Lucia.

— Je crois que j'ai une meilleure idée pour toi. Tu devrais essayer d'aller voir Claudio. Lui, il est bien tombé. Il entretient le jardin d'agrément d'un riche industriel de Ganges et lui sert également de chauffeur parce qu'il a même réussi à passer son permis de conduire. Il me dit que ses patrons sont gentils.

— Comment le savez-vous ? s'exclama Lucia, éberluée.

Cambon sourit.

— Il s'occupe aussi du potager. Tu te souviens comme il était curieux, il voulait toujours se rendre utile. Nous nous entendions bien, tous les deux, c'est pourquoi il m'écrit pour que je lui donne des conseils, de temps en temps. Et il me demandait souvent de tes nouvelles, mais je n'ai jamais rien pu tirer de sœur Marie-Thérèse. C'est un brave garçon, je pense qu'il pourra peut-être t'aider.

Le cœur de Lucia battait fort, soudain.

— C'est où, Ganges ?

L'autobus avait fait son apparition au bout de la rue. L'arrêt serait de courte durée, il n'était plus temps de s'attendrir. Ils se levèrent et le vieil homme expliqua, rapidement :

— Une petite ville dans le nord de l'Hérault où il y a de nombreuses usines qui fabriquent des bas. Il te faut aller à la gare routière de Montpellier et prendre un car qui t'amènera à destination. Et pour trouver Claudio, ce ne sera pas compliqué, il te suffira de demander l'adresse de M. Louis-Xavier Favière. C'est au centre-ville et la maison s'appelle le Clos des Tilleuls. Et quoi qu'il en soit, c'est une région où il y a beaucoup de travail ; pour les femmes aussi bien que pour les hommes. Ce serait bien le diable si tu n'arrivais pas à te débrouiller.

L'autobus s'était arrêté à la hauteur de Lucia et de Joseph, et le chauffeur les observait par la porte ouverte, impatient de repartir.

— Bonne chance, petite, dit Joseph, la voix un peu chevrotante. Et sois courageuse.

Il ajouta encore :

— Écris-moi, si ça ne va pas...

Il paraissait frêle et désarmé, soudain, tandis que Lucia se sentait bouleversée. Ce vieux monsieur venait de lui apporter un nouvel espoir. Elle le prit dans ses bras et le serra très fort en l'embrassant.

— Merci, oh ! merci, monsieur Cambon, souffla-t-elle.

Elle saisit son sac et s'engouffra dans le véhicule pour cacher ses larmes qui commençaient à couler.

Une fois son billet acheté, elle se précipita au fond de l'autobus pour faire un signe de la main jusqu'à ce que la frêle silhouette disparaisse au détour d'un premier virage.

IV

QUE FAIRE ? Lucia venait de descendre de l'autobus en provenance de Montpellier et n'avait pas eu de peine à se procurer l'adresse de M. Louis-Xavier Favière.

Elle se trouvait maintenant devant l'habitation qui bordait une grande place, au centre de la ville, et il y avait bien une sonnette, mais le portail, que surmontait une enseigne en demi-lune indiquant le nom de la demeure, le Clos des Tilleuls, était fermé. De plus, la maison elle-même se situait à l'arrière d'une vaste terrasse surélevée, dissimulée derrière une pergola envahie par un chèvrefeuille encore couvert de fleurs au parfum entêtant, ce qui lui masquait la vue. Autant d'obstacles qu'elle jugeait infranchissables. Le cœur battant, elle hésitait. Comment se présenter à la personne qui viendrait ouvrir ? Si Claudio n'était pas là, il lui serait difficile d'expliquer les circonstances qui l'avaient emmenée jusque-là. Et puis le doute s'emparait d'elle, soudain. Dans l'autobus, elle avait longuement pensé à Claudio, son compagnon d'infortune au départ du camp d'Argelès-sur-Mer. Bien sûr, ils étaient arrivés ensemble chez les sœurs, ce qui aurait dû les rapprocher. Mais lui n'était resté que deux ans et, avec la différence d'âge, ils n'étaient jamais parvenus à être vraiment amis. Peut-être, surtout, à cause de la timidité de ce grand échalas qu'elle trouvait un peu mollasson, à l'époque. Pourtant, d'après M. Joseph, il avait su se faire apprécier dans une famille bourgeoise, réussissant même à passer le permis de conduire, ce qui n'était pas rien ! Il avait donc évolué. Mais elle se demandait comment il réagirait en la revoyant. Une question lui vint à l'esprit, qui la fit sourire : la reconnaîtrait-il, au moins ? Il avait quitté une gamine de douze ans et allait retrouver une jeune femme de dix-huit ans qui avait beaucoup changé. Et lui, songea-t-elle, serait-il très différent du garçon qu'elle avait connu ?

Elle haussa les épaules. Un homme venait vers elle, qui la dévisagea avec curiosité. Elle décida soudain qu'il n'était plus temps de tergiverser.

— Excusez-moi, monsieur, demanda-t-elle, connaissez-vous Claudio Gomez ? C'est le jardinier de M. Favière.

Le passant s'arrêta, sourit, et consulta sa montre.

— Claudio ? Bien sûr, j'habite juste à côté. Mais à cette heure-ci, s'il ne conduit pas M. Favière à un rendez-vous, il a terminé sa journée et vous le trouverez en train de faire sa belote au *Bar du Siècle*, en bas de cette rue. C'est là qu'il a ses habitudes.

L'homme tendait le bras, indiquant le chemin. Lucia s'empressa de le remercier. Elle était soulagée. Si elle avait la chance de repérer Claudio dans ce café, ce serait beaucoup plus facile de lui expliquer sa situation.

Elle emprunta une allée bordée de platanes, pas très longue mais large, et comprit qu'elle était au cœur du centre-ville à voir les restaurants, les bistrots, les boutiques bien décorées qui se succédaient et devant lesquelles s'attardaient des badauds. M. Joseph ne s'était pas trompé, Ganges semblait respirer la prospérité, conséquence du plein-emploi dont il avait parlé.

Lucia ne pouvait manquer le *Bar du Siècle* que désignait, tout au bout de cette voie très fréquentée, un tube fluorescent en lettres rouges illuminant la façade de verre devant laquelle elle s'arrêta, essayant d'apercevoir Claudio à l'intérieur.

À l'heure de l'apéritif, l'établissement grouillait de monde. Le comptoir était pris d'assaut par de nombreux consommateurs parmi lesquels régnait une grande animation, car les cris et les rires parvenaient jusqu'à elle. Fascinée, Lucia observa un moment cet univers étrange pour elle, tentant de localiser celui qu'elle cherchait malgré la buée qui recouvrait les vitres et l'atmosphère enfumée. Le lieu était vaste et occupé par des tables aux pieds de fonte supportant un marbre blanc avec, autour, des chaises en bois au dossier arrondi. Les murs étaient ornés de plaques de métal vantant des marques d'apéritifs, Suze, Dubonnet, Cinzano, Ricard, et un énorme poêle trônait au milieu de la salle.

On jouait aux cartes un peu partout, mais le regard de Lucia fut attiré par l'intérêt qui se concentrait autour d'une partie particulièrement animée. Assis en retrait, très près des joueurs, trois personnages suivaient avec autant d'attention que s'ils participaient eux-mêmes. À un moment, l'un d'eux se leva pour s'éloigner et Lucia aperçut enfin Claudio, que l'inconnu masquait jusque-là à sa vue. Sans hésiter, elle poussa la porte et entra, songeant à la surprise du jeune homme qui ne pouvait se douter de rien car il lui tournait le dos.

Il sursauta quand elle lui posa la main sur l'épaule, et une fois qu'il se fut retourné il se dressa à demi, puis balbutia, incrédule :

— Toi, Lucia ?

Abasourdi, Claudio restait figé dans sa posture inconfortable. Puis il réalisa soudain qu'autour de lui on l'observait d'un drôle d'air et il finit par se mettre debout. Sans un mot de plus, il salua vaguement ses compagnons de jeu d'un signe de tête, prit le bras de Lucia et l'entraîna à l'extérieur, pressé d'échapper aux regards curieux des consommateurs qui ne les quittaient pas des yeux.

— Ça alors !… Ça alors !… Si j'avais pu penser, murmurait Claudio tout en la tirant derrière lui comme il l'aurait fait d'un enfant.

Ils longèrent le trottoir un court instant, traversèrent la rue pour s'engager dans une venelle étroite et sombre où, après quelques pas, le jeune homme poussa une porte et ils pénétrèrent par l'arrière à l'intérieur d'un bar plus tranquille où la plupart des clients étaient installés en terrasse, sur l'avenue principale. Il fit asseoir Lucia sur une banquette en moleskine où elle se débarrassa de son sac, tandis qu'il prenait place en face d'elle.

— Alors ? demanda-t-il. Explique-moi…

Le patron arrivait, son plateau à la main, et Lucia se tut, tandis qu'il prenait la commande après avoir passé, par réflexe, le torchon sur la table. Elle surprit le coup d'œil que l'homme leur avait lancé. Il était clair que le cafetier était persuadé avoir affaire à deux amoureux cherchant un coin tranquille pour bavarder. « S'il savait ! » songea-t-elle. Ils patientèrent un moment, le temps qu'il revienne servir leurs boissons puis, dès qu'il se fut éloigné, Claudio serra les mains de Lucia dans les siennes et ne les lâcha plus. Le geste et le regard chaleureux de son ancien compagnon la réconfortèrent.

Comme elle l'avait fait devant Mme Fabre, mais avec tous les détails cette fois, elle expliqua tout de sa vie de misère après avoir été placée à Grand-Puy. Et, surtout, de l'événement qui avait provoqué sa fuite et combien, une fois arrivée à Concourès, elle avait été choquée d'apprendre le décès de sœur Marie-Thérèse. Elle ajouta que, ne sachant où aller, elle était entrée au bistrot du village où, par chance, une jeune femme sympathique lui avait donné une chambre et servi un bon repas, ce qui lui avait permis de se reposer et de reprendre des forces.

— Et le lendemain matin, conclut-elle, alors que je me sentais perdue, ne sachant où aller, M. Joseph m'a vue en train attendre le bus et il est venu s'asseoir à côté de moi. C'est lui qui m'a conseillé de faire appel à toi en m'expliquant que tu étais placé dans une bonne famille. Je n'aurais jamais imaginé que vous pouviez encore correspondre…

— Oui, j'ai parfois des nouvelles, approuva Claudio. Au début, lorsque j'ai commencé à faire le jardinier chez M. Favière, il m'a beaucoup aidé. Mais tu ne savais donc pas que sœur Marie-Thérèse était décédée et que la maison avait été vendue ?

— Non, avoua Lucia. Tu connaissais son principe : il fallait nous endurcir pour savoir nous débrouiller dans la vie. Elle avait coupé les ponts et je n'ai pas eu la chance, moi, d'être accueillie dans une famille aimable comme toi. Il paraît qu'on t'a même offert l'opportunité de passer le permis de conduire ?

Elle ajouta, admirative :

— Bravo !

Claudio sourit.

— Oui, mais mes patrons sont quand même très exigeants. Quand je dois emmener monsieur à un rendez-vous, je ne compte pas mes heures à l'attendre. Mme Favière, elle, laisse son mari diriger son usine, Hélios, mais elle donne parfois son avis et le pousse souvent à être audacieux. Preuve qu'elle s'intéresse à ses affaires. Quant à la maison, elle gère tout et surveille les moindres détails, y compris au jardin où elle choisit elle-même les plantations de fleurs. C'est une femme de tête.

Il resta pensif un instant, semblant préoccupé. Soucieuse que sa brusque apparition ne représente pas une charge pour lui, Lucia prit les devants :

— Monsieur Joseph prétend qu'il y a beaucoup de travail dans les usines de bas. Ne peux-tu me donner un conseil ? Il me faudrait également trouver une chambre où me loger. J'ai économisé un peu d'argent…

Claudio restait muet, plongé dans sa réflexion.

— Sais-tu faire la cuisine ? finit-il par demander.

— Bien sûr, répondit Lucia, surprise par la question. Marthe, la cuisinière de Grand-Puy, m'a tout appris. Et ses repas étaient appréciés, aussi bien des patrons que des autres domestiques.

— Il y aurait peut-être une solution, dit Claudio, songeur.

Il expliqua :

— Augustine, la bonne à tout faire de la maison, est âgée et voudrait bien s'arrêter. Je pourrais essayer de plaider ta cause.

— Oh ! Je ne veux pas te causer des soucis, protesta Lucia. Si je pouvais trouver du travail dans une usine, ça m'irait très bien.

Claudio resserra sa prise sur les mains de la jeune femme.

— J'ai envie d'essayer, dit-il. Mme Favière est très croyante et généreuse envers les bonnes œuvres du curé. De savoir que tu as été élevée par des sœurs pourrait jouer en ta faveur…

Il fronça les sourcils et désigna le sac tyrolien :

— C'est là tout ton bagage ?

— Oui, avoua-t-elle. Et encore, j'avais prévu ma fuite et acheté quelques affaires présentables.

Il se leva.

— Viens, dit-il, il se fait tard. Je vais t'emmener dans une pension de famille où tu pourras attendre que je te fasse signe. Et si je ne réussis pas, Julien, le fils d'Augustine, travaille dans une usine, il connaît du monde.

Ils sortirent du bar et se dirigèrent à nouveau vers la rue principale qu'ils remontèrent côte à côte en marchant d'un bon pas. Il ne tenait plus Lucia par la main, mais la jeune femme se sentait soulagée. Elle avait un ami sûr qui lui paraissait très différent du grand échalas timide qu'elle avait côtoyé chez les sœurs, une chambre pour la nuit et un repas chaud. Demain serait un autre jour.

Claudio fit pénétrer Lucia par une porte située dans l'aile gauche de la maison et elle le suivit dans un couloir austère, gris et nu, à l'image de ce que le maître du Clos des Tilleuls voulait montrer de lui quand, au hasard des circonstances, il recevait un homme d'affaires dans son bureau : de la rigueur, du sérieux, du professionnel. Comme celui qu'il avait à l'usine. Arrivé au bout, Claudio frappa discrètement.

— Entrez donc ! lança une forte voix à l'intérieur.

Lucia et lui demeurèrent un instant poliment figés sur le seuil, avant que M. Favière ne les invite à venir s'asseoir. Surprise, Lucia constata que Mme Favière était installée près de son mari. C'est elle qui posa la première question :

— Ainsi, Claudio, voilà la fameuse demoiselle dont vous nous avez vanté les mérites, ce matin ?

— Oui, madame.

Claudio parla un long moment, insistant une nouvelle fois sur le fait que, contrairement à lui, Lucia était restée cinq ans chez des sœurs qui se montraient sévères dans tout ce qui concernait l'éducation, y compris religieuse. Mais il conclut que Lucia était mieux à même que lui pour expliquer la vie qui avait été la sienne, après son placement au domaine de Grand-Puy.

— Alors, nous vous écoutons, mademoiselle, fit Mme Favière. Claudio prétend que vous êtes un cordon-bleu ?

Lucia observait le bureau. Surprise dans sa contemplation, elle sursauta et tourna vivement la tête vers la maîtresse de maison, une femme à l'élégance naturelle, aux yeux clairs, avec un visage aux traits agréables, aux cheveux bruns, qui ne paraissait pas la cinquantaine d'années qu'elle devait avoir.

— Euh... c'est exagéré, madame, avoua-t-elle modestement. Marthe, la cuisinière, m'a appris tout son savoir et elle était contente de moi. Mais à Grand-Puy, je devais le plus souvent aller aux champs avec les hommes ou aider le berger, et aussi m'occuper du jardin, du poulailler. Sans parler des corvées des femmes, des lessives. Marthe me prenait avec elle surtout l'hiver, à la saison morte.

Elle hésita.

— Une vie d'esclave, madame, souffla-t-elle.

Maintenant qu'elle était lancée, elle continua à parler avec une franchise qui tenait du défi, donnant des détails sur l'existence difficile qui avait été la sienne et conclut sur la terrible scène avec le régisseur qui la persécutait depuis quelque temps, expliquant comment un inconnu l'avait miraculeusement sauvée, les effrayantes menaces de Paillès. Elle finit par avouer :

— J'ai été obligée de fuir, sinon la vie serait devenue impossible pour moi.

Elle se tut, puis ajouta, en relevant la tête :

— Mais après ce que j'ai vécu, je peux vous assurer que le travail ne me fait pas peur.

Il y eut un silence qui se prolongea, puis la maîtresse de maison se tourna vers son mari.

— Quel est votre avis, Louis-Xavier ? Cette petite n'a pas eu beaucoup de chance. Et Augustine pourrait partir après l'avoir formée à sa tâche.

M. Favière contempla son bureau, encombré de paperasses et de livres de compte. Il ne s'était pas mêlé à la conversation, manifestement peu intéressé par ce problème, et il semblait pressé de régler l'affaire. C'était un homme à la soixantaine distinguée chez qui, dès le premier abord, on devinait l'autorité naturelle. De corpulence moyenne, très brun, portant moustaches, son regard bleu et brillant se fixa un instant sur Lucia comme si, après l'avoir écoutée et photographiée, il se retirait en lui-même pour étudier la question avec toute son attention. Il finit par dire :

— Ces problèmes d'intendance sont votre domaine, Alice. Je vous ferai simplement remarquer que cette jeune femme est mineure et en fuite. Cela pourrait éventuellement nous attirer des ennuis.

M. Favière parlait avec assurance, mais aussi avec tact et convenance. Un frisson parcourut l'échine de Lucia. Par chance, Mme Favière répondait déjà, sans se démonter :

— Vous avez raison, mon cher. Aussi, à ce sujet, il suffirait que vous appeliez votre ami Bergeron, le député, pour qu'il intervienne afin qu'elle soit officiellement placée chez nous jusqu'à sa majorité. Il ne peut rien vous refuser. Mais avant cela, commençons déjà par la garder un mois ou deux à l'essai, si vous voulez bien.

— Soit, acquiesça M. Favière, faites comme vous l'entendez.

Il s'empara d'un registre qu'il se mit à feuilleter de ses belles mains lisses et blanches, signifiant qu'il lui tardait de se replonger dans ses dossiers.

— Bien, conclut la maîtresse de maison. Allez donc chercher vos affaires, mademoiselle. Quand vous reviendrez, vous trouverez Augustine à l'office ; elle vous indiquera votre chambre, à l'étage. Ensuite, elle vous apprendra comment elle exerce sa tâche.

Claudio et Lucia se levèrent.

— Merci, monsieur. Merci, madame, dit Lucia.

Ils sortirent sous le regard des Favière. Tout s'était passé si vite que Lucia se retrouva à emprunter à nouveau le long couloir en sens inverse sans réaliser vraiment qu'elle était embauchée et qu'à partir de cet instant Grand-Puy ne serait plus qu'un mauvais souvenir. Cela s'était fait si simplement, si vite, qu'elle ne parvenait pas à réaliser son immense chance.

V

Le Clos des Tilleuls, janvier 1951

— Voyez-vous, Lucia, disait Alice Favière, cette sœur Marie-Thérèse a eu raison de vous élever un peu à la dure, à vous encourager à la révolte, quitte à prendre des coups, parfois. Grâce à elle, vous êtes armée, vous avez de la défense. C'est bien. Sans cela, vous n'auriez pas résisté dans ce rude et pénible milieu d'hommes où l'on vous avait placée.

Lucia ne répondit pas, feignant de mettre de l'ordre dans les différentes tenues, robes, ensembles, chapeaux, chaussures qu'essayait sa maîtresse en vue de choisir la toilette la plus appropriée qu'elle porterait le soir même, à la réception que donnait le préfet à l'occasion de sa nomination. Lorsqu'elle accompagnait son mari dans une pareille occasion, Mme Favière aimait se montrer la plus élégante possible.

— Volontaire et solide, vous l'êtes peut-être trop, poursuivait Mme Favière, songeuse. Bon, j'admets qu'après ce que vous m'avez raconté de votre vie à Grand-Puy il vous ait fallu du courage pour fuir cet enfer. Et je comprends que vous soyez méfiante envers les hommes…

Il y avait déjà près de quatre mois que Lucia remplaçait Augustine et elle s'était maintenant familiarisée avec les habitudes du Clos des Tilleuls. Et en particulier avec cet inévitable déballage de toilettes que sa maîtresse ne manquait pas d'étaler sur le canapé du salon avant de faire son choix, lorsqu'elle avait prévu une sortie. Et la jeune femme savait très bien que, si Mme Favière lui demandait son avis, elle n'en tenait que rarement compte. Mais Lucia s'en moquait, songeant qu'elle aurait eu bien tort de se plaindre. Quelle différence entre sa nouvelle existence et ce qu'elle avait vécu à Grand-Puy ! Chaque jour elle se félicitait d'avoir osé fuir l'enfer de ce domaine et remerciait dans ses prières M. Joseph grâce à qui elle avait retrouvé la trace de Claudio. Sans son aide, rien n'aurait été possible.

— Toutefois, insistait Mme Favière en s'examinant devant un miroir, il ne faudrait pas vous figurer que tous les hommes sont des rustres excités. Simplement, ils n'aiment pas que les femmes se montrent trop fortes. Ils préfèrent avoir à nous protéger, ou à nous dominer. Tout au moins à se l'imaginer car nos armes sont bien différentes. Et vous devriez quand même songer à vous marier, ma fille. Vous avez besoin d'un homme, surtout dans la situation où vous vous trouvez…

Mme Favière guetta en vain une réponse qui ne vint pas. Elle reprit :

— Alors, je me disais…

— Cette robe met la silhouette de madame en valeur et vous fait une belle poitrine, la coupa Lucia pour faire diversion.

Flattée, Alice se tourna, se redressa, s'admira et, pour une fois, approuva.

— Vous avez raison, bien sûr. Je vais choisir celle-ci. De nos jours, on doit porter des tenues cintrées, longues, marquant les hanches et le buste. Ou alors il faut qu'elles soient collantes, pour gainer le corps. Quand je pense qu'il y a des femmes qui mettent encore des jupes trop courtes. On dirait des petites filles qui ne voudraient pas grandir !

Mme Favière éclata de rire et Lucia la regarda, surprise. Elle s'étonnait toujours lorsque sa maîtresse se montrait si futile et préoccupée de son apparence, elle d'ordinaire si strictement vêtue et surtout soucieuse de sa maison. Ce qui ne l'empêchait pas de suivre discrètement, mais avec attention, les affaires de son mari. Surtout, lui avait expliqué Claudio, depuis que les deux fils du couple, Michel et David étaient partis à Paris y poursuivre des études supérieures.

— Tenez, je la mettrai avec ces chaussures. Qu'en pensez-vous ?

— C'est parfait, madame. Vraiment.

— Merci, ma fille. Vous avez bon goût, apprécia Mme Favière.

Lucia aimait la douceur des étoffes, les coloris moirés, les géométries audacieuses et à la mode des tenues qui garnissaient la garde-robe de sa maîtresse. Jamais elle n'avait vu les dames de Grand-Puy aussi élégamment habillées.

Cette pensée la fit sourire. Son nouveau cadre de vie était si agréable par rapport à ce qu'elle avait connu au domaine ! Il n'y avait qu'à considérer le décor raffiné de ce salon où elles se trouvaient. La vaste cheminée qu'ornaient deux coupes de bronze et une pendule à colonnettes de marbre vert, les dorures, les stucs, les moulages au plafond avec ses deux lustres formés de mille petits cristaux taillés, les grands tableaux aux murs sans compter les innombrables bibelots qui encombraient les meubles et le piano.

Il lui arrivait de se réveiller en sursaut, parfois. Alors, elle s'empressait d'éclairer pour se persuader qu'elle ne rêvait pas, examinant sa chambre, certes modeste mais agréable, son lit douillet. Oubliés, les pénibles travaux dans les champs sous le soleil brûlant de l'été. Chassées de sa mémoire les froides nuits d'automne, quand le berger, parfois, venait la tirer du sommeil à l'époque des agnelages. Abandonnés les habits de garçon raides de sueur et tout crottés ! Bien sûr, elle était bonne à tout faire, mais elle vivait dans le luxe et ses tâches n'avaient rien d'épuisant. Et on la respectait ! Aussi s'appliquait-elle à accomplir son travail avec le plus grand sérieux. Pour finir, ses patrons étaient satisfaits de ses talents de cuisinière. Une chance !

Maintenant que sa maîtresse avait choisi sa tenue pour la soirée, elle commença à faire du rangement. Toutefois, Mme Favière revenait à son idée première.

— La vie que vous avez eue jusqu'à maintenant fait que vous connaissez mal les hommes, Lucia. Figurez-vous...

Elle s'interrompit brusquement. Elle avait sans doute failli parler de son mari et ne pouvait quand même pas faire entrer Lucia dans l'intimité de son couple. Celle-ci avait remarqué que sa maîtresse était fermement hermétique à ce sujet. Elle en avait eu encore la confirmation quelques jours plus tôt.

Surprenant la conversation des deux époux en faisant le service à table, elle avait cru comprendre que M. Favière hésitait à se rendre à Montpellier à l'invitation du préfet au prétexte que c'était inutile. Que les hommes n'y assistaient que pour prouver qu'ils étaient des notables et ne se gênaient pas pour se gaver de petits fours et boire du champagne à gogo aux frais du contribuable. Sans parler des femmes qui ne pensaient qu'à paraître en affichant leurs plus jolies toilettes.

— Peut-être, avait admis madame, agacée. Toutefois, si je porte une belle robe, ce soir-là, ce sera pour vous faire honneur, mon cher. Mais le sujet n'est pas là, vous êtes un industriel important. La preuve, vous êtes invité en tant que président du syndicat de la bonneterie gangeoise, profitez-en pour vous faire entendre.

Louis-Xavier acquiesçait d'un signe de tête mais ronchonnait, insistant sur le fait que c'était une réunion mondaine et qu'on ne pouvait compter sur ces petits politicards de tous bords, maires, conseillers généraux ou autres, qui se presseraient à cette réception.

— Il ne s'agit que d'un raout, prétendait-il. Ils ne pensent qu'à leurs propres intérêts, et surtout à leur réélection. Ils se moquent bien des problèmes d'approvisionnement des industriels en fibres de soie, de rayonne ou de Nylon qui nous empêchent de faire face à la demande.

— Pourtant, avait objecté madame, c'est une occasion unique de rencontrer notre sénateur et le député Bergeron, sans parler du préfet. Au diable les autres. À vous de convaincre ceux-là de voir le ministre pour le persuader de supprimer cette hérésie pour le commerce que sont les bons-matière[1]. Cela nous donnerait au moins quelques assurances sur l'avenir.

— À l'heure actuelle, avait opposé son mari, l'État a trop besoin de devises pour supprimer ces bons, ma chère. Mais cela va bientôt changer, je vous l'ai expliqué. Et vous connaissez mon projet. Mais ce n'est pas à cette soirée que nous trouverons les solutions qui nous concernent personnellement.

---

1. Au cours des années qui ont suivi la fin de la guerre, les entreprises de bonneterie n'ont pu disposer des matières premières comme elles le désiraient. Elles bénéficiaient de « bons-matière ». Les fibres (soie, Nylon, rayonne) étant distribuées au prorata des exportations pour faire entrer des devises. Environ deux tiers pour les exportations, un tiers pour le marché intérieur où la demande était pourtant très forte. Ainsi, il y avait des vols de fils de Nylon, qui étaient revendus au double du prix normal. Les bas subissaient le même phénomène. Volés pour être revendus, « au noir », dans les cafés. Seule la rayonne a été en vente libre à partir de 1948. Pour obtenir des bons-matière, il fallait obtenir une licence auprès de Rhodiacéta, à Lyon-Vaise, seule société habilitée à fournir la matière première. La licence devait être approuvée par le service des douanes.

À ce moment, Mme Favière s'était rendu compte que Lucia écoutait et l'avait tancée :

— Alors, Lucia, que faites-vous ici ? Vous traînassez ! Desservez, voyons, desservez...

La jeune femme s'était précipitée à la cuisine avec une pile d'assiettes et de couverts sans demander son reste, déçue, toutefois, de n'avoir pu entendre la suite, car elle aurait bien aimé en apprendre un peu plus sur ces fameux « bons-matière » dont il était question et sur cette aventure qui faisait peur. Toutefois, elle était aussi parfaitement consciente qu'à l'avenir il lui faudrait éviter de se montrer trop curieuse.

Revenue de la penderie, elle observa sa maîtresse qui essayait maintenant un manteau. Celle-ci en profita pour revenir à la charge, tenace :

— Vous devriez vous marier, Lucia. Ainsi, vous serez majeure tout de suite et libre de choisir votre destin.

Lucia évita de répondre, ayant deviné depuis longtemps où Mme Favière voulait en arriver. Elle essayait de plus en plus souvent de l'entraîner sur ce sujet. Mais jusque-là, elle n'avait jamais été aussi précise et la jeune femme comprenait que, cette fois, sa maîtresse avait envie d'aller au bout.

Elle ne s'était pas trompée. Mme Favière s'empara d'un autre chapeau et reprit, pensive :

— D'ailleurs, je vous trouve plutôt jolie, ma fille. C'est vrai qu'avec votre teint mat, vos yeux en amande et vos cheveux noirs vous ressemblez à une gitane. Mais une gitane à la beauté sauvage. Et j'en connais un qui serait bien content de vous épouser. C'est un gentil garçon, savez-vous. Vous avez vécu les mêmes drames et, de plus, il est bien brave, comme on dit ici. Vous le mèneriez aisément par le bout du nez...

Claudio ! Lucia s'y attendait. Et c'était vrai que, depuis qu'elle se trouvait chez les Favière, le jeune homme lui faisait une cour discrète mais avec d'infinies précautions tant il était timide et maladroit. Ainsi, il se contentait d'être prévenant, d'avoir des attentions à son égard. Il lui arrivait même de tenter des allusions plus ou moins vagues sur l'avenir. Mais il n'allait jamais au bout de son idée, s'arrêtant chaque fois de parler, confus, craignant visiblement de s'être trop avancé. Et elle s'amusait de voir l'embarras de ce grand garçon, à la carrure rassurante, à la bouille ronde et au regard un peu fuyant, qui se mettait à bafouiller dès qu'il osait aborder ce sujet. Elle s'empara d'un manteau et observa sa maîtresse qui venait de trouver le couvre-chef lui convenant.

— Madame est très belle ! s'exclama-t-elle.

Alice rosit, flattée par le compliment, oubliant un instant son agacement de ne pouvoir obtenir une réponse claire. Dès le premier jour, elle avait deviné que sa nouvelle bonne avait du caractère. Il lui en avait fallu pour oser fuir sans savoir ce qu'il adviendrait d'elle, une fois partie.

Lucia était une femme travailleuse et honnête. Toujours levée la première, elle se démenait toute la journée dans la maisonnée et avait rapidement appris à servir correctement à table. De plus, il n'y avait rien à dire sur sa façon de cuisiner. Mais Mme Favière l'avait embauchée avec l'idée secrète de la marier à Claudio. Tous deux avaient perdu leurs parents après avoir fui l'Espagne, puis s'étaient trouvés séparés quelques années avant qu'un inexplicable et providentiel concours de circonstances ne les réunisse à nouveau. Très croyante, elle avait fini par se persuader que quelque divine intervention n'était peut-être pas étrangère à ces surprenantes retrouvailles. Claudio s'était lié à ses maîtres depuis le premier jour et se montrait discret, dévoué ; il méritait d'être heureux. Et elle avait deviné depuis longtemps qu'il rêvait d'épouser Lucia, cela crevait les yeux. Ainsi, une fois mariée, la jeune femme pourrait le rejoindre dans le petit, mais convenable, logement que le garçon occupait, à côté du garage, et ils seraient tous deux attachés plus sûrement à leur service.

Mais dès qu'elle abordait ce sujet, Lucia évitait soigneusement de répondre par oui ou par non, laissant penser qu'elle ne partageait pas les mêmes sentiments que Claudio. Cette attitude navrait Alice. Toutefois, celle-ci songeait qu'elle ne pouvait quand même pas contraindre sa bonne, au risque de la braquer. Et cette fois, elle avait fait preuve de beaucoup d'insistance. Mieux valait se montrer patiente, le temps et les timides avances qu'elle observait chez Claudio feraient le reste, et au besoin elle l'y aiderait. Elle soupira, en quête d'un autre éloge.

— Enfin, vous réfléchirez, ma fille. Vous êtes convaincue que ce chapeau s'accorde bien avec l'ensemble ?

— Oh oui, il vous va très bien ! confirma Lucia.

En fait, elle était soulagée. Aussi insista-t-elle sur le compliment.

— Madame est très élégante, vraiment. Je suis certaine que vous serez la femme la plus distinguée de la réception que donnera le préfet, ce soir.

— Merci, ma fille, acquiesça Mme Favière, satisfaite. Mettez ma tenue dans ma chambre et rangez le reste dans la penderie.

Elle s'éloigna, puis, juste au moment de quitter le salon, elle ne put s'empêcher d'ajouter :

— Songez quand même à ce que je vous ai dit. Vous trouveriez beaucoup d'avantages à épouser Claudio…

L'instant d'après, elle avait fermé la porte, laissant Lucia pensive. La jeune femme en profita pour s'avancer et se regarder dans la glace. À Grand-Puy, cela ne lui serait jamais venu à l'idée. D'ailleurs, avec ses tenues dépenaillées, la coquetterie était le dernier de ses soucis. Aussi ne s'était-elle jamais vraiment préoccupée de son physique.

« Je vous trouve plutôt jolie, avait dit sa maîtresse. Vous ressemblez à une gitane, mais une gitane à la beauté sauvage… » Que voulait-elle dire par là ?

Lucia posa son tablier et s'observa. Avec ses premiers gages, elle avait pu faire quelques achats dans les magasins de la rue du Jeu-de-Ballon, où les boutiques de prêt-à-porter se touchaient l'une l'autre, et madame l'avait félicitée pour ses choix « modestes, mais de bon ton ». Elle quitta son bonnet blanc et défit son chignon, libérant sa lourde chevelure brune, et se redressa, face au miroir. C'était vrai qu'elle avait le teint mat et les yeux en amande. Mais ils étaient brillants. Elle jugea qu'elle avait la taille fine et, après avoir hésité, elle releva sa robe jusqu'en haut des cuisses pour regarder ses jambes et hocha la tête, satisfaite, avant de s'empresser de laisser retomber son vêtement. Si madame venait à entrer à l'improviste et la surprenait dans cette position !

Elle sourit. Paillès, le régisseur, n'avait-il pas crié en se jetant sur elle dans le cabriolet : « Tu ressembles à une gitane, mais tu es belle, nom de Dieu ! Rien à voir avec les souillons de la ferme. »

Elle fronça les sourcils. Fallait-il qu'elle épouse Claudio ? En tout cas, sa maîtresse en était persuadée et faisait tout pour les rapprocher. Certes, elle se reprochait de se montrer distante et de paraître ne pas comprendre les allusions du jeune homme. Une fois même, il avait ébauché le geste de la prendre par la taille, à la cuisine ; mais elle s'était écartée avec un sourire et ils en étaient restés là. Pourtant, elle admettait qu'elle lui devait beaucoup. Que serait-elle devenue sans lui ? Ainsi culpabilisait-elle de ne pas se montrer plus reconnaissante. Elle le savait gentil et sérieux. D'autant plus, comme le disait sa maîtresse, que cela simplifierait beaucoup les choses pour un jeune couple d'être logé gratuitement. Un gros avantage même, ses gages, et sans doute ceux de Claudio, n'étant pas très importants. Le problème était qu'elle n'éprouvait aucune attirance physique envers ce garçon qu'elle considérait comme un frère depuis le jour où ils s'étaient retrouvés seuls à atterrir à Concourès. Alors, que faire ? Elle songea qu'elle ne pourrait tenir tête indéfiniment et devrait bien se décider, un jour ou l'autre.

Elle soupira, remit son tablier et son bonnet. Pour l'heure, elle avait du rangement et du repassage à faire. Sa maîtresse ne pouvait quand même pas la marier de force, elle prendrait tout son temps pour réfléchir.

VI

Les phares de la Traction Avant Citroën trouaient la nuit noire, condamnant les Favière à observer la route sinueuse qu'éclairaient les deux faisceaux lumineux. Le silence régnait dans la voiture.

Plongé dans ses pensées, Louis-Xavier étala ses jambes et laissa aller sa tête sur le dossier. Il avait une décision très importante à prendre, à laquelle il avait longuement réfléchi depuis un voyage qu'il avait fait en Lombardie, quelques mois plus tôt, cela afin de voir comment travaillaient les industriels de la bonneterie dans ce pays. Les Italiens étaient de rudes concurrents, aussi avait-il bien étudié leur façon de procéder qui était révolutionnaire par rapport à ce qui se pratiquait en France. Maintenant, son choix était définitif, sa résolution totale et, ce soir même, une occasion unique se présenterait à lui qui lui permettrait de franchir une étape déterminante, mais il devait d'abord en parler à Alice, sa femme. Bien sûr, celle-ci était au courant du projet qu'il avait élaboré, et ce depuis le début. Mais elle avait un peu peur des risques qu'il allait prendre et il désirait la rassurer. Il ne pouvait se tromper, son idée était bonne et son instinct lui disait de foncer. Restait toutefois à convaincre sa banque. Or, il avait appris incidemment que le directeur départemental du Crédit lyonnais serait présent à la manifestation qu'organisait le préfet. Il ne fallait pas laisser passer l'opportunité de rencontrer ce personnage qui était, pour lui, beaucoup plus important que n'importe quel élu, fût-il député ou sénateur. Il se sentait de taille à convaincre cet homme essentiel à la réalisation de son entreprise. Il le connaissait et avait minutieusement préparé tous les arguments pour le persuader de la justesse de ses calculs. De plus, en parler au cours d'une manifestation festive où les contacts sont plus faciles que lors d'un rendez-vous formel dans un bureau froid et un peu solennel serait un atout supplémentaire. Il le pensait sincèrement et cette perspective l'excitait. D'ailleurs, n'était-il pas lui-même devenu un personnage important en tant que représentant du syndicat des industriels de la bonneterie gangeoise, raison pour laquelle le préfet l'invitait ?

Il eut une moue amusée en songeant qu'il renâclait, quelques jours plus tôt, à l'idée d'assister à cette soirée, tentant de persuader son épouse qu'il ne s'agissait que d'un raout.

— Pourquoi souriez-vous ? s'étonna Alice.

— Oh ! Je vais vous le dire, mais j'ai besoin de réfléchir encore un peu…

Il se tourna vers elle et s'aperçut qu'elle frissonnait. Il se pencha en avant, vit du givre sur le bord de la route et demanda à Claudio d'augmenter le chauffage avant de fermer la vitre qu'il avait fait installer pour s'isoler, lorsqu'il avait à parler affaires avec un passager. Il évitait de laisser Claudio écouter ce qui se disait, dans ces occasions. Certes, Claudio était discret, mais sait-on jamais ?

— Ce mois de janvier est glacial, remarqua Alice, frissonnante, en se rapprochant de son mari.

Louis-Xavier avança la main vers celle de sa femme et la serra doucement. Elle le regarda, surprise de cet accès de tendresse, cherchant à en deviner les raisons. Depuis leur départ de Ganges pour Montpellier, il était resté muet, visiblement plongé dans ses pensées. Quelles idées remuait-il ? Elle se dit qu'il devait en être encore à ses calculs. Inutile de le presser, elle savait qu'il ne parlerait que lorsqu'il aurait terminé sa réflexion.

Curieusement, elle songea à ses premières rencontres avec ce garçon qu'une cousine lui avait fait connaître au cours d'une fête familiale. Elle s'était tout de suite laissée séduire par ce jeune homme de belle prestance qui, après de brillantes études, venait de rentrer dans l'usine de son père, Firmin Favière, avec la ferme intention, lui avait-il assuré, de la développer.

— Ton promis est brillant et a de l'ambition, lui disait souvent son père lorsque Louis-Xavier venait faire sa cour, le dimanche. Il réussira et, de plus, c'est un beau garçon, tu as de la chance.

Toutefois, en bon notaire qu'il était, il ne manquait jamais d'ajouter :

— Il te faudra quand même essayer de le modérer, le jour où il sera patron, il me paraît un peu hardi et trop sûr de lui.

Mais elle se félicitait tous les jours d'avoir épousé cet homme sérieux et entreprenant. Même si elle avait dû engager sa dot dans la fabrique après le décès brutal et prématuré de Firmin Favière, ce qui avait obligé Louis-Xavier, très jeune et encore inexpérimenté, à assumer les lourdes responsabilités de l'usine.

Son mari avait été un époux aimant et attentionné. Elle était persuadée qu'il ne l'avait jamais trompée et ne s'était jamais inquiétée de cela, assurée d'une fidélité profonde. Cela faisait bientôt trente ans, le temps avait passé vite !

En affaires, il s'était montré un gestionnaire clairvoyant, habile à prévoir et à anticiper les nombreuses évolutions qu'avait subies l'industrie de la bonneterie depuis l'entre-deux-guerres, n'hésitant jamais à se moderniser en achetant des machines toujours plus rapides et plus productives. Il avait été l'un des premiers à juger que la soie artificielle, la rayonne, fabriquée à partir de cellulose, devait être évitée parce que de médiocre qualité, même si elle était bon marché. Et l'un des premiers à préférer le Nylon[1] à la soie, beaucoup plus coûteuse et qui donnait des bas peu élégants, plus épais et moins galbants que la nouvelle fibre synthétique.

1. *Le fil Nylon, dernier né des fils synthétiques, a été découvert et commercialisé en 1938 par la société américaine Dupont de Nemours. Les premiers bas fabriqués en Nylon sont sortis des usines américaines en 1940. En 1939, la société Dupont de Nemours cède la licence à Rhodiacéta. Les premiers fils français seront produits en 1940. Mais pour des raisons stratégiques (pendant la guerre, on réserve le Nylon à la fabrication de tentes, de parachutes et de pneus), la production va rester en attente, mais la fabrication de bas Nylon entraînera la disparition quasi définitive du bas de soie dès le début des années 1950.*

— Une véritable bombe atomique, avait-il prédit, cette fibre va tout révolutionner ! Elle est plus transparente, et allie finesse, légèreté, résistance.

Il ne s'était pas fourvoyé, l'engouement pour le bas Nylon avait été immédiat au point qu'on ne pouvait satisfaire la très forte demande intérieure au détriment des exportations, productrices de devises. Le seul problème, mais de taille, restait les restrictions dans l'approvisionnement.

Toutefois, si Louis-Xavier était brillant et audacieux, il lui arrivait de s'interroger sur la conduite à adopter quand des changements intervenaient et il n'hésitait jamais, dans ces cas-là, à solliciter l'avis de sa femme en ayant le bon goût de l'écouter sans condescendance et de tenir compte de son opinion. Surtout lorsqu'il s'agissait de faire face à une menace de grève. Dans ces moments de crise, Alice faisait preuve de plus de psychologie et de diplomatie que son mari qui avait tendance à faire front et à défier durement les meneurs, notamment depuis qu'il avait incidemment appris qu'un bonnetier gagnait le double du salaire d'un employé de banque ! Mais les syndicats, « les rouges » pestait Louis-Xavier, et en particulier la CGT, très puissante et soutenue par le parti communiste, demandaient toujours plus. Par chance, Alice gardait son calme et était de bon conseil en cas de conflit, et son époux lui en savait gré.

Louis-Xavier serra un peu plus sa main et annonça, soudain :

— Savez-vous qui nous allons rencontrer, ce soir, ma chère ?

Alice haussa les épaules avec une moue désinvolte.

— Il ne s'agit que d'une réception mondaine. Il n'y aura que des politicards qui ne peuvent rien pour nous et des profiteurs venus boire du champagne aux frais de la République. En tout cas, c'est ce que vous m'avez dit...

Elle réfléchit et insista, moqueuse :

— Ah ! Et aussi des femmes en exhibition !

— Ainsi que M. Lauret, ajouta Louis-Xavier avec jubilation. Je l'ai appris aujourd'hui même.

— Le directeur départemental du Crédit lyonnais ?

— Oui, et je compte bien tirer parti de l'ambiance festive qui régnera ce soir pour l'accaparer un moment et lui présenter mon projet. C'est l'occasion unique d'essayer de le convaincre de nous apporter son soutien en m'accordant les crédits dont nous avons impérativement besoin.

Alice se rembrunit.

— Et vous êtes certain que, si vous obtenez satisfaction, vous aurez bientôt de la fibre à volonté ?

Louis-Xavier s'anima.

— Tous les renseignements que j'ai pris sont unanimes, ma chère. Tant aux États-Unis qu'à Lyon-Vaise. Je suis sûr de moi.

Le silence retomba dans l'auto. Alice rendit les armes :

— Eh bien, soit, mon époux. Je vous fais confiance puisque vous avez toujours su si bien anticiper les évolutions de notre industrie du bas.

— Merci, Alice, dit Louis-Xavier en se penchant pour l'embrasser.

Dans les salons de la préfecture, une enfilade d'une cinquantaine de mètres de long brillamment éclairée d'une multitude de lustres scintillants, en cristal et en bronze, le nouveau préfet avait manifestement décidé, ce soir-là, d'étaler les fastes de la République. Quant aux invités, le contraste était flagrant entre les taches sombres des habits masculins et la débauche de couleurs des tenues féminines en déploiements de soie, de satin, de velours, de dentelle. Des épaules à la blancheur laiteuse émergeaient de robes mauves, fuchsia, vertes, tilleul, grenat, garnies d'un flot de volants et de galons. Les étincelles des bijoux, généreusement exposés sur les gorges et dans les coiffures, répondaient à l'éclat tapageur des uniformes des militaires de haut rang présents dans la salle.

On avait dressé des tables chargées de victuailles, de bouteilles de vin et de champagne devant lesquelles une petite foule se pressait, interpellant des serveurs débordés tandis que les conversations, souvent ponctuées de rires, allaient bon train.

Au milieu de cette animation où les femmes rivalisaient d'élégance, Louis-Xavier Favière ne s'attardait guère, prenant à peine le temps de grignoter un canapé ici et là tout en buvant un verre et d'observer les personnes qui s'agitaient autour de lui. En fait, il entraînait son épouse de table en table à la recherche de Lauret, le banquier avec qui il souhaitait discuter de son projet en aparté. Comme ils pénétraient dans un nouveau salon où les invités n'étaient pas moins nombreux, il se pencha à l'oreille d'Alice et souffla :

— Décidément, le préfet a bien fait les choses. À mon avis, il est désireux d'impressionner les notables.

En effet, il semblait que tout ce que la ville et le département comptaient d'élus de premier rang, d'officiers supérieurs, d'industriels, de négociants, de courtiers en tout genre était venu plastronner en se gavant d'amuse-bouche. Ces dames et ces messieurs qui tenaient le haut du pavé de l'Hérault se disputaient les petits sandwichs, les timbales à la Pompadour garnies de salpicon de foie gras ou de truffes, les verrines variées, les roulés de toutes sortes, les galantines, les salés au fromage en se faisant servir de généreuses rasades des meilleurs vins de la région ou des coupes de champagne.

— Quel gaspillage ! ne put s'empêcher de déplorer Alice.

— Vous avez bien raison, ma chère, acquiesça Louis-Xavier tout en entraînant sa femme vers une autre table, mais je vous avais prévenue, il s'agit d'un raout.

Plus loin, comme il tendait un petit four et un verre à son épouse, un fringant jeune homme lui chuchota à l'oreille :

— Mazette, on ne doit pas faire mieux à l'Élysée. Et ils se pressent tous pour se gaver.

Louis-Xavier l'observa et il lui sembla reconnaître un journaliste déjà aperçu à Ganges, au cours d'une manifestation.

— C'est exactement ce que ma femme et moi pensons, répondit-il.

— Servez-vous, poursuivit l'autre, ne vous gênez pas. Après tout, c'est nous qui payons.

Il rit, fut happé par un groupe et disparut. Le couple en profita pour s'éloigner lui aussi de la mêlée. Louis-Xavier, avec sa femme, venait de pénétrer dans le grand salon quand on l'aborda et il sursauta, stupéfait. Celui après qui il courait en vain depuis son arrivée, le banquier Lauret lui-même, un homme d'une cinquantaine d'années, bien fait, l'œil vif, se trouvait devant lui.

— Tiens, monsieur Favière, êtes-vous là en tant que président de votre toute nouvelle association d'industriels du bas de Ganges ?

— Ah ! s'exclama Louis-Xavier, sincère. Je n'en sais rien, mais j'espérais surtout vous rencontrer ! Figurez-vous que j'étais à votre recherche et c'est vous qui m'interpellez ! Mais permettez-moi d'abord de vous présenter mon épouse, Alice.

Le banquier s'inclina et ne fut pas avare de compliments sur la toilette que portait cette dernière, « d'une élégance discrète et raffinée » souligna-t-il, ce qui la fit rosir de plaisir venant d'un monsieur aussi distingué.

— Vous avez de la chance, monsieur Favière, conclut-il. Ma femme est souffrante et n'a pu m'accompagner.

— Monsieur Lauret, dit Louis-Xavier quand Alice eut remercié, je désire vous entretenir d'un projet qui me tient à cœur. Permettez que je vous l'explique dans un coin tranquille, si, du moins, nous en trouvons un ici.

— Diable ! s'étonna Lauret. C'est si important que ça ?

— Oui, et cela ne peut attendre. Alice, vous nous excusez ?

— Je vous en prie, mon cher, j'irai bavarder avec une amie que j'ai aperçue, il y a un instant.

Louis-Xavier remercia et abandonna son épouse, poussant le banquier devant lui. Ils traversèrent des groupes d'où s'échappaient des conversations animées et des rires, bousculèrent un peu quelques élégantes qui s'affichaient, refusèrent un plateau garni que leur tendait un serveur en habit et Favière finit par repérer, tout au bout d'un salon, un canapé libre d'occupants tant la foule se pressait encore autour des buffets.

— Voilà, monsieur Lauret, commença-t-il une fois qu'ils furent installés, j'ai mûrement réfléchi à un grand projet pour mon usine, et ce après avoir longuement pesé le pour et le contre, pris des renseignements jusqu'à Rhodiacéta, à Lyon-Vaise, qui nous fournit en fibres synthétiques et où j'ai des connaissances. Je me suis surtout informé auprès d'une entreprise américaine d'import-export qui s'apprête à mettre sur le marché de nouveaux métiers à tisser révolutionnaires, des Reading, des vingt-quatre têtes[1] rapides et ultrasophistiqués. Nos vieilles machines de six et douze têtes seront bientôt bonnes pour la ferraille…

Lauret écoutait, se demandant où Favière voulait en venir. Celui-ci reprit, baissant la voix :

— J'ai l'intention de changer tous mes métiers douze têtes pour les remplacer par ces Reading américains. J'espère être le premier à anticiper et le temps presse, parce que les Italiens sont prêts à nous tailler des croupières. Je suis allé les voir en Lombardie. Ils s'apprêtent à s'approvisionner

---

1. C'est-à-dire que ces métiers fabriquent vingt-quatre bas en même temps. Il s'agit de bas avec couture.

en fibre en Chine et en Birmanie. Quant à leurs métiers, ils ont trouvé une solution originale : ils les louent, alors que nous-mêmes les achetons, et quand ils sont dépassés, nous sommes forcés de les mettre à la casse, ce qui représente une perte sèche.

Craignant qu'on ne l'entende, Favière s'était tu. Il jeta un coup d'œil à droite et à gauche. Mais leurs voisins les plus proches ne s'intéressaient visiblement pas à eux.

Le banquier s'étonna :

— Mais pourquoi vouloir renouveler sans cesse votre outil de travail en totalité ?

— Pour deux raisons, d'abord parce qu'il y a un essoufflement perpétuel du matériel. Nous devons en changer tous les dix ans environ, tandis que les Reading sont ultramodernes. Non seulement ils tissent le double de bas en un temps plus court, ce qui nous permettra de produire plus avec moins d'ouvriers bonnetiers, mais ils ont tellement d'avance technologique qu'ils auront une durée de vie bien supérieure à nos vieux douze têtes.

— Ah ? Et la deuxième raison ?

Favière poursuivit, persuasif :

— Avec les Reading, nous fabriquerons des articles plus sophistiqués. Des bas fantaisie qui se vendent bien parce que la mode change sans arrêt et que les femmes sont friandes de nouveautés. Dans notre secteur, il y a une course incessante au modernisme que nous pourrons assumer avec ces métiers.

Louis-Xavier se pencha en avant. Il s'enflammait.

— Le métier à tisser Reading est un animal fabuleux, monsieur Lauret. Il est créateur de luxe d'une finesse incomparable et *fully fashioned*, c'est-à-dire qu'ils sont tissés à plat, selon la forme de la jambe grâce à des diminutions de maille directement sur la machine, puis cousus avec une couture apparente sur le mollet pour un rendu des plus chic et sensuel.

Louis-Xavier se tut, le temps que le banquier réfléchisse aux arguments qu'il avait développés. Celui-ci restait pensif, commençant à entrevoir où l'industriel voulait en venir. Il finit par lever les yeux, fixa son interlocuteur et exprima ses doutes :

— Bref, après cet exposé, je devine maintenant pourquoi vous aviez tant envie de me rencontrer. Mais, sans remettre en cause votre raisonnement, il me paraît un peu trop audacieux dans la mesure où vous allez vous heurter à une difficulté de taille. Chacun sait que le Nylon est contingenté par les Américains et que le service des douanes surveille vos exportations de près. Alors, s'il est impossible de tricher, comment comptez-vous produire plus ?

Favière sourit, triomphant.

— Croyez-vous que, s'ils n'avaient pas un but précis, les États-Unis auraient fabriqué un métier aussi moderne que le Reading ? En fait, ils veulent accentuer le plan Marshall[1] pour accélérer la

---

1. Plan américain pour aider la reconstruction de l'Europe après la Seconde Guerre mondiale. L'initiative fut baptisée de son concepteur, le général George Marshall. Entre 1947 et 1951, les États-Unis ont consacré plus de treize milliards de dollars au rétablissement de vingt-trois pays européens. Ces crédits accordés permettaient aussi de lutter contre les partis communistes italien et français qui obtenaient d'importants succès électoraux à cause de la situation

reconstruction de l'Europe. Et comme la demande de fibre de Nylon explose partout, surtout aux États-Unis, et qu'on ne peut la satisfaire, un effort très important va être fait dans ce domaine et, d'ici un an, Rhodiacéta, avec l'accord des Américains, pourra fournir aux industriels de la matière première à volonté. Alors, nous en aurons définitivement terminé avec l'attribution de « bons-matière » qui freine notre développement. Voilà, un an, c'est le délai dont j'ai besoin pour tout mettre en place afin d'être prêt le moment venu.

Le silence s'éternisa. Lauret finit par dire, fixant Louis-Xavier :

— J'ai bien compris, monsieur Favière, que pour réaliser votre projet il vous faut, de façon impérative, le concours de notre banque et je suppose qu'il s'agit d'une grosse somme ? Permettez-moi d'être un peu surpris, tout de même. D'ordinaire, vos collègues industriels préfèrent faire travailler des capitaux familiaux, car ils détestent prendre des risques.

On était arrivé au point crucial.

— Oui, admit Louis-Xavier. Et ils aiment faire des placements sûrs, dans les assurances, ou l'immobilier.

Il réfléchit un instant, se pencha en avant et ajouta, convaincant :

— Mais je pense que le monde va changer très vite, monsieur Lauret. Avec l'aide du plan Marshall, l'Europe commence déjà à sortir des méfaits de la guerre, à se moderniser. Une révolution se prépare,

---

dramatique dans laquelle se trouvaient les Européens, situation qu'aggravaient des hivers très rigoureux.

ce n'est pas à vous, haut responsable du Crédit lyonnais, que je l'apprendrai. Or je suis persuadé que le concours des banques sera déterminant, à l'avenir, pour le développement des affaires. C'est inévitable, l'industriel qui ne comprendra pas cela manquera le train de l'essor et de la croissance et sera impitoyablement éliminé. Je pense que c'est également votre avis.

Lauret sourit.

— Bien vu, monsieur Favière, acquiesça-t-il. Et je sais aussi que votre usine est parfaitement saine et bien gérée. Mais vous admettrez tout de même qu'une étude détaillée des financements dont vous avez besoin pour l'accomplissement de votre projet est nécessaire. Dès demain matin, je téléphonerai à mon directeur de Ganges afin qu'il vous fixe un rendez-vous le plus tôt possible. Et je lui demanderai d'examiner votre plan avec la plus grande bienveillance. La mienne vous est déjà acquise.

Louis-Xavier triomphait. Il tendit la main.

— Pouvons-nous toper à la manière des paysans qui concluent une affaire, monsieur Lauret ?

— Soit, dit le banquier.

Il se leva pour marquer la fin de leur entretien et observa la salle.

— Il ne nous reste plus qu'à prendre un verre de champagne pour sceller ce premier accord, décida-t-il, mais uniquement lorsque nous aurons retrouvé votre épouse.

Ils n'allèrent pas loin. Alice, à demi dissimulée par un rideau, près de la fenêtre, venait déjà vers eux.

VII

CLAUDIO FRISSONNA. Il releva le col de son manteau et tourna la tête pour observer la façade illuminée de la préfecture, songeant qu'il ne devait pas faire froid là-haut. Depuis un moment, la faim le tenaillait et il grimaça, se disant que la foule qu'il avait vu entrer dans le bâtiment, au fur et à mesure des arrivées, devait être en train de se goinfrer et de boire de bons vins tandis que lui se gelait dans la voiture. Il haussa les épaules. En fait, rien ne l'obligeait à rester là, M. Favière lui avait donné deux heures de liberté, il avait tout son temps pour se rendre dans un des nombreux cafés servant des en-cas ou dans un des petits restaurants qui se succédaient dans une rue toute proche. S'il était toujours assis à son volant, malgré le froid glacial qui avait envahi l'habitacle, c'est qu'il avait besoin de solitude pour réfléchir tranquillement à sa situation. Il laissa aller sa tête en arrière et reprit le cheminement de ses pensées.

Quand Lucia était miraculeusement réapparue dans sa vie, il y avait quatre mois de cela, il s'était dit que la Providence lui adressait un message clair et qu'il devait tout mettre en œuvre pour saisir cette chance unique. Après avoir fui l'Espagne de Franco, Lucia et lui s'étaient retrouvés réfugiés à la maison-école de Concourès. Le fait qu'il soit plus âgé les avait séparés une première fois, lorsque l'Assistance publique l'avait placé chez les Favière. Hasard heureux qu'il avait eu car, contrairement à Lucia, il avait été accueilli par de bons patrons, même s'ils se montraient exigeants et le payaient peu au prétexte qu'il était logé et nourri. Mais depuis le jour où la jeune femme avait surgi devant lui, au *Bar du Siècle*, et qu'il avait réussi à la faire embaucher, une certitude s'était imposée à lui : le destin les avait à nouveau réunis pour toujours et il devait épouser cette fille, il ne pouvait en être autrement. D'ailleurs, il allait sur ses vingt-trois ans et depuis quelque temps il songeait sérieusement à se marier.

En fait, il n'avait pas de vrais amis. Les seules personnes qu'il fréquentait régulièrement étaient ses partenaires de belote au *Bar du Siècle*, des gens qu'il ne pouvait considérer comme des camarades tant leurs rapports étaient superficiels et se limitaient à boire un verre ensemble en parlant de banalités, une fois la partie finie. Pour eux, il n'était que l'Espagnol, l'immigré qu'on accepte avec un peu de condescendance. Aussi, la solitude lui pesait dans le modeste studio que sa patronne lui avait attribué, près du garage. Et la nuit, parfois, quand il ne parvenait pas à trouver le sommeil, il se laissait aller à rêver de fonder enfin une famille, lui qui était un expatrié sans attaches, sans aucune parentèle et finalement sans repère à cause des bouleversements de l'histoire. Une compagne à ses côtés, et surtout des enfants à aimer, voilà où était le vrai bonheur.

Créer à nouveau un foyer, reconstruire une postérité, c'était ce à quoi il aspirait de toutes ses forces. Bien sûr, il se disait que pour cela le studio serait trop petit, qu'il lui faudrait dénicher un logement plus grand à louer alors que sa paye n'était pas très importante. Mais il chassait aussitôt cette idée, il se débrouillerait. Une fois marié, il désirerait avoir son indépendance et il était certain qu'il en serait de même pour Lucia.

Jusque-là, il lui arrivait, le dimanche après-midi, de se rendre au bar du *Cheval Blanc* pour aller danser et essayer de faire une conquête.

La guinguette se trouvait un peu à l'écart du centre, dans une rue tranquille. Un jour, le patron avait eu envie d'aménager une salle de bal au-dessus du café. Il avait disposé quelques tables devant un comptoir improvisé et de nombreuses chaises contre les murs où les filles pouvaient s'asseoir, puis installé une minuscule estrade où deux musiciens, un accordéoniste et un batteur, accompagnaient un chanteur qui se prétendait de charme. Cela lui avait suffi pour attirer la jeunesse du pays venant s'amuser dans ce lieu festif et bon enfant. Certes, il s'agissait d'un orchestre de fortune, mais après avoir vécu les horreurs de la guerre le principal était de se divertir, de rire, de flirter un peu et, éventuellement, de rencontrer l'âme sœur une fois payé son écot avant d'emprunter l'escalier menant au premier étage. Mais Claudio se savait mauvais partenaire et sa timidité maladive lui valait un refus presque assuré quand il finissait par se décider à aller inviter une jeune fille à son goût. Tout juste si les laiderons qui avaient du mal à trouver un cavalier lui accordaient-ils une danse, de temps en temps. Mais avec sa grande taille et son air balourd, il se sentait ridicule au milieu de la piste. Alors, il se décourageait, se contentant de regarder s'agiter les autres en buvant une bière. Claudio hocha la tête, songeant qu'il ne connaissait finalement des femmes que quelques prostituées rencontrées dans des bordels de Nîmes ou de Montpellier, où l'entraînaient parfois, le dimanche, quelques garçons du *Bar du Siècle*. Diable, fallait être nombreux pour louer un taxi afin de payer la course moins cher !

Mais depuis que Lucia avait ressurgi dans sa vie, tout avait changé. C'était une fille solide, infatigable au travail, honnête, avec, il l'avait remarqué, une grande force de caractère. Et il la trouvait très belle ; aussi avait-il rêvé de l'épouser dès les premiers jours. Quoi de plus naturel ? Le chauffeur-jardinier et la bonne à nouveau réunis dans la même maison après avoir vécu un épisode tragique de l'histoire. Le résultat lui paraissait acquis, gagné d'avance. C'est pourquoi au début, sûr de son coup, il ne s'était pas pressé de faire sa cour. Le problème, c'est que rien, entre eux, n'avait changé depuis son arrivée. Sans être distante, Lucia, si elle se montrait amicale, ne lui adressait que rarement un sourire et évitait manifestement les conversations dès qu'il tentait de leur donner un tour plus intime, ce qui le contrariait grandement. Aussi se posait-il des questions. Certes, il se savait peu bavard et maladroit avec les femmes. De plus, il s'offusquait car depuis quelque temps sa maîtresse, Mme Favière, ne cessait de l'importuner lorsqu'ils se retrouvaient en tête à tête au jardin ou quand il la conduisait dans les boutiques de Montpellier qu'elle fréquentait, à l'occasion. Elle le harcelait au sujet de Lucia, s'efforçant de le sonder pour connaître ses projets, lui arracher l'aveu de ses atermoiements, de son irrésolution, le menaçant de parler à sa place s'il ne se montrait pas plus clair avec la jeune femme.

C'est pourquoi il avait fini par se décider à être plus entreprenant envers Lucia. À sa manière, avec des sourires plus appuyés, des allusions à leur solitude, à l'heureux hasard qui les avait à nouveau réunis. Une volonté du destin, insistait-il. En vain. Pourtant, il cherchait à être le plus serviable possible, allant jusqu'à l'aider aux corvées de la cuisine lorsque l'occasion se présentait. Mais rien n'y faisait. Lucia jouait l'indifférente, celle qui ne comprend pas quand lui-même crevait d'envie de la prendre par la taille et de lui voler un baiser. Un jour, il avait fini par tenter une manœuvre décisive en lui proposant de l'emmener danser au *Cheval Blanc*, un dimanche après-midi. Mais elle s'était excusée avec un petit sourire qui lui avait paru moqueur, ce qui l'avait mortifié.

— Je ne sais pas danser, avait-elle prétendu.

Toutefois, il n'avait rien dit, de peur de tout faire rater d'un mot ou d'un geste maladroit. Mais avait-il raison de se montrer aussi prudent ? Lucia comprenait-elle vraiment ses intentions ? Il décida qu'il devait lui parler sans détour. Alors, il faudrait bien qu'elle l'écoute et qu'elle lui donne une réponse. Mais quand ? Il remettait toujours cette délicate démarche à la semaine suivante. La seule chose dont il était certain, c'est que plus le temps passait, plus cette question devenait une obsession pour lui, car il en était maintenant parfaitement convaincu : il éprouvait une véritable passion pour cette fille qui semblait prendre un malin plaisir à le tenir à distance.

Il soupira et regarda la rue. Un épais brouillard avait envahi la ville, étouffant les lumières et les bruits, accentuant son sentiment de solitude. Tout à coup, il sursauta vivement. Un poing venait de cogner à la vitre et la portière s'ouvrit brusquement, avant même qu'il ait pu esquisser le moindre geste. Sa surprise ne dura pas. Il se tourna d'un bloc, prêt à faire front à l'intrus.

— Oh ! L'Espagnol, qu'est-ce que tu fous à te geler tout seul dans la voiture ? Je t'invite à casser la croûte avec moi, ça te réchauffera.

Un inconnu se trouvait devant lui, souriant, revêtu de la tenue classique des chauffeurs de personnages officiels : manteau sombre à boutons dorés, chemise blanche, cravate, casquette à visière. Il en avait vu arriver plusieurs habillés comme lui, tout à l'heure, et il s'était amusé de leur manège car, sitôt garés, ils s'empressaient de sortir du véhicule afin d'aller ouvrir la portière arrière de ses passagers.

Claudio grogna, doublement contrarié. D'abord, il n'aimait pas qu'un quidam qui ne s'était pas présenté le traite d'Espagnol, et encore moins qu'on vienne le déranger en pleine réflexion sur un sujet qui lui tenait particulièrement à cœur.

— Qu'est-ce que tu me veux ? grommela-t-il, le visage mauvais. Et puis sache que je m'appelle Gomez, pas l'Espagnol.

— Te fâche pas, Gomez, répliqua l'intrus, conciliant. C'est parce qu'on m'a parlé de toi sous ce nom, mais j'ai rien contre les Espagnols, mes parents ont émigré de Catalogne.

— Ah ? s'étonna Claudio. Explique-moi ça.

L'autre tendit une main que Claudio hésita à prendre.

— Moi, c'est Alcara, répondit l'inconnu d'un ton amical, José Alcara, et je suis chauffeur au conseil général. Je voulais juste t'inviter à manger un morceau à deux pas d'ici, dans un petit troquet où j'ai mes habitudes, pour bavarder un peu avec toi.

Il y eut un léger moment de flottement. La proposition lui parut cavalière et ne lui plaisait guère. Voyant son hésitation, Alcara ajouta, désignant la préfecture d'un geste du bras :

— T'inquiète pas, tes patrons ne sont pas près de sortir de là. Ils sont en train de s'empiffrer en buvant du champagne. Alors, tu viens ?

— Ouais, répondit Claudio, je comptais bien aller casser la croûte, mais pourquoi m'inviter ? Je ne te connais pas.

Alcara se dandina un instant sur ses jambes, semblant jauger Claudio. Il finit par expliquer :

— J'ai un ami, à Ganges, un nommé Jean-Jacques. Tu joues de temps en temps à la belote avec lui. Il m'a parlé de toi, je sais que tu es le chauffeur d'un important industriel de la ville et que tu fais aussi le jardinier…

— Ça ne me dit pas plus pourquoi tu tiens tant à m'inviter à manger, répéta Claudio, maintenant sur ses gardes.

En fait, cet importun commençait à l'énerver et, s'il ne s'expliquait pas au plus vite, il l'enverrait bouler.

L'autre semblait l'avoir pressenti. Il se pencha et débita :

— Bé, je voulais te parler d'une affaire facile et qui pourrait te rapporter gros, souffla-t-il. Et puis c'est une idée de Jean-Jacques. Alors, à toi de voir si ça t'intéresse, sinon libre à toi de laisser tomber. Mais pour en discuter, nous serons mieux au chaud en cassant la croûte qu'à se geler ici. Alors, tu viens ?

Claudio avait envie de claquer la portière au nez de cet inconnu. Quelle magouille pouvait-il bien lui proposer ? Cela ne lui disait rien qui vaille. Il pensa à ce Jean-Jacques avec qui il jouait souvent à la belote. Un garçon sympathique ; il aimait plaisanter et ils s'étaient trouvés deux ou trois fois dans le même taxi pour se rendre au bordel, le dimanche après-midi. Mais leur relation s'arrêtait là. Toutefois, le fait qu'il ait parlé de lui à ce type qui tient tant à l'inviter à manger éveille sa curiosité. De quoi s'agissait-il ? « Bof ! songea-t-il. De toute façon, j'ai froid et faim, je ne risque rien à écouter ce que ce type veut me dire. »

— Bon, décida-t-il brusquement, je me demande bien ce que tu me veux, mais allons déjà nous mettre au chaud, on verra bien.

Le troquet à l'enseigne du *Bar Jo* était un de ces petits établissements tranquilles où se rencontraient des habitués, la plupart du temps célibataires, à qui on servait le plat du jour ou le traditionnel steak-frites.

— Salut, José, avait lancé le patron à leur entrée.

« L'homme n'a pas menti, il est bien connu ici », songea Claudio qui toussa, tant l'atmosphère était enfumée. Quelques tables étaient occupées par des hommes seuls qui s'interpellaient, parfois, pour échanger quelques banalités. Il faut dire que la température glaciale et le brouillard n'engageaient guère les gens à sortir de chez eux. José choisit une place à l'écart, dans un coin de la salle, puis commanda deux plats du jour et un pichet de rouge sans demander son avis à Claudio. Il entama tout de suite :

— Voilà, il s'agit d'une combine guère risquée qui peut rapporter gros. Je t'explique : ici, à Montpellier, il y a de nombreuses élégantes qui n'arrivent pas à se procurer des bas Nylon comme elles le voudraient, même en payant très cher. Avec ton métier, tu dois savoir qu'on impose aux industriels de réserver la majorité de leur production à l'exportation ?

— Ah ? fit Claudio, stupéfait par cette entrée en matière.

— Oui, alors, avec mon emploi au conseil général, j'en connais beaucoup, de ces bourgeoises qui sont obligées de se teindre les jambes et de tracer le trait au crayon pour imiter la couture[1]. Tu te rends compte ?

Claudio avait compris. Il n'avait jamais rien vu, mais on en parlait au *Bar du Siècle*. Il se racontait que certains, dans les usines, se débrouillaient pour piquer en douce quelques cartons de bas pour les revendre au noir, dans les cafés, au double de leur valeur ! Lui ne mangeait pas de ce pain-là. Il eut envie de se lever et de quitter tout de suite cet importun qui, il le devinait, voudrait faire de lui un

1. C'était une pratique courante dans les années 1950.

voleur. Participer à ce genre de trafic ne l'intéressait pas. Il aimait trop sa tranquillité et, pour l'heure, Lucia occupait toutes ses pensées. Il hésita à partir et l'autre, qui s'en aperçut de son malaise, lui posa la main sur le bras.

— Tout doux, Claudio, plaida-t-il, je vois que tu as pigé, mais ne t'énerve pas, on ne fait que parler. Mais si un jour tu venais à changer d'avis, il te suffira d'en toucher un mot à Jean-Jacques. Nous sommes en affaires, tous les deux.

José s'interrompit, le temps qu'on les serve. Claudio restait pensif. Effectivement, il avait remarqué que ce Jean-Jacques était généreux. Il offrait facilement à boire et il était le plus assidu pour le bordel, le dimanche, alors que ça coûtait cher. Sans parler de ses costumes taillés sur mesure qui faisaient paraître les autres mal fagotés. Le garçon travaillait dans une bonneterie. D'où sortait-il son argent ? Ses parents étaient-ils riches ? Peu lui importait s'il trafiquait. Lui, il ne voulait pas se brûler les ailes à ce jeu-là, surtout envers des gens qui l'avaient recueilli et toujours bien traité. Devait-il se lever et partir avant de commencer à manger ?

— Nous sommes pareils, camarade, insistait l'autre en avalant une première bouchée. Nos patrons sont les mêmes, ils nous paient des clopinettes et eux se gavent entre bourgeois, comme ce soir. Et à nos frais. T'as de bons gages, toi ?

Claudio savait qu'il avait un petit salaire par rapport à ceux qui travaillaient en usine, mais il préféra rester muet. L'autre semblait lire dans ses pensées. Il rit, sert un verre de vin à chacun d'eux et conclut, en clignant de l'œil :

— Et si t'as une copine, tu pourras l'éblouir en lui offrant des bijoux, c'est ce qu'elles préfèrent. Mais aussi des foulards, un sac à main, des gants, l'emmener au restaurant. Elles aiment ça. Moi, ma femme ne cessait de râler et, depuis que je peux la gâter, elle est tout le temps de bonne humeur. L'argent, on en a toujours besoin et ça arrange beaucoup de choses. Crois-moi, ami, c'est d'en manquer qui crée des problèmes.

Claudio pensa à Lucia et se dit que, s'il avait des sous, il économiserait plutôt que d'offrir des futilités, ainsi il pourrait louer un appartement et avoir son indépendance, le jour où… Mais il chassa vite cette idée et laissa tomber :

— Ta proposition ne m'intéresse pas. M'en parle plus.

José haussa les épaules.

— À ton aise, mais vois Jean-Jacques, au cas où…

— Ouais, ouais…

Claudio baissa la tête. L'odeur de la blanquette de veau qu'on venait de lui servir lui était montée aux narines et il piqua un morceau avec sa fourchette. Finalement, la faim était plus forte que l'envie de s'en aller dans le froid à la recherche d'un autre restaurant.

VIII

— J'AI BIEN L'IMPRESSION, dit Alice Favière, que nous aurons bientôt un mariage à célébrer. Lucia est presque décidée.

Louis-Xavier ne répondit pas. En fait, il n'écoutait pas sa femme qui, depuis un moment, discourait de futilités. Ils venaient de se lever de table et maintenant, bien calé dans un fauteuil, les jambes allongées devant lui, il goûtait la paix de ce début de soirée après une semaine particulièrement harassante. Cela avait commencé dès le lundi avec des erreurs dans les commandes de deux clients importants. Puis, les jours suivants, plusieurs métiers à tisser étaient tombés successivement en panne et les contremaîtres avaient mis plusieurs jours à les réparer, ce qui avait sensiblement ralenti la production. Enfin, il avait dû se rendre deux fois au siège du Crédit lyonnais, à Montpellier, afin de finaliser le prêt que l'établissement bancaire devait lui consentir en vue de l'acquisition de huit métiers Reading. Depuis qu'il avait rencontré Lauret à la réception du préfet, un mois plus tôt, il avait dû accomplir un nombre incalculable de démarches fastidieuses qui l'avaient épuisé, tant sa banque s'était montrée tatillonne sur les justificatifs qu'il avait dû fournir. Par chance, le dossier était définitivement clos, mais il avait bien conscience qu'il allait s'endetter lourdement pour plusieurs années et, malgré ses certitudes, il s'inquiétait, car de la réussite de sa stratégie dépendait l'avenir de son usine. C'est dire s'il s'intéressait peu aux manœuvres matrimoniales de son épouse.

— Louis-Xavier, je vous ai parlé, insista Alice.

Favière se redressa en soupirant. Quand sa femme suivait une idée fixe, il savait qu'il était vain d'essayer de résister à l'écouter. Mieux valait rentrer dans son jeu.

— Ainsi, ma chère, à force de la persécuter, vous avez fini par convaincre cette pauvre fille d'épouser Claudio ?

— Pauvre, dans le sens où vous l'entendez, elle ne l'est guère depuis que nous l'avons engagée à notre service, protesta Alice. Elle est bien traitée et a eu beaucoup de chance que nous ayons pris le risque de la recueillir alors qu'elle était mineure. Mais ce sont deux solitaires sans famille et, après les avoir séparés, Dieu les a à nouveau réunis sous notre toit. Quoi de plus normal qu'ils se marient ?

— Ah ! Dieu arrange bien les choses, plaisanta Louis-Xavier.

— Oui, mon cher, quoi que vous puissiez penser, je suis persuadée qu'Il est intervenu dans cette affaire.

Très pieuse, Alice Favière était généreuse avec les bonnes œuvres et ne manquait jamais la grand-messe, le dimanche, aussi n'aimait-elle pas qu'on la taquine sur ce sujet.

Elle réfléchit et ajouta :

— De plus, je suis parfaitement satisfaite de Lucia, elle est honnête et travailleuse, et il en est de même en ce qui concerne Claudio. S'ils se marient, nous les attacherons mieux à notre maison. Il n'y a pas de souci pour Claudio, qui n'aurait pas l'idée de nous quitter, mais Lucia a du caractère et sait-on jamais ce qui peut se passer dans la tête d'une jeune fille, surtout quand elle est jolie ?

Louis-Xavier haussa les épaules. Ces histoires de bonnes femmes l'ennuyaient et il ne comprenait pas l'insistance de son épouse à vouloir à tout prix faire l'entremetteuse. Des domestiques, ça se trouvait sans grande peine. Toutefois, il ne put s'empêcher de remarquer :

— Puisque vous semblez désirer tout organiser et prévoir à long terme, avez-vous pensé à les loger ailleurs que dans le studio, lorsqu'ils auront des enfants ?

Alice haussa les épaules et eut un geste vague du bras.

— Diable, nous n'en sommes pas là, Louis-Xavier. Nous y réfléchirons le moment venu, chaque chose en son temps.

Elle eut un petit rire satisfait.

— Savez-vous ce qu'ils font, demain ?

Louis-Xavier l'ignorait et s'en moquait. Toutefois il s'étonna :

— Ainsi, Claudio n'a pas de secret pour vous. Il vous raconte tout, même lorsqu'il est question d'un rendez-vous galant ?

— Oh ! Il ne m'est pas difficile de tirer les vers du nez à ce benêt. Si je ne l'avais pas poussé à agir sous peine de le faire à sa place, il en serait toujours à se morfondre dans ses hésitations. Demain, il y a le défilé du carnaval, en ville, et Lucia a accepté de l'accompagner ; si vous voyiez comme il est fier ! C'est déjà un bon début, parce que jusqu'à maintenant Lucia faisait la sourde oreille, restant volontairement très évasive lorsque j'essayais de parler mariage avec elle.

— Eh bien, félicitations pour vos talents de marieuse, se moqua Louis-Xavier. En attendant, laissons-les aller s'amuser dans ce défoulement populaire et grotesque.

Favière se souvenait de sa jeunesse. Fils de bourgeois, il ne pouvait se permettre de participer à la gaieté générale avec les fêtards qui se déguisaient pour défiler dans une joyeuse folie, le jour du carnaval. Son statut le lui interdisait. Il se contentait de se mêler à la foule des spectateurs, entouré de quelques camarades de son rang. « T'as vu les fils de riches ? Ils risquent pas de venir s'amuser avec nous. » Pas besoin d'entendre pour deviner les railleries que lançaient les jeunes de leur âge, l'air dédaigneux, lorsqu'ils passaient à proximité. Il suffisait de les voir se pousser du coude en les désignant pour comprendre leurs paroles. Il s'en moquait, car il n'avait jamais apprécié ces mascarades où les gens se pavanaient, juchés sur toutes sortes de véhicules, accoutrés de masques et de tenues ridicules. Quant aux petits bals improvisés qui s'ensuivaient, les garçons étaient souvent enivrés et il y avait parfois des bagarres pour un mauvais regard ou pour une fille convoitée. À ce souvenir, il haussa les épaules. Il n'avait jamais participé à ces réjouissances, mais il fallait bien que la jeunesse s'amuse. Il se leva pour se saisir d'un livre de comptes qu'il avait rapporté de l'usine et se plongea dans l'étude de chiffres.

Alice soupira, comprenant que son mari ne daignerait pas s'intéresser aux amours de sa bonne et de son chauffeur-jardinier. Mieux valait aller à la cuisine bavarder avec Lucia qui devait terminer la vaisselle. Elle essaierait de tirer quelque confidence supplémentaire de cette solitaire peu loquace.

Allongée dans son lit, Lucia tournait et retournait le joli sac à main que Claudio lui avait offert le jour même.

« En cuir veau velours », avait-il précisé avec fierté.

Elle le trouvait vraiment à son goût, avec sa bandoulière amovible permettant de le porter à l'épaule. Pour la vingtième fois peut-être, elle l'ouvrit et caressa l'intérieur qui était doux au toucher et surtout pratique avec ses trois compartiments, dont un plaqué et zippé. Jamais elle n'aurait imaginé posséder un jour un objet aussi luxueux.

« Digne d'une grande dame », songeait-elle, médusée.

Elle ne pouvait s'empêcher d'être flattée par ce cadeau somptueux qui devait coûter très cher alors que, déjà, Claudio lui avait offert un joli foulard, la semaine précédente. Comment pouvait-il se permettre une telle dépense ? Avait-il sacrifié toutes ses économies pour cet achat parce que la veille, après l'avoir aidée à étendre du linge dans le jardin, il l'avait retenue un instant pour la demander tout de go en mariage ? Prise au dépourvu par cette déclaration précipitée, elle avait failli éclater de rire, tant la voix du jeune homme était hésitante et son visage cramoisi. Au lieu de cela, plutôt que de lui renvoyer un sourire un peu moqueur et de changer de sujet, comme elle en avait l'habitude quand il essayait de lui faire maladroitement la cour, elle l'avait écouté avec gravité, réclamant juste un temps de réflexion.

« Je te donnerai une réponse à Pâques, je te le promets », lui avait-elle répondu avec un brin de solennité.

En fait, elle s'attendait à une telle demande tant Claudio se montrait de plus en plus attentionné et pressant, mais elle ne la prévoyait pas si vite, si directe. Et ce matin même, il était venu la trouver dans la cuisine pour lui offrir ce sac emballé dans un magnifique paquet cadeau. Ébahie, elle avait d'abord rougi, puis, après un instant de stupeur, elle n'avait pu faire moins, pour le remercier, que de l'embrasser chaleureusement sur les joues.

— Il faut le cacher, avait-il soufflé, tu l'ouvriras dans ta chambre. Si Mme Favière nous surprenait, elle se moquerait de nous !

Avant d'ajouter, très vite :

— Demain, il y a le défilé du carnaval. Tu verras, c'est chouette, les gens sont dans la rue, il y a la fanfare, de la musique, les jeunes se déguisent, on danse un peu partout. Tout le monde s'amuse. Tu m'accompagneras ?

Prise au dépourvu, elle n'avait pu qu'acquiescer sans même trop savoir si elle en avait envie et il s'était esquivé, un sourire radieux sur le visage que ses deux bises avaient enluminé.

Mais maintenant, seule dans sa chambre, Lucia réfléchissait. Pâques approchait, avait-elle bien fait d'accorder cette promesse ? En recevant ce cadeau et en acceptant l'invitation pour le lendemain, elle s'était déjà beaucoup avancée. Trop vite ?

Elle soupira et compta machinalement sur ses doigts. Quatre semaines, c'est le temps qu'il lui restait pour arrêter une décision qui engagerait définitivement son avenir. Toutefois, il lui était désormais difficile de revenir en arrière. Certes, c'était grâce à Claudio si elle avait été admise comme bonne à tout faire au service des Favière et si son existence avait changé du tout au tout. Elle pouvait même considérer qu'elle vivait maintenant dans le confort. Quelle incroyable évolution, il ne pouvait être question de regretter Grand-Puy ! Mais elle avait le sentiment d'être prise au piège dans cette maison où sa patronne faisait tout pour la pousser à épouser Claudio dont elle n'était pas amoureuse. Elle avait parfois l'impression d'être ainsi dans une impasse, sans avenir, même pas celui de décider de son propre destin. Or, bien que reconnaissante d'avoir été accueillie par les Favière alors qu'elle était dans une situation désespérée, elle ne se sentait pas assez attachée à ses maîtres pour imaginer les servir toujours. En fait, elle ressentait souvent la solitude du cœur. Non seulement elle n'avait pas de famille, mais comment aurait-elle pu se faire des amis dans le contexte où elle se trouvait ? Elle ne pouvait, comme Claudio, fréquenter un café où il lui était loisible de s'évader de l'atmosphère feutrée de la maison des Favière.

Elle eut une moue chagrine. À peine si, le vendredi, quand elle allait au marché faire ses emplettes à l'étal d'un jeune jardinier qui lui piquait délicieusement le cœur lorsque son regard rencontrait le sien, s'imaginait-elle avoir un amoureux parce qu'il s'arrangeait toujours pour effleurer sa main au moment de lui rendre sa monnaie en lui disant, avec un grand sourire :

— À la prochaine, mademoiselle Lucia.

Et elle répondait :

— Si Dieu le veut.

C'était devenu un jeu. Aussi lui arrivait-il de rêver qu'un jour, au lieu de caresser sa main comme il en avait l'habitude, il l'embrasserait furieusement sur la bouche devant la foule des clients ébahis, puis qu'il l'entraînerait dans une coquette maison au milieu de ses plantations pour la demander en mariage. Mais avant de lui répondre, elle oserait lui avouer qu'elle était en quelque sorte une enfant trouvée, puisqu'elle n'avait plus de famille. Alors, il répondrait :

— Oui, trouvée par moi.

Et ils riraient ensemble avant de s'embrasser.

Las, un jour, une jeune femme qu'elle ne connaissait pas se trouvait avec lui à l'étal. C'est elle qui l'avait servie et Lucia s'était traitée de sotte impardonnable en constatant que celui qu'elle imaginait être son amoureux portait une alliance. Elle soupira. Depuis ce jour, elle avait changé de primeur, mais fallait-il qu'elle soit aveuglée par ses émotions pour ne pas s'être aperçue plus tôt que ce séducteur était déjà marié !

Il n'empêche, elle voyait bien qu'elle attirait l'attention des garçons. Était-elle belle ? Depuis que Mme Favière lui avait dit qu'elle était plutôt jolie, il arrivait qu'elle se prête au jeu de se regarder nue devant la glace de son armoire, dans sa chambre. Alors, elle s'interrogeait, observait ses seins généreux, son ventre à peine bombé, ses jambes bien galbées, puissantes et fines à la fois. Elle caressait ses longs cheveux qui, autrefois, étaient toujours sales, ternes et raides, surtout après une dure journée aux champs ; maintenant, ils étaient propres, bien coiffés et brillants. Enfin, les bras levés, elle prenait des poses, tournait lentement sur elle-même et finissait par rire d'elle-même, un peu honteuse, songeant que ce n'était pas à Grand-Puy qu'elle aurait pu s'examiner comme cela. À l'époque, elle avait d'autres préoccupations que de scruter son corps. Était-ce ainsi fait, une belle femme ? Mais au vrai, elle savait qu'elle jouait un peu avec ses interrogations pour faire semblant de se rassurer, car elle n'en doutait pas, oui, elle était une jolie fille.

Lucia soupira, rangea soigneusement son sac dans l'armoire et se coucha. Elle avait besoin de réfléchir, car une question la taraudait à nouveau : avait-elle bien fait d'accorder cette promesse à Claudio qui ne pouvait l'amener qu'au mariage ? Lui dire non maintenant serait cruel et demain serait la première étape de son engagement puisqu'elle avait accepté de l'accompagner au défilé du carnaval. Bien sûr, elle n'était pas amoureuse de ce grand échalas à l'allure un peu gauche, à la bouille ronde, à l'air toujours indécis. Mais elle se sentait redevable envers lui. Que serait-elle devenue sans son aide ? D'ailleurs, dans la solitude du cœur où elle se trouvait, il n'y avait qu'une solution et c'était lui, Claudio. Un garçon sans malice, mais gentil, brave, fidèle et qui la respectait et l'admirait comme une reine. Cela lui crevait les yeux jusqu'à la mettre mal à l'aise tant il se montrait prévenant et empressé, évitant soigneusement de faire ou de dire quoi que ce soit qui eût pu la contrarier. Il était certain, comme l'affirmait Mme Favière, qu'elle n'aurait aucune peine à le mener par le bout du nez ! Et après la vie de galère qui avait été la sienne, elle songeait qu'elle serait en paix auprès de lui. Bien sûr, ce n'était pas cela qu'on appelle la passion, l'amour fou qui vous précipite dans les bras de l'autre avec l'impression que l'existence n'est pas possible sans l'être chéri. Mais être protégée, cajolée, admirée la flattait et lui réchauffait le cœur.

Elle haussa les épaules. Demain serait un jour de fête ; jusque-là, elle n'avait jamais connu cela à Grand-Puy. Elle allait enfin avoir l'occasion de s'amuser. Le reste, elle avait encore le temps d'y réfléchir.

IX

LA FOULE A ENVAHI le cours de la République pour venir contempler les déguisements, s'étonner, s'esclaffer devant l'assaut d'imagination, de fantaisie dont ont fait preuve les nombreux participants pour se travestir, se maquiller, se costumer de façon baroque afin de se faire admirer, de surprendre, d'amuser. Que l'on soit à pied ou juché sur un véhicule, ceux qui vont défiler se comparent, plastronnent, se lancent de joyeuses invectives, impatients que le signal du départ soit donné. Et parmi le public, les plaisanteries fusent lorsque, sous le masque, on reconnaît un voisin ou une tête connue. On applaudit en admirant une jolie fille un peu dévêtue qui, flattée, prend des poses. On s'esbaudit en regardant les grimaces, les postures provocantes qu'adoptent certains pour mieux attirer l'attention.

Excités, les enfants ont échappé à la surveillance des parents et en profitent pour courir en tous sens en lançant des cris perçants, bousculant les gens sans ménagement ; mais on s'en amuse, on les repousse gentiment avec un sourire indulgent, aujourd'hui tout est permis. On préfère s'extasier devant le nombre de charrettes, de camions, parfois antiques, de voitures, de motos et même d'un grand-bi décoré de façon burlesque qui défileront dans les artères pavoisées de petits drapeaux multicolores. L'heure est à la fête, à la musique, à l'effervescence avant le début du spectacle haut en couleur qui s'apprête à animer les rues de la ville. Le cortège sera ouvert par la fanfare du pays, Los Bricolos, dont les musiciens, un peu à l'écart, jouent quelques notes de leurs instruments pour s'échauffer. Il paraît que c'est une bombe qui va donner le signal du départ et l'ambiance est d'autant plus belle que le soleil brille.

Stupéfaite devant ce déchaînement de couleurs, assourdie par la cacophonie ambiante, l'excitation, le grouillement, le joyeux désordre, Lucia, qui n'a jamais assisté à une telle manifestation, se sent à la fois ravie et un peu ivre, inquiète des mouvements de foule, aussi se serre-t-elle un peu contre Claudio pour se protéger des bousculades. Celui-ci n'en demande pas tant, qui en profite pour mettre fièrement la main sur son épaule afin de montrer à tous qu'il se trouve en compagnie d'une jolie fille et qu'elle lui appartient dès à présent un peu, puisqu'il peut se permettre cette familiarité. Il se penche et crie à son oreille :

— Tu vois, je t'avais promis qu'il y aurait une belle ambiance, chaque année c'est pareil. T'avais déjà assisté à ça, toi ?

— Non, répond-elle en repoussant doucement un garçon qui vient de finir sa course dans ses jambes.

— On va se rapprocher des musiciens, décide-t-il, comme ça, on suivra mieux le mouvement, parce qu'ils seront en tête de la parade.

Tandis qu'il l'entraîne, Lucia songe à ce que leur a dit Mme Favière avant de les laisser partir, ravie, après les avoir félicités de leur tenue endimanchée.

« À cette époque de l'année, il y a des carnavals partout dans le monde dont certains sont extraordinaires », a-t-elle expliqué. Sans oublier de préciser, fidèle à sa pratique religieuse : « Mais traditionnellement, dans notre religion, le carnaval marque la dernière occasion de s'empiffrer d'aliments gras et autres et de s'amuser, de bambocher, de boire avant le début du carême qui dure quarante jours et nous rappelle, à nous chrétiens, le temps que passa Jésus dans le désert. Alors, profitez-en pour bien vous amuser aujourd'hui. Après, il sera temps que je vous donne des consignes pour la cuisine, Lucia. »

Ils s'esquivent rapidement, gênés de se savoir observés par leur maîtresse depuis la terrasse. Toutefois, en voyant ces gens peinturlurés, ces filles dont certaines sont audacieusement dévêtues, la folie, le baroque des travestissements, Lucia est sidérée et se demande ce qu'il peut bien y avoir de sacré dans cette grande mascarade exubérante. Mais il n'est plus temps de réfléchir car une bombe vient d'éclater dans les airs, donnant le signal du départ ; le cortège démarre sous les hourras tandis que retentissent les premières notes de *La Marche américaine* qu'entament Los Bricolos. Claudio entraîne Lucia et ils se mêlent à la cohue des badauds qui accompagnent le défilé dans un désordre bon enfant.

Des gens sont aux fenêtres, qui applaudissent, les appels, les cris se multiplient. Bientôt, la parade arrive dans le centre-ville. Les terrasses de café sont bondées et les clients, debout, acclament à tout rompre. Sur les chars improvisés, on s'exhibe, on salue le public, on jette des serpentins, des confettis par poignées qui tombent en pluie de cirque sur la foule qui s'extasie. L'ambiance est maintenant totalement débridée. Lucia et Claudio sont un instant séparés par un groupe de gamins se précipitant pour se procurer des confettis que l'on distribue un peu plus loin. Quand ils sont à nouveau réunis, un garçon s'est retourné et envoie une pleine poche sur la tête de Lucia qui se retrouve avec les cheveux multicolores, rouge, vert, jaune.

Un cri fuse, repris par la joyeuse bande :

— La fille est un clown, oun, la fille est un clown, oun !

Et ils sont déjà repartis faire de nouvelles victimes un peu plus loin.

— Eh bien ! Te voilà bien déguisée aussi, s'amuse Claudio.

Lucia se secoue en riant tandis qu'ils se remettent en marche parce que la foule les presse.

— Bah ! C'est rigolo ! s'exclame-t-elle en lui adressant un beau sourire.

Claudio se penche, le visage soudain sérieux.

— C'est la première fois, dit-il.

— Ah ? De quoi ? s'étonne Lucia.

— Que tu me fais un vrai sourire, rien qu'à moi.

Lucia se demande ce qui se passe. Elle est troublée, ivre de bruits, de bousculades. Elle a l'impression qu'à l'instant elle ne s'appartient plus tout à fait, ne réfléchit plus. La preuve. Elle réalise à peine que Claudio vient de lui prendre la main et la serre doucement dans la sienne. Elle n'a pas réagi, qu'importe ! Pour l'instant, elle préfère vivre pleinement le moment présent et se laisser emporter par la liesse générale.

À la terrasse du *Bon Coin*, au bout du cours de la République, le patron a profité de cette belle journée ensoleillée pour installer des tables à l'abri des platanes, là où d'ordinaire des boulistes s'affrontent en jouant à la lyonnaise. Au milieu, il y a un espace libre qui fait office de piste de danse. C'est de la terre battue, mais qu'importe, l'essentiel est que les clients puissent gigoter à loisir et puis c'est excellent pour la recette, il ne faut pas laisser passer l'occasion. Il a même dressé un comptoir provisoire où s'agglutinent les jeunes qui finiront de s'y émécher. Quand on est en goguette, on sort facilement son porte-monnaie. Loulou, comme on appelle le bistrotier, connaît son affaire.

Face aux consommateurs, un accordéoniste joue des musiques entraînantes tandis qu'un batteur, installé devant une batterie de fortune, tente de marquer la mesure. C'est là que Claudio a choisi d'emmener Lucia pour boire un verre quand la parade a été terminée. Il lui a expliqué qu'il fallait éviter d'aller s'asseoir au *Bar de la Poste*, sur le plan de l'Ormeau. Là-bas, il y a un orchestre réputé dans la région, avec plusieurs musiciens et une chanteuse. C'est la municipalité qui les a engagés. Mais il est certain que, de son balcon, Mme Favière essaiera de les espionner. Mieux vaut s'éloigner de cette maison.

Lucia se laisse tomber sur une chaise. Elle est un peu fatiguée d'avoir tant marché au milieu de la foule, des bousculades, du bruit, mais c'est la première fête à laquelle elle vient d'assister et elle est heureuse. Un peu gênée par le vacarme assourdissant du batteur qui massacre ses cymbales, par la poussière, mais aussi par l'attitude provocante de quelques fiers-à-bras rigolards qui chahutent devant le comptoir, ce qui tranche avec la bonne humeur simple des danseurs.

Elle regarde Claudio. Il est vêtu comme un bourgeois, avec le beau blazer qu'il s'est acheté récemment. Elle a été si étonnée quand elle l'a vu habillé ainsi qu'elle a été confuse de n'être pas plus élégante dans sa robe et son manteau plutôt quelconques. Même Mme Favière a paru surprise.

Claudio lui sourit, paisible, et appelle un serveur qui passe de table en table. Il suggère :

— Et si on buvait du champagne ?

Lucia est un peu effarée. Elle le sent prêt à toutes les folies et une idée lui traverse la tête, veut-il vraiment l'impressionner en se montrant grand seigneur ? Elle hausse les épaules, songeant que, depuis le temps qu'il est chez les Favière, il doit avoir des économies. Mais il faut rester raisonnable.

— Oh non, Claudio, c'est trop cher ! Je préfère un soda.

— Alors je boirai une bière, commande-t-il au serveur.

L'accordéoniste, très applaudi, vient d'achever une java et entame aussitôt un paso doble endiablé, ne donnant même pas aux gens le temps de regagner leur place.

— On va danser ? propose Claudio.

Lucia s'affole. Elle est tentée mais s'efforce de ne pas le laisser paraître.

— Je ne sais pas, avoue-t-elle, confuse.

— Et moi, s'esclaffe Claudio en l'entraînant, je n'ai guère de succès le dimanche, au bal du *Cheval Blanc*. Mais on se débrouillera.

Ils hésitent un peu, observant un moment les couples qui évoluent à côté d'eux pour essayer de mieux les imiter et finissent par se lancer en éclatant de rire tant ils se sentent maladroits. Mais peu importe. Ils se démènent, tentent une pirouette, repartent en gigotant gauchement, Claudio marche parfois sur les pieds de Lucia, mais ils sont contents de ne penser à rien d'autre qu'à s'amuser.

La musique s'arrête brusquement et ils retournent à leur place parce que le musicien vient d'annoncer une valse, la plus belle des danses.

— Je ne sais pas la faire et ça me donne le vertige, s'excuse Claudio.

On a servi les boissons et ils finissent presque leur verre d'un coup, tant ils ont soif. Quand ils le reposent, ils regardent, admiratifs, un couple qui tourne, tourbillonne comme une toupie, vite, encore plus vite, les yeux dans les yeux comme s'ils n'existaient plus que l'un par l'autre.

Soudain, quelqu'un tape de façon cavalière sur l'épaule de Lucia qui sursaute, surprise. Un garçon d'une vingtaine d'années se tient devant elle. Un gaillard brun, avec une moustache descendant de part et d'autre de la bouche et un nez trop fort qui n'arrange pas un physique peu engageant, surtout qu'il arrive, à l'évidence, tout droit du comptoir où il a manifestement trop levé le coude. « C'est certainement la raison de son incorrection », songe Lucia qui est sur ses gardes.

Claudio jette à l'impoli un regard mauvais mais, indécis, ne dit mot.

— Vous me faites faire une valse ? demande l'intrus avec un sourire qui se veut aguicheur.

— Je ne sais pas danser, répond sèchement Lucia.

— Je vous montrerai. Vous verrez, c'est facile, insiste le fâcheux qui ne manque pas de souffle.

Lucia est indignée, mais garde son sang-froid devant le sans-gêne de ce goujat qui se croit tout permis. Peut-être même cherche-t-il la bagarre, mais elle a appris à se défendre et cet imbécile n'est pas plus redoutable que l'abruti qui l'a agressée une nuit dans son lit, à Grand-Puy. Si Claudio n'intervient pas, elle va se lever et lui assener une gifle dont il se souviendra. Elle répond calmement :

— Je n'ai pas envie de danser avec vous et vous voyez bien que je ne suis pas seule. C'est mon fiancé.

Lucia est stupéfaite par le regard reconnaissant que lui adresse Claudio en entendant ce mot, par son sourire presque enfantin, radieux, comblé. C'est donc si faible que ça, un homme ? Mais cette déclaration qui lui a échappé et qu'elle regrette déjà a soudain sorti Claudio de la prudente réserve dans laquelle il s'est confiné jusque-là. Il se dresse brusquement, déployant sa haute carcasse. Dans le coup d'œil qu'il décoche à l'impudent plane une menace imminente.

— Hé, t'es sourd ? lance-t-il méchamment. Elle t'a dit que j'étais son fiancé, alors va voir ailleurs.

L'autre hésite. Il sait que ses copains doivent l'observer depuis le comptoir où ils sont agglutinés et il ne veut pas perdre totalement la face. Mais celui qu'il prenait pour un mollasson et qu'il a eu envie de provoquer en invitant sa compagne paraît transfiguré, déterminé. De plus, il a une haute carrure et, de plus, il le dépasse d'au moins une tête, alors malgré les vapeurs de l'alcool qu'il a ingurgité il juge qu'il n'est pas de taille. Il hausse les épaules et s'efforce à l'indifférence goguenarde.

— Bof, je trouverai mieux ailleurs, persifle-t-il.

Sur ce, il s'éloigne. Lentement, en jetant un coup d'œil bravache à ses collègues pour essayer de donner le change, mais il a beau prendre tout son temps, faire des manières destinées à ses copains, il ne peut masquer le fait qu'il bat en retraite.

Claudio s'assoit enfin, visiblement fier de son intervention. Sa main se pose sur celle de Lucia.

— Merci, souffle-t-il. Je me souviendrai de cette journée, tu m'as rendu heureux.

Lucia sourit, gênée. Elle qui comptait rester sur une prudente réserve s'est laissée surprendre en le présentant comme son fiancé ! Quel encouragement pour lui ! Il n'empêche, Claudio a su faire preuve d'autorité et l'a protégée.

— Il nous faut partir, dit-elle. Ce soir, les Favière ont des invités et j'ai beaucoup de travail à la cuisine.

Ils se lèvent sans jeter un regard du côté des jeunes qui les observent curieusement. Claudio le devine, qui donne fièrement le bras à Lucia. Pour la première fois de sa vie, il se sent sûr de lui, invulnérable et pense qu'aujourd'hui le véritable héros de la fête, c'est lui.

— Je viendrai t'aider, décrète-t-il.

X

— QUAND TU ENTENDRAS l'horloge sonner 10 heures, tu n'auras pas longtemps à patienter, ces gens sont sérieux et ponctuels, lui avait assuré Jean-Jacques.

Or, les dix coups avaient résonné depuis belle lurette et Claudio, assis sur un sac de ciment dans le noir absolu, attendait encore l'arrivée de José Alcara.

Il avait mis une condition avant d'accepter le petit commerce que celui-ci lui avait proposé, il y avait près de deux mois. Il préférait remettre la marchandise dans un endroit discret, loin du centre-ville. Aussi était-il venu repérer cette baraque de chantier qu'avait installée une équipe d'ouvriers faisant des travaux sur le pont du Rieutord. Le soir, ce lieu en bordure de la route nationale était peu fréquenté et il s'y trouvait à l'abri du froid, mais surtout des regards. C'est ce qui l'avait décidé dans son choix.

Il se leva, remonta le col de sa canadienne et enfonça sa casquette avant de sortir sur le pas de la porte. Il resta un instant immobile sous l'auvent que formait le toit de tôle, scrutant la longue file de platanes menant à Laroque, et rentra vite dans l'abri, la mine dépitée.

Depuis un bon moment, la pluie s'était soudain mise à tomber. Drue, épaisse comme un bloc. Elle le rendait sourd dans sa cachette de fortune, l'empêchant d'entendre approcher le moindre ronflement de moteur. Et il n'avait aperçu aucun phare trouer la nuit d'encre en fouillant malgré tout l'espace du regard, en direction de Montpellier.

Il reprit sa place, tous les sens aux aguets. Déjà, il culpabilisait beaucoup de se livrer à ce trafic. Cela faisait de lui un voleur au détriment de braves gens qui l'avaient généreusement accueilli, lui, le sans-famille. Ah ! Quelle erreur n'avait-il pas commise en écoutant ce maudit José Alcara qui l'avait tenté, le fameux soir de la réception avec le préfet ! Il ne serait pas là, à se morfondre dans le noir en attendant son arrivée au volant de sa luxueuse Traction Avant Citroën !

Il grimaça. Jamais il ne se serait cru capable d'un si vilain forfait, d'une telle trahison ! Mais après cette rencontre, Jean-Jacques, qui n'était jusque-là qu'un simple compagnon de belote, s'était soudain pris d'une amitié quasi fraternelle pour lui. Après la partie, il l'entraînait au comptoir et là, en tête à tête, avait réussi à lui tirer les vers du nez en lui offrant généreusement l'apéro. Impossible de sortir son porte-monnaie. Depuis, il regrettait souvent d'avoir écouté les bonnes paroles de ce bonimenteur ! Mis en confiance, il s'était laissé aller à parler et avait fini par se livrer au sujet de Lucia qu'il n'arrivait pas à conquérir alors qu'il rêvait de l'épouser. Et Jean-Jacques n'avait pas eu de peine à lui expliquer qu'avec l'argent on obtient tout, surtout avec les femmes, qui ne savent pas résister aux petits cadeaux.

Maintenant, il était trop tard pour revenir en arrière. Et d'ailleurs, en avait-il vraiment envie puisqu'il pouvait être satisfait des résultats qu'il n'aurait jamais imaginés si rapides ? Jean-Jacques ne se trompait pas, les filles paraissaient réellement sensibles aux bonnes manières ! Au départ, il avait suffi d'un foulard, puis d'un joli sac à main pour que Lucia accepte de réfléchir sérieusement à sa proposition de mariage et consente même à l'accompagner au carnaval. Et puis cela s'avérait si facile de se procurer quelques cartons de bas lorsque le magasinier avait le dos tourné ! Depuis longtemps, il avait sympathisé avec Georges, qui restait seul à l'entrepôt, le soir, quand il venait chercher M. Favière à l'usine. De temps à autre, il s'arrangeait pour arriver un peu en avance et garait son véhicule en marche arrière, tout près de l'entrée. Puis il rentrait bavarder un moment avec lui, avant d'aller attendre M. Favière devant la porte de son bureau. Il suffisait alors que Georges se rende dans l'arrière-boutique afin de répondre au téléphone ou qu'il s'absente pour préparer une commande pour que Claudio s'empare vivement d'un ou deux cartons repérés à l'avance, car il ne prenait que du premier choix, puis il les glissait prestement dans le coffre de la voiture où son patron ne mettait jamais le nez. Claudio soupira. Son plus grand souci, finalement, était qu'il redoutait de porter tort à Georges. Lorsqu'il s'était ouvert de ses craintes à Jean-Jacques, celui-ci s'était exclamé :

— Il y a des milliers de boîtes entreposées avec toutes les variétés de tailles, de coloris, de qualité ! Comment pourrait-on s'apercevoir qu'il en manque une ou deux par semaine ? Sois tranquille, il n'y a pas de danger. Tu vas gagner pas mal de sous et tu pourras éblouir ta dulcinée, crois-moi.

Et Claudio devait bien reconnaître que le jeu en valait la chandelle. Chaque jour, il comptait et recomptait encore tout ce qu'il pourrait offrir à Lucia avec le petit pécule qu'il se constituait. Cela s'ajoutait aux économies déjà patiemment mises de côté. Il avait calculé que, dès l'été, il posséderait assez d'argent pour envisager le mariage. Alors, il arrêterait son petit trafic qui, il faut bien le dire, lui faisait parfois passer des nuits blanches à cause des remords éprouvés envers les Favière.

Il chassa vite cette idée, préférant rêver à sa vie future avec Lucia dans le logement qu'il louerait et où ils seraient indépendants. C'était important pour le jour où ils auraient des enfants. Et lorsque Lucia irait faire des courses, les commerçants la salueraient : « Bonjour, madame Gomez... Merci, madame Gomez, au revoir, madame Gomez. » Mais pour l'instant, il lui fallait réfléchir au cadeau qu'il lui offrirait le jour de Pâques, quand elle lui dirait oui. Il hésitait entre un collier, un bracelet ou une bague et il ne devait pas trop tarder à choisir, il ne lui restait plus que quinze jours à attendre. Car il ne doutait pas qu'elle accepterait. Le jour du carnaval, n'avait-elle pas signifié publiquement à un emmerdeur un peu ivre qu'il était son fiancé ?

Claudio sourit à ce souvenir. Cette déclaration l'avait encouragé à oser lui demander, au moment où ils se séparaient, si elle ne pouvait pas se décider un peu plus tôt. Alors, elle s'était tournée vers lui pour répéter : « J'ai promis, Claudio, à Pâques... » Mais elle s'était soudain pendue à son cou pour l'embrasser sur les deux joues en le remerciant de cette belle journée. Et elle souriait, elle souriait tant qu'il aurait voulu que cet instant magique dure longtemps, mais elle s'était précipitée, arguant qu'elle avait du travail. Il n'empêche, depuis ce jour-là il restait confiant. Lucia se montrait maintenant plus aimable, plus enjouée et spontanée à son égard, si bien qu'il s'était dépêché d'écrire au vieux Joseph Cambon pour lui annoncer la bonne nouvelle et celui-ci en était très heureux. Diable, sans lui, il n'aurait jamais retrouvé la jeune femme ! Ah, Lucia, Lucia !...

La pluie s'était calmée. Claudio frissonna, l'humidité et le froid qui régnaient dans le cabanon où il se tenait immobile venaient de le ramener à la réalité du moment. Il entrebâilla la porte et ne vit que l'obscurité. Il fronça les sourcils. Sur le plan de l'Ormeau, l'horloge venait de sonner la demie, José avait déjà une demi-heure de retard ! Depuis plus d'un mois que son petit trafic durait, il n'y avait eu aucune anicroche. Alcara se montrait toujours très ponctuel. La veille de la livraison, Claudio indiquait discrètement à Jean-Jacques combien il avait de bas à sa disposition. Il téléphonait alors à son acolyte et, quand celui-ci passait avec sa voiture, il lui tendait une enveloppe qui contenait le prix fixé au départ. Il n'avait pas besoin de vérifier, c'était réglo.

Maintenant, il hésitait, inquiet. Ce n'était pas normal qu'Alcara ne soit pas là. Fallait-il qu'il attende encore ? Un jour qu'il interrogeait Jean-Jacques sur ce qu'il devrait faire en cas de retard, celui-ci avait répondu en riant que cela ne se produirait jamais.

« José, vois-tu, se doit de respecter les horaires, avait-il expliqué, car il ne vient pas que pour toi... »

Alors ? José avait-il été victime d'une crevaison ? Lui était-il arrivé un accident ? Il tendit l'oreille. Le silence, partout. Peu à peu, une angoisse indéfinissable le gagnait, se faisant de plus en plus prégnante. Dans tous les cas, il lui fallait rentrer sans plus tarder. Demain, au *Bar du Siècle,* il verrait Jean-Jacques qui lui expliquerait certainement ce qui s'était passé.

Tout à coup, Claudio se redressa vivement. De l'autre côté du pont, les phares d'une voiture trouaient la nuit. Il soupira. Enfin ! Il s'empara des deux cartons de bas qu'il avait à livrer et attendit, soulagé, déjà prêt à protester du retard quand un détail attira son attention. Le véhicule était maintenant tout proche et il ne distinguait pas grand-chose avec la pluie qui s'était remise à tomber, mais il ne reconnaissait pas le ronronnement familier du moteur de la Traction Avant. Il fronça les sourcils, tous les sens en alerte. La voiture venait de franchir le pont et stoppait non loin de lui dans un sinistre bruit de pneus martyrisés tandis que les portières s'ouvraient brutalement et que retentissaient les premiers coups de sifflet. Des gendarmes ! Claudio courait déjà à perdre haleine, les cartons sous le bras, alors qu'éclataient les premières injonctions :

« Arrête ! Arrête ou on va être obligés de tirer ! »

Malgré la menace, le ton ne semblait pas vraiment méchant et il avait pris de l'avance. Claudio continua, espérant que ses poursuivants n'oseraient pas faire usage de leurs armes sans vraiment savoir qui il était. Il essaya d'accélérer l'allure, mais les cartons qu'il serrait contre son bras le gênaient ; cependant, il connaissait bien les lieux, c'était un avantage. Il se dirigea droit sur une maison qui faisait angle où un escalier étroit dissimulé par un épais buisson permettait d'accéder à l'Albarède, une voie mal éclairée qui longeait Béthanie, une vaste cour jouxtant l'église où les enfants jouaient au football, le jeudi. Il se savait capable, avec sa grande taille, de sauter assez haut pour agripper le bord du mur et de se laisser tomber de l'autre côté. Ce serait le salut, car il pourrait se cacher aux yeux de ses poursuivants qui ne penseraient pas à venir le chercher là, puis filer en douce par une sortie dérobée qu'il connaissait. Atteindre l'escalier ! Atteindre l'escalier !

Il entendit le cliquetis d'une arme dans son dos, puis une détonation, et la peur panique décupla ses forces. Un tir pour tuer ou un coup de semonce pour l'affoler et le forcer à s'arrêter ? Il étouffa un sanglot. Il n'allait pas mourir pour deux douzaines de bas, tout de même ! Lucia ! Lucia ! Pas question de se faire prendre, il perdrait Lucia, à quinze jours de Pâques !

Il avait atteint la maison, il tourna à toute vitesse, prenant garde de ne pas déraper sur le goudron mouillé, et se précipita dans l'escalier. Plus vite, toujours plus vite alors que ses poumons menaçaient d'exploser !

« Arrête, cette fois je tire ! » entendit-il vaguement.

Mais cette fois, la voix lui paraissait plus lointaine et Claudio espéra que ceux qui étaient à ses trousses ne trouveraient pas tout de suite l'accès qu'il avait emprunté, ce qui lui donnerait un répit.

Il déboucha en trombe dans l'Albarède, manqua trébucher sur une pierre, se rattrapa de justesse et jeta sans réfléchir ses cartons dans la cour, par-dessus le mur. Son cœur cognait lourdement dans sa poitrine. Il regarda l'obstacle à franchir, songeant qu'il devait sauter assez haut du premier coup pour s'agripper avant de basculer de l'autre côté, sinon il n'aurait plus suffisamment de forces pour recommencer. Lucia ! Lucia ! Il s'essuya les yeux d'un revers de manche. Pluie et sueur se mêlaient sur son visage. Il prit son élan, donna un coup de reins désespéré. Réussi ! Il demeura un moment les jambes pendantes, à bout de souffle, essayant de s'assurer, car ses mains glissaient sur le ciment mouillé. Un cri retentit, les autres avaient trouvé l'escalier. Lucia ! La menace imminente, la peur de la perdre lui permirent de puiser au fond de lui le courage inouï qu'il lui fallut pour tirer sur ses bras et se rétablir en accrochant le bord avec son pied. L'instant d'après, il se laissa tomber à terre où il resta immobile, anéanti, vidé de toutes ses forces, la bouche grande ouverte, incapable de faire le moindre geste. Sauvé ? Lucia, je suis peut-être sauvé ! Il grimaça, songeant que si les autres venaient le chercher là il ne tenterait même pas de fuir. La gorge en feu, il ne pensait qu'à essayer de respirer, affolé par les battements désordonnés de son cœur.

Il tendit l'oreille. Il y eut une cavalcade et les sifflets s'éloignèrent de part et d'autre de l'Albarède. Alors, un sanglot gronda dans sa poitrine. « Cette fois, je suis sauvé, Lucia, jubila-t-il, et je ne recommencerai plus jamais à voler des bas. Quel imbécile j'ai été d'écouter ces voyous, j'ai trahi Mme et M. Favière et j'ai failli te perdre ! Et tout cela pour un peu d'argent ! Mon Dieu, quelle folie ! »

« Tu ne prends aucun risque », prétendait Jean-Jacques. Il ricana, songeant à ce qu'il lui serinait sans cesse en lui tapant chaleureusement sur l'épaule : « Cette Lucia, tu vas en faire facilement la conquête ». Et lui de l'écouter, comme un idiot qu'il était ! Il ne se pardonnait pas sa faiblesse et ne recommencerait plus.

Maintenant qu'il était lucide devant la réalité du danger, il s'en voulait terriblement d'avoir tant patienté avant de partir. Bien sûr, il s'était laissé distraire, son esprit était ailleurs. Lucia ! Mais pourquoi avait-il tant tardé ? Pourquoi n'avoir pas compris plus tôt que l'affaire tournait mal quand il s'était aperçu que cette voiture arrivait à toute vitesse ? Pourquoi ? Pourquoi ? « José est toujours ponctuel, lui assurait sans cesse Jean-Jacques. » Eh bien, cette fois, il avait dû être pris ! Il s'affola, tenta de réfléchir. Il ne croyait pas qu'Alcara le dénoncerait. Il avait d'autres clients, disait Jean-Jacques, il devait les protéger. Et lui, personne ne l'avait vu. Il pensa soudain aux deux cartons qui gisaient lamentablement un peu plus loin, détrempés. Il ne pouvait les ramener dans son logement. C'était la preuve de son forfait. Trop risqué.

La pluie s'était calmée. Claudio finit par s'asseoir pour réfléchir. Son corps n'était que douleur. Il passa machinalement la main sur son front, sentit une bosse. Il saignait. Il ne manquait plus que cela ! En tombant, il avait heurté une pierre. C'était embêtant, car cela allait enfler et il devrait trouver une explication pour justifier cette blessure. Il eut une moue désabusée, sa canadienne, son pantalon, ses chaussures étaient tous boueux. Il était impératif d'éviter les rencontres !

Il finit par se lever péniblement et frissonna. Il avait froid avec ses vêtements mouillés qui lui collaient au corps. Il tâta son front et grimaça. Ça saignait toujours et sa peau brûlait. Il s'épongea avec son mouchoir, puis resta un moment figé, à écouter. Il entendit encore deux coups de sifflet assez lointains, il pouvait maintenant se glisser hors de la cour et rejoindre la maison Favière en faisant un long détour. Par chance, le patron était en voyage à Lyon et ne devait revenir que deux jours plus tard. Il n'aurait pas à l'amener de bonne heure à l'usine, comme tous les matins. Mais il était impatient de rentrer et de quitter ses frusques toutes crottées, de se laver, puis de se coucher pour se réchauffer. Ensuite, une bonne nuit de sommeil le remettrait d'aplomb. Qui sait ? Peut-être que demain sa bosse aurait diminué ?

Il avisa une haie de buis qui longeait le mur, alla y dissimuler les deux cartons à l'endroit le plus touffu et se recula. On ne remarquait rien et il était certain que personne ne viendrait chercher des bas ici. Il ne lui restait plus qu'à se faufiler hors de la cour et à faire attention.

Claudio grimaça en se regardant dans la glace. Il avait sale mine et, contrairement à ce qu'il espérait, il lui sembla que la bosse avait encore enflé, prenant une teinte bleuâtre. Une croûte sanguinolente menaçait de se remettre à saigner à tout instant et il n'avait rien pour se soigner ! Lucia ? Il n'osait pas se montrer à elle dans cet état, blessé, les traits tirés par une nuit au cours de laquelle les cauchemars l'avaient torturé sans répit. Une fois, il se voyait menotté et emmené sans ménagement. Une autre fois, il s'écroulait, touché à mort par une balle. Ou encore il se trouvait dans l'Albarède, encerclé par une bande de gendarmes qui ricanaient en le mettant en joue. Et pour ajouter à ses tourments, sa main gauche était également enflée et le faisait souffrir. Il hocha la tête. Certainement un faux mouvement en s'accrochant au mur. Il avala la tasse de café qu'il s'était servie et hésita sur la conduite à tenir, essayant de se rassurer, songeant que personne ne l'avait vu. L'angoisse le tenaillait, pourtant, mais il ne pouvait qu'attendre en espérant que Jean-Jacques ne soit pas soupçonné, de peur qu'il le dénonce. Tout le monde, au *Siècle*, savait bien qu'ils étaient amis. Il haussa les épaules, il nierait, coûte que coûte.

Claudio finit par juger que, pour l'instant, le mieux était d'aller chercher ses outils et se mettre au travail dans le jardin. Sa patronne y venait peu, en cette période de l'année. Il espérait y être tranquille.

Il sortit et s'apprêtait à se diriger vers l'appentis quand il sursauta vivement. Comme chaque matin, Lucia revenait de la boulangerie avec le pain frais et les croissants de madame, pour son petit-déjeuner.

— Claudio ? Mon Dieu, mais que t'arrive-t-il ?

Claudio avait décidé de donner l'explication la plus simple lorsque, inévitablement, Mme Favière l'interrogerait. Et de s'y tenir.

— Euh… J'ai fait un faux pas, hier, bafouilla-t-il, embarrassé. Je suis tombé et mon front a heurté le trottoir.

Elle le dévisagea un instant, puis lui prit la main et l'entraîna dans la cuisine.

— Assieds-toi, tu vas boire un bol de lait, ça te fera du bien. Tu as une tête à faire peur !

— Je n'ai pas dormi, ça me lançait, prétendit-il.

Lucia s'affaira puis fila dès qu'il fut servi. Elle revint bientôt avec une bouteille d'eau oxygénée, du coton et du sparadrap et commença à nettoyer la plaie. Elle agissait avec douceur, prenant garde à ne pas lui faire mal. Il constata avec soulagement qu'elle ne lui demandait rien, aucune explication.

Elle soupira :

— Heureusement que M. Favière est absent pour deux jours. D'ici là, ça ira mieux…

Lucia se souciait donc de lui ? Elle le dévisagea.

— Tu parais épuisé, fit-elle.

Le pansement était terminé. Elle sortit un miroir du buffet pour qu'il se regarde et eut un petit rire.

— Te voilà avec une corne sur le front.

Claudio se sentait soudain ragaillardi. Une idée le tenaillait, l'envie folle de vider son cœur, de tout avouer de sa traîtrise, de ses vols. Lui dire aussi combien il regrettait de s'être laissé entraîner, que c'était fini, mais qu'il avait fait tout cela pour elle seule. Se confier l'aurait grandement soulagé. Mais il avait trop honte et, en apprenant cela, Lucia ne changerait-elle pas d'avis, maintenant qu'elle était décidée à l'épouser ? Et puis, il ne voulait à aucun prix lui transmettre ses soucis.

Cependant, baissant la tête :

— Tu sais, quand on est amoureux... on peut faire des bêtises, de grosses bêtises... Alors ça amène des regrets, on se sent mal.

Il peinait.

— Mais c'est bien fini, bien fini.

Il haussa les épaules.

— Enfin, c'est bientôt Pâques...

Lucia écoutait Claudio sans l'interrompre ni l'interroger davantage. Il paraissait totalement désemparé, prêt à s'épancher. De quoi aurait-il pu s'accuser, lui, le chauffeur modèle et dévoué ? Il s'était tu et elle comprit qu'il ne dirait plus rien, désormais. Alors, elle se pencha vers lui et vint déposer un baiser sur son front, juste au-dessus du pansement.

— Finis ton lait, fit-elle. Madame ne va pas tarder à m'appeler et elle n'aime pas attendre.

Il se leva, le visage rayonnant. Il se sentait payé de ses angoisses, et bien au-delà.

Tandis qu'elle préparait le petit-déjeuner de sa maîtresse, Lucia songea aux conversations à voix basse entendues tout à l'heure, chez le boulanger. Il y était question de gendarmes, de poursuites dans les rues de la ville, la veille, de gens qui trafiquaient. Une idée lui vint, qui lui fit froncer les sourcils et qu'elle chassa vite. Madame la réclamait.

XI

Quatre jours plus tard, un fourgon de gendarmerie se gara devant le Clos des Tilleuls en fin de matinée. Trois militaires en descendirent, encadrant un Claudio en larmes, menottes aux poignets. M. Favière, le visage fermé, suivait la petite troupe. À Alice qui se précipitait, la mine interdite, Louis-Xavier n'avait pu que siffler entre ses dents :

— C'est incroyable ! Incroyable !

Quant au gradé, il l'avait saluée, puis s'était contenté d'expliquer sobrement :

— Adjudant-chef Nouguier, madame Favière. Nous sommes désolés du dérangement, mais nous devons perquisitionner le logement de votre chauffeur. Nous avons l'accord de votre mari.

Puis, désignant Claudio :

— Ce monsieur est accusé de vol de bas dans votre usine. Nous traquons ce trafic depuis longtemps.

À la suite de quoi ils étaient entrés sans plus de commentaires, poussant Claudio devant eux. Lucia venait d'accourir et se précipitait pour réconforter Claudio. Mme Favière lui ordonna d'un ton sans réplique de rejoindre immédiatement sa cuisine et de n'en plus bouger, avant de suivre le cortège qui s'était introduit dans le studio, non sans remarquer, désolée, que les premiers curieux commençaient déjà d'affluer pour observer la scène.

— Pardon, pardon, madame Favière, avait pleurniché Claudio avant qu'un gendarme ne lui commande sèchement de se taire.

Alice avait opposé à son domestique un visage outré qui exprimait toute sa déception devant tant d'ingratitude, ne pouvant s'empêcher de s'exclamer, courroucée :

— Vous, un voleur ? Quelle honte, un garçon que nous avons accueilli, tiré de l'Assistance publique, nourri, logé, entouré ! Quelle infamie !

Depuis, Claudio, muet, fixait le sol en reniflant tandis que les gendarmes fouillaient le studio sous le regard abasourdi, puis dépité, et enfin accablant des Favière lorsqu'un militaire retira de sous le lit la canadienne et le pantalon tout crottés que Claudio portait le jour où il avait échappé aux agents à ses trousses.

— Voilà la preuve formelle du forfait, triompha le pandore en exhibant les vêtements.

Alice jeta un coup d'œil effaré à Louis-Xavier dont le visage fermé disait assez toute la déception et la colère qu'il éprouvait devant la trahison d'un homme de confiance qu'il avait toujours bien considéré. Il haussa les épaules, l'air incrédule et visiblement exaspéré. Ils s'étaient compris ; jamais ils n'auraient imaginé que ce garçon timide et naïf, qui paraissait si dévoué à ses maîtres, puisse ainsi les avoir trompés à ce point.

« Ah ! Il cachait bien son jeu, le misérable ! », songeait Mme Favière au comble de la fureur tandis que les pandores continuaient de fureter dans tous les endroits du studio susceptibles d'abriter une cachette.

L'espace était restreint, et ils avaient déjà inspecté en vain les moindres recoins, aussi le gradé s'impatientait. Il secoua Claudio.

— Bon Dieu, où as-tu planqué l'argent de ton forfait ? fulmina-t-il, exaspéré.

Mais Claudio restait figé, tête baissée, comme s'il était absent et que tout ce qui pouvait advenir le laissait dorénavant sans réaction, tant il paraissait désespéré. À peine arrivait-il à songer que l'argent, enterré dans le jardin, était perdu à jamais.

La perquisition se terminait, infructueuse.

— Nous saurons bien te faire parler au poste, gronda l'adjudant-chef en poussant Claudio vers la sortie.

— Mais enfin, me direz-vous ce qui se passe ? s'exclama Alice.

Nouguier hésita, puis expliqua :

— Un individu, Alcara, avait organisé un trafic de bas qu'il revendait au prix fort aux bourgeoises de Montpellier. Vous l'ignorez peut-être, madame, mais il y a une forte demande, suite à la production insuffisante. Cet Alcara avait des complices dans le pays qui lui servaient d'intermédiaires. Nous nous efforçons de remonter la filière. Mais il y a peu, un homme nous a échappé au moment où nous étions sur le point de l'arrêter. Cette nuit-là il pleuvait, d'où les habits maculés de boue de votre domestique parce qu'il a réussi à sauter dans la cour de Béthanie, près de l'église. Le mur est haut, les agents ont pensé qu'on ne pouvait le franchir. Mais votre chauffeur est grand, et la peur donne des ailes...

Il désigna la bosse qui avait viré au jaune et au noir, sur le front de Claudio, et ajouta :

— D'ailleurs, voyez, il garde la trace de son exploit sur son visage.

Il hésita, se tourna vers Louis-Xavier et dit :

— Je vous laisse terminer, monsieur Favière.

Celui-ci regarda sa femme, l'air consterné.

— Ce matin, des gamins qui jouaient au football dans cette cour de Béthanie ont découvert deux cartons de bas cachés derrière une haie de buis, en cherchant à récupérer leur ballon. Les boîtes étaient avachies, mouillées, mais la marque Hélios restait toujours bien visible. Ils se sont empressés d'apporter leur trouvaille au curé qui a alerté les gendarmes. Après, tout est allé très vite...

D'un mouvement de tête, il désigna Claudio, qui montait dans le fourgon sous l'œil curieux des nombreux badauds.

— Quand M. Nouguier m'a prévenu, j'étais en réunion à notre syndicat. Je me suis fait conduire immédiatement à l'usine où les agents embarquaient déjà Georges, le magasinier, pour l'interroger. Ils pensaient que c'était le premier suspect.

Il hocha la tête en regardant l'adjudant.

— J'aurais dû me douter ! Quand vous m'avez demandé de vous suivre à la gendarmerie, dans votre fourgon, j'ai vu que mon chauffeur calait deux fois, ce qui n'est guère dans ses habitudes. Je n'y ai pas prêté attention sur le moment, car j'étais moi-même très préoccupé, mais Claudio avait l'air bouleversé.

— Mais ce n'est pas une preuve de culpabilité ! s'exclama Alice Favière, interloquée.

Louis-Xavier haussa les épaules, tant il paraissait encore abasourdi. C'est l'adjudant-chef qui conclut :

— Eh bien, une heure plus tard, votre chauffeur est lui-même venu se dénoncer à la gendarmerie. Et il a tout avoué parce qu'il ne supportait pas que l'on soupçonne votre magasinier. Il aura au moins ça à son crédit. Au revoir, madame Favière.

Le fourgon démarrait déjà, suivi par Louis-Xavier au volant de sa voiture dans laquelle Nouguier avait pris place. Alice les regarda partir, dépitée. Quel scandale ! Une perquisition effectuée chez l'industriel le plus important de la ville devant une foule de badauds regroupés de l'autre côté de la rue l'observant, goguenards, après avoir vu les gendarmes embarquer leur chauffeur, menottes aux poignets ! Les commentaires devaient aller bon train. Et les mauvaises langues feraient le reste pour répandre la nouvelle. Elle s'empressa de se réfugier chez elle en claquant violemment la porte pour échapper à la curiosité des regards. Elle haussa nerveusement les épaules, songeant, excédée, que de toute façon, le journal local ne se priverait pas de publier les détails de cette arrestation. Elle imaginait déjà le titre : « Le président du syndicat de la bonneterie gangeoise victime de son chauffeur indélicat. »

L'honneur des Favière était en jeu ! Désemparée, elle s'assit un instant pour tenter de reprendre ses esprits et réfléchir. En fait, elle était sidérée, ne parvenant pas à comprendre comment ils avaient pu, Louis-Xavier et elle, se laisser berner à ce point toutes ces années par une canaille qu'ils estimaient être un brave garçon un peu lourdaud. Et sa colère décuplait en songeant, furieuse, qu'elle voulait à tout prix faire le bonheur de Claudio en favorisant son mariage avec Lucia afin qu'il puisse fonder une famille ! Elle comptait même les aider sur son propre argent !

Dans le trouble extrême où elle se trouvait, une idée lui vint soudain à l'esprit, qui se transforma tout de suite une certitude. Claudio était vraiment trop naïf, trop timoré pour trahir les gens qui l'avaient accueilli, bien traité, estimé. Il fallait qu'il ait eu un puissant intérêt pour se laisser tenter par une aventure si malhonnête. Et qui d'autre que Lucia, qu'il voulait conquérir à tout prix, pouvait l'avoir poussé à un tel forfait ? Bien sûr, elle était obéissante et parfaite dans l'exécution de ses tâches, mais c'était aussi une fine mouche au caractère bien affirmé. Elle seule avait pu l'encourager à s'engager dans ce trafic, il n'y avait pas de doute. Elle hocha la tête, songeant qu'elle possédait même une preuve. Elle se dressa d'un coup. Il fallait régler cette question tout de suite.

Alice fit irruption dans la cuisine où Lucia faisait mijoter un sauté de veau. Son visage sombre, désolé, disait assez qu'elle avait pleuré, mais sa maîtresse était trop sous l'emprise de la colère pour se laisser attendrir par cette apparente tristesse. Elle entreprit sa bonne sans ménagement :

— Vous étiez au courant, bien sûr ?

Piquée au vif, Lucia s'était raidie, figée.

— Au courant de quoi, madame ?

— Du trafic auquel Claudio s'est livré.

Lucia s'insurgea avec véhémence :

— Non, madame, vous faites erreur ! Je ne me doutais absolument de rien.

Mais Alice Favière était lancée dans ses certitudes.

— Enfin, Lucia, vous étiez presque fiancés. Claudio m'a avoué que vous deviez lui donner une réponse pour Pâques et il était sûr que vous diriez oui. Vous êtes sortis ensemble pour le carnaval et, depuis, je voyais bien que votre attitude envers lui avait changé. D'ailleurs, j'avais remarqué qu'il vous retrouvait souvent à la cuisine, ces temps-ci. Il vous racontait forcément des choses…

Lucia s'indigna de cette insinuation. Elle répliqua, outrée :

— Il venait surtout me faire la cour parce que Pâques approchait, madame, mais cela ne signifie pas qu'il me parlait de ce genre d'affaires et je peux vous assurer qu'il ne l'a jamais fait.

Toutefois, à voir le visage terriblement accusateur de sa maîtresse, elle se rendait compte que l'opinion de celle-ci était faite. D'ailleurs, elle insistait, l'air soupçonneux :

— Eh bien, moi, je suis certaine que Claudio vous disait tout. C'est quelqu'un à qui on peut facilement tirer les vers du nez. J'en sais quelque chose.

Lucia haussa le ton :

— Justement, je ne comprends vraiment pas comment Claudio, avec qui j'ai passé une partie de mon enfance et que j'ai toujours connu honnête et même un peu craintif, a pu se laisser entraîner dans un trafic aussi inimaginable. Surtout au détriment d'une famille envers qui il a énormément de reconnaissance, il me le disait souvent. Quant à moi, je vous le répète, je n'étais au courant de rien.

À quoi bon admettre que Claudio était venu la voir avant d'aller se dénoncer aux gendarmes. Cela aurait changé quoi ? Cela regardait qui ? Il avait surgi dans la cuisine, le visage en larmes et l'avait entraînée dans son studio où il lui avait tout avoué. De sa rencontre fortuite avec un certain Alcara, à Montpellier, et de sa complicité avec un nommé Jean-Jacques avec qui il jouait à la belote au *Siècle*. Il lui avait confié combien il était facile de berner Georges et qu'il ne supportait pas que celui-ci puisse être soupçonné à sa place.

— Les remords m'accablent, Lucia, avait-il sangloté avant de la quitter, mais j'ai fait toutes ces bêtises pour toi, pour te conquérir, pour que tu saches que je t'aime. Je rêvais de toi toutes les nuits en attendant Pâques et je désirais avoir de l'argent pour que nous puissions louer un appartement où nous serions chez nous, une fois mariés.

Sous le coup de l'émotion, elle s'était jetée dans ses bras et ils avaient échangé un vrai baiser.

— Je t'attendrai, avait-elle promis sans réfléchir avant de le regarder partir, les bras ballants, impuissante.

Mme Favière la tira brutalement de ses pensées.

— Gentil, honnête, pétri de reconnaissance, me dites-vous ? Ce garçon qui a volé ses bienfaiteurs !

Puis, n'y tenant plus :

— Mais vous avez raison, je suis convaincue que quelqu'un l'a entraîné, encouragé. D'ailleurs, attendez…

Elle sortit, l'air décidé, et quelques instants plus tard appela Lucia dans le salon.

— Approchez ! Qu'est-ce que je tiens, là ?

Un ton de tempête !

Lucia s'avança, blême. Mme Favière avait fouillé sa chambre et brandissait triomphalement le foulard et le sac à main que lui avait offerts Claudio !

Et soudain, accusatrice :

— Le jour du carnaval, Claudio portait un blazer tout neuf. Et depuis quelque temps il vous couvrait de cadeaux. Qu'auriez-vous demandé, à Pâques ? Un bijou ?

— Mais comment pouvez-vous ? protesta Lucia, sidérée. Vous me prenez pour sa complice ?

L'allusion était trop claire, l'affront insupportable. Sous le coup de l'indignation, Lucia sentit ses joues s'empourprer. Le souffle lui manquait, soudain, tandis qu'elle affrontait le regard de sa maîtresse qui se voulait accablant. Un flot de pensées la submergea : fuir, nier, se défendre, crier son innocence, dire son écœurement d'être ainsi soupçonnée de connivence avec Claudio ? Non, pensa-t-elle, c'est inutile. D'ailleurs, en même temps, elle éprouvait une sorte de soulagement. Elle devait faire face, se rebeller afin d'évacuer la honte qui s'était emparée d'elle. Elle se dressa, visage de glace, parla d'un ton net et ferme :

— Je constate que madame veut m'accuser d'un crime que je n'ai pas commis. C'est une chose que je ne peux accepter. Je vous prie de faire mon compte, s'il vous plaît, je vais chercher mes affaires. Vous pouvez garder le sac à main et le foulard, puisque vous pensez qu'il s'agit de la récompense d'un forfait. De toute façon, je ne les porterai plus.

D'un pas vif, elle sortit du salon en claquant la porte, laissant une Alice médusée, ses trophées à la main, dépitée de ne pouvoir aller au bout de sa colère.

Allongée sur le lit de la pension de famille, celle où Claudio l'avait emmenée, le jour de son arrivée à Ganges, Lucia tournait et se retournait, ne parvenant pas à se calmer. Après son départ précipité de la maison Favière, elle s'était réfugiée là et maintenant elle se tordait les mains, en proie à une grande confusion, sans pouvoir trouver de répit aux questions qui se bousculaient dans sa tête.

Malgré l'insistance de Mme Gounelle, la brave femme qui tenait l'établissement, elle avait refusé de manger, préférant s'enfermer dans la chambre afin de laisser libre cours à son chagrin et ses pleurs. Tandis qu'elle chiffonnait nerveusement son mouchoir, elle essayait de réfléchir, tentant de se consoler en songeant qu'elle avait au moins sauvé son honneur : Mme Favière ne l'avait pas chassée, c'est elle qui était partie la tête haute. Quel maigre réconfort ! La vérité était qu'elle s'estimait prisonnière d'un destin mauvais et pensait être vouée au malheur. Et, qui plus est, victime d'une grave injustice ! Voilà qu'elle se retrouvait seule, une fois de plus, au moment même où, après beaucoup d'hésitations, elle était prête à dire oui à son compagnon d'infortune et à fonder une famille avec lui !

Elle sanglota. Finalement, fuir de Grand-Puy n'avait servi à rien ! Elle croyait avoir trouvé un peu de bonheur, quelques certitudes quant à l'avenir, un projet de vie, enfin. Certes, Claudio ne resterait pas éternellement en prison. Mais serait-il condamné à trois mois, six mois, plus ? Comment le savoir ?

À qui demander ? Comment serait-il quand il serait libéré ? Quoi qu'il en soit, il lui deviendrait difficile de dénicher un travail dans la région. Et elle ? Où aller, que faire ? Bien sûr, elle avait quelques économies maintenant, mais elle ne pourrait tenir longtemps sans gagner sa vie d'une façon ou d'une autre. Et dans la situation où elle se trouvait, qui voudrait d'une bonne ou d'une ouvrière dans une usine alors que les gens penseraient qu'une dame aussi respectable que Mme Favière l'avait chassée ? Car il n'y avait pas de doute, tout le monde serait persuadé qu'elle était complice du voleur. Ainsi, elle avait beau se torturer l'esprit, elle ne voyait pas de solution et se laissait gagner par le découragement.

Elle finit par se lever et alla ouvrir la fenêtre afin de respirer l'air vif de cette fin d'après-midi.

« Les usines tournent à fond, il y a du travail partout », ne cessait de lui affirmer Claudio.

Elle hocha la tête, l'air farouche. Elle songeait qu'elle avait sa conscience pour elle et du courage à revendre. Qu'importent les ragots quand on se sait irréprochable. Elle décida de descendre pour prendre le repas du soir. Manger en compagnie des autres pensionnaires lui changerait les idées.

XII

Un vent glacial et coupant balayait les rues. Un beau vent, large d'épaules, qui bousculait tout le pays. Il secouait sans ménagement les squelettes tristes des arbres dépourvus de feuilles, s'engouffrait comme un forcené dans les moindres impasses avant de finir par pousser dans le ciel tout un ramas de gros nuages noirs qui galopaient comme des chevaux fous. En cette fin du mois de mars, l'hiver semblait vouloir reprendre ses droits après une fausse arrivée du printemps.

Lucia n'en avait cure. Elle était frigorifiée mais elle avançait en pressant le pas, le cœur battant, serrant le col de son blouson contre son cou. Elle remarqua vaguement qu'il n'y avait pas de boutique, pas le plus petit artisan pour animer la rue Tras-la-Muraille, une artère qu'elle ne connaissait pas et qui était déserte à cette heure de la matinée. Tant mieux, se disait-elle, il ne fallait surtout pas qu'elle soit en retard au rendez-vous qu'elle avait obtenu grâce au contremaître, M. Jean.

— Qu'elle vienne se présenter à 9 heures précises, avait-il recommandé. J'aurai eu le temps d'en parler à M. Toureille, le patron.

C'est Mme Gounelle qui avait téléphoné après qu'elle se fut confessée de tous ses déboires. Plongée dans ses pensées, Lucia songeait à la chance qu'elle avait eue en se réfugiant chez elle après son départ du Clos des Tilleuls. Les choses avaient été rondement menées. La veille, lorsqu'elle avait quitté sa chambre pour rejoindre la salle à manger, les autres pensionnaires n'étaient pas encore arrivés. Elle avait hésité un instant, avant de se diriger vers l'escalier. L'apercevant depuis sa cuisine où elle préparait le repas, la patronne l'avait interpellée et elle, désœuvrée et ravie, s'était approchée, se proposant de l'aider, ce que Mme Gounelle s'était empressée d'accepter. Quelle brave femme !

Lucia songea que, sous son aspect bougon et faussement autoritaire, cette dame cachait des trésors de gentillesse. Avec le métier qu'elle exerçait, elle avait l'habitude d'écouter les confidences de ses clients, aussi avait-elle vite remarqué sa mine chiffonnée et deviné qu'elle se trouvait en plein désarroi. Lucia sourit, cette femme d'expérience n'avait eu aucune peine à lui tirer les vers du nez. Cela lui avait d'ailleurs été d'autant plus facile qu'elle était en complète perte de repère et avait besoin de se vider le cœur après l'injustice dont elle avait été victime.

Après avoir patiemment écouté la relation des graves événements qui s'étaient déroulés chez les Favière, d'où les gendarmes étaient repartis en emmenant son presque fiancé menottes aux poignets, puis s'être indignée des accusations de complicité qu'avait insinuée son ancienne maîtresse, Mme Gounelle, outrée, n'avait pas tardé à chercher une solution.

— Mon Dieu ! s'était-elle soudain exclamée. Il te faut donc trouver du travail ?

Elle avait hoché tristement la tête.

— Ce sera difficile, les gens vont penser que je suis malhonnête et que Mme Favière m'a chassée. Et puis...

— Sornettes ! l'avait coupée Mme Gounelle. Il n'y a pas longtemps, j'ai rencontré M. Jean, tout le monde l'appelle comme ça. Il a besoin de personnel, autant en profiter pour essayer de te caser.

— Mais qui est-ce ? s'était-elle écriée, ébahie.

Mme Gounelle avait ri, avant d'avouer, malicieuse :

— Un ancien amoureux ! Il me faisait un peu la cour, à l'époque où nous étions jeunes, et nous sommes restés bons amis. Maintenant, il est contremaître dans une usine et m'envoie souvent des représentants de passage, quand il en a l'occasion.

Elle cligna de l'œil et ajouta :

— Son patron se repose beaucoup sur lui. En fait, M. Jean dirige la marche des ateliers au quotidien. Mais son principal métier, le plus délicat, car il n'a pas droit à l'erreur, c'est teinturier. Il est le seul capable de choisir à coup sûr les colorants nécessaires pour teinter les bas afin d'obtenir les nuances de coloris demandés par les clients. C'est une tâche compliquée, qui demande beaucoup d'expérience, parce que la mode change tout le temps.

— Et vous croyez qu'il voudra…

— Eh bien, nous le saurons bientôt ! avait décrété Mme Gounelle en se dirigeant vers la réception d'un air décidé.

Les choses se passèrent aussi simplement que ça. Après un bon quart d'heure de bavardage, Mme Gounelle était revenue lui annoncer triomphalement qu'elle avait rendez-vous le lendemain même pour rencontrer le patron, M. Toureille ! Une chance incroyable pour elle qui se demandait ce qu'elle allait devenir. Elle en avait été si heureuse qu'elle n'avait pu s'empêcher de sauter au cou de sa bienfaitrice pour l'embrasser.

Toutefois, maintenant qu'elle approchait de son but, elle ralentissait insensiblement le pas, après l'enthousiasme qui l'avait fait se lever tôt pour se préparer. Le doute s'emparait d'elle et sa situation lui paraissait moins évidente. Elle se savait bonne cuisinière, capable de manier une fourche pour rentrer le foin ou d'aider une brebis à mettre bas. Et elle maîtrisait par cœur toutes les tâches ménagères. Mais que pourrait-elle répondre aux questions de M. Toureille, elle qui ne connaissait absolument rien du travail en usine ?

Lucia s'arrêta soudain. Perdue dans ses pensées, elle avait failli ne pas remarquer un panneau au fronton d'un immeuble imposant où elle pouvait lire : « Teinturerie Toureille ».

Un frisson la parcourut. Elle avait un peu d'avance, mais plus le temps de réfléchir. Un portail était ouvert et elle pénétra dans une cour d'où elle put découvrir les lieux, impressionnée. Elle leva les yeux et constata que la toiture était composée d'une verrière présentant un profil en dents de scie, certainement pour apporter la lumière nécessaire à l'accomplissement de minutieux travaux. Sur la longue façade blanche, les hautes fenêtres étaient striées de barreaux et Lucia se demanda avec angoisse si elles servaient à retenir les fugueurs qui se plaignaient du vacarme des machines dont lui parlait souvent Claudio. Elle haussa les épaules, se moquant de sa bêtise. Ici, ce n'était pas une usine de tissage, mais une teinturerie. D'ailleurs, elle n'entendait pas de bruit. Toutefois, à voir l'aspect un peu rébarbatif des lieux, elle soupira. Parviendrait-elle à s'adapter à cet univers étranger et tout à fait inconnu pour elle ?

La cour était encombrée de caisses, de câbles dont elle se demanda à quoi ils pouvaient bien servir, et un camion était à quai, en train de charger des cartons. Sur son flanc, elle put lire, écrit en noir sur fond orange : « Textiles de luxe ». Elle sursauta, soudain, en entendant aboyer un chien. Tout à sa découverte, elle n'avait pas vu la guérite du gardien. Alerté, celui-ci était sorti de son abri et s'approchait.

— Que désirez-vous, mademoiselle ?

— J'ai rendez-vous avec M. Toureille, votre patron, souffla Lucia, un peu oppressée.

Puis, comme l'homme l'observait, l'œil bienveillant, elle ajouta :

— C'est pour une embauche...

— Ah !

Le concierge se tourna, levant le bras.

— C'est tout au bout de la cour, sur votre gauche, indiqua-t-il avec un sourire aimable. Vous verrez une porte avec une plaque où est inscrit : « Direction ». Là, une secrétaire vous introduira chez le patron.

— Merci, monsieur.

— Si vous êtes engagée, vous m'appellerez Louiset, comme tout le monde, lança gaiement le gardien.

Cet accueil sympathique la réconfortait et lui donnait du courage pour affronter le patron.

— Vous êtes gentil, Louiset, remercia-t-elle.

Albert Toureille se tenait dans un fauteuil Chesterfield derrière un vaste bureau encombré de paperasses, de dossiers et d'échantillons de bas déjà teints. Il observait Lucia, un peu recroquevillée sur sa chaise où il l'avait invitée à s'asseoir après qu'elle eut été introduite par une dame assez âgée qu'on entendait vaguement taper à la machine, dans la pièce contiguë.

Il portait de belles moustaches, finement taillées. Sa chevelure noire était fournie, longue, mais soigneusement entretenue. Comme le reste de sa mise, un costume gris à chevrons, ton sur ton. L'élégant quinquagénaire semblait réfléchir après s'être fait raconter l'épisode de la veille chez son ami Louis-Xavier, car, avait-il dit, cette affaire avait fait grand bruit dans la ville. Sans baisser les yeux, Lucia n'avait rien caché, précisant les raisons qui l'avaient obligée à quitter une place où elle était très bien traitée jusque-là. Par chance, il n'avait rien demandé sur son âge et était resté discret sur son passé d'enfant de l'Assistance publique, se contentant de l'écouter attentivement en hochant parfois la tête. Mais maintenant, sous le poids de son regard pensif, Lucia n'en menait pas large, essayant de se rassurer en se disant que le contremaître avait déjà plaidé sa cause. Soudain, on frappa à la porte. La secrétaire annonçait certainement un visiteur. Cela précipita les choses.

— Entrez, lança M. Toureille.

Puis, désignant une porte derrière lui :

— Passez par là, mademoiselle. Au bout du couloir, vous arriverez dans l'atelier. Vous demanderez M. Jean. C'est lui qui m'a parlé de vous et qui attribue les postes. Il vous expliquera ce qu'il attend de vous.

— Merci, monsieur. Oh ! Merci…

Lucia resta un instant figée, tant elle était soulagée, avant de se lever précipitamment et de s'empresser de sortir, comme si elle craignait que le patron ne change brusquement d'avis.

M. Jean était l'antithèse de son patron. De taille moyenne, sanguin et tout en rondeurs, on eût pu le croire un peu lourdaud à voir l'estomac rebondi qui tendait sa salopette bleue, mais c'était une fausse impression. Le teinturier avait l'œil et le geste vifs et on devinait tout de suite, à l'autorité naturelle qui se dégageait de sa personne, qu'il connaissait à fond les hommes et son métier.

Il sourit et secoua sa grosse tête chauve entourée d'une couronne de cheveux blancs quand Lucia lui avoua n'avoir jamais travaillé en usine.

— Pour le poste vacant où vous serez employée, il n'est pas nécessaire d'avoir une grande qualification, assura-t-il. Après, nous verrons... Mais si Mme Gounelle vous a recommandée à moi, c'est qu'elle a une bonne opinion de vous. Venez, puisque vous n'y connaissez rien, je vais un peu vous montrer ce qui se fait dans cet atelier, mais ce n'est pas ici que j'ai besoin de vous.

Il l'entraîna, et Lucia se détendit, heureuse des sourires engageants qui s'adressaient à elle. « Que j'ai été sotte de me faire un monde du travail en usine ! » songeait-elle.

M. Jean se déplaçait rapidement d'un poste à l'autre, s'arrêtant parfois devant une ouvrière penchée à sa table. Il semblait être un homme toujours pressé.

— Ici, c'est une couturière, expliquait-il. C'est une tâche délicate.

Nouvelle pause après quelques pas.

— Là, ce sont les remailleuses qui travaillent sur des machines Vittoz. Elles réparent les bas abîmés qui seront déclassés en petit premier choix.

Plus loin, une porte ouverte donnait sur une salle où des femmes s'affairaient. Elles levèrent la tête pour l'observer un instant avec curiosité. M. Jean les désigna du bras, mais sans s'arrêter.

— Dans cet atelier, ce sont les *appaireuses*. Les lots qui sont successivement passés à la teinturerie, au séchage et à la forme arrivent ici par taille. Mais elles vérifient qu'il n'y ait pas d'erreur avant de les mettre sous cellophane, puis en cartons par douzaines, prêts à être expédiés chez les clients.

Ils venaient enfin de pénétrer dans une vaste salle où régnait une chaleur torride et Lucia fut stupéfaite de voir d'étranges cloches avec, dessous, des jambes en acier inoxydable, pied en haut, qui tournaient de façon régulière. Une personne, homme ou femme, se trouvait devant chaque machine. Lucia observa les employés. D'un geste précis ils se saisissaient d'un bas parmi ceux entassés sur leur épaule pour l'enfiler adroitement sur chaque forme qui défilait devant eux. Comme elle semblait impressionnée, M. Jean sourit. Il expliqua :

— Une minuterie fait descendre la cloche qui envoie de la vapeur d'eau à très haute température, ceci pour chauffer chaque élément afin qu'il ait une texture lisse et délicate. Tenez, regardez...

Une cloche se relevait, libérant un nuage brûlant.

— Maintenant, les bas sont définitivement prêts à être mis sous cellophane.

Il hocha la tête et ajouta :

— C'est une tâche pénible à cause de la chaleur, mais c'est un poste bien payé si l'on est dégourdi. Ici, le personnel est au forfait.

Une dame d'une cinquantaine d'années s'était approchée.

— Voilà, je vous présente votre *comise*[1], Mme Bourrier. C'est elle la responsable de cet atelier, elle vous expliquera votre travail. Ne vous inquiétez pas, chez nous, ce sont les anciens qui forment les nouveaux. Pour débuter, vous serez

1. Régionalisme. Terme employé dans l'industrie textile pour désigner la fonction de chef d'équipe.

allongeuse. Ce n'est pas une tâche compliquée, mais il nous manque une personne à ce poste.

Il avait déjà le dos tourné. « Décidément, songea Lucia, ce monsieur est un véritable tourbillon. » Toutefois, il se retourna une dernière fois avant de disparaître et lança :

— Écoutez bien ce que vous dira Mme Bourrier. Ensuite, il vous faudra aller impérativement au bureau afin de remplir des papiers et on vous donnera une fiche à votre nom pour pointer. Vous commencez demain à 5 heures. Soyez à l'heure…

Tout s'était passé si vite que Lucia ne parvenait pas à y croire lorsqu'elle se retrouva dans la rue, une heure plus tard. Elle en avait un peu le vertige.

Elle eut un petit rire heureux. Dire qu'elle s'était imaginé les pires choses, pensant qu'on la regarderait avec méfiance dans toute la ville, à plus forte raison dans une usine ! Elle avait visité un univers étrange pour elle, mais où régnait un esprit d'équipe. Et quelle surprise d'avoir été accueillie dans tous les ateliers avec gentillesse et sans aucun *a priori*. Les sourires qui s'étaient adressés à elle en témoignaient. Même M. Toureille, le patron, à qui elle avait pourtant avoué la vérité, n'avait pas semblé choqué ! Quant à ce M. Jean, s'il devait être exigeant sur le travail, il lui paraissait très humain et bienveillant. Enfin, elle commençait dès le lendemain, quelle chance !

— Il y a deux équipes, lui avait expliqué Mme Bourrier. Une de 5 à 13 heures. L'autre de 13 à 21. Alors, tâche de ne pas t'oublier, M. Jean n'aime pas les retards.

Elle hocha la tête, l'air déterminé. Cela ne risquait pas d'arriver. Lucia pressa le pas. Il lui tardait de raconter dans le détail à Mme Gounelle, sa bienfaitrice, comment s'était passée son embauche. Elle s'arrêta un instant pour réfléchir, il fallait absolument qu'elle la remercie, aussi se promit-elle d'aller lui acheter des fleurs dans l'après-midi.

XIII

Les armoires métalliques sont alignées le long des murs avec, au-dessus, une horloge qui rappelle à chacune qu'il ne faut pas traîner afin de ne pas être en retard devant son poste de travail. Au centre de la pièce, sur une table, se trouve en permanence un bouquet de fleurs apporté par l'une d'entre elles, à tour de rôle. Quand vient son tour, Lucia achète des roses rouges, ce sont celles qu'elle aime le plus.

Tous les jours, c'est le même cérémonial. En arrivant, les femmes ouvrent leur vestiaire et se changent, toujours vite. À part une glace pour se coiffer, celui de Lucia est vide, mais la plupart sont tapissés de photos d'enfants, de cartes postales, de grigris divers. Certaines, les plus jeunes, ont ajouté leur acteur ou leur chanteur préféré collé bien en place, au dos de la porte. Parfois, Lucia se sent un peu jalouse quand elles font des commentaires en songeant que, finalement, elle ne connaît encore pas grand-chose à la vie. Alors, elle hausse les épaules, fataliste. Ce n'est pas de sa faute si l'existence qu'elle a menée jusque-là ne l'a guère préparée. Elle n'en fait pas une montagne, elle a le temps, elle est jeune.

Toutes ont des gestes semblables. Elles sont en slip et soutien-gorge, en combinaison, avec la peau blanche, laiteuse, et elles s'empressent de revêtir les habits de travail, la blouse traditionnelle par-dessus. C'est le moment où l'on se hâte, se bouscule, mais où les quotidiens se mélangent, où les secrets circulent, où fusent les plaisanteries et les rires. Elles se parlent sans se regarder. Le mari, les gosses, les menus, le régime qu'il faudrait faire, la fin du mois, les projets. Elles se touchent aussi, parfois. Des gestes simples pour dire qu'elles sont belles.

Lucia écoute mais ne se confie guère. Diable, que pourrait-elle raconter de sa vie de célibataire, elle qui a trouvé une minuscule chambre à louer dans la rue du Jeu-de-Ballon, en plein centre-ville, au deuxième étage d'un vieil immeuble dont les marches d'escalier sont hautes comme les barreaux d'une échelle ? Le loyer n'est pas cher, mais le confort spartiate, sans chauffage, évidemment.

Un lit à une place, une table et une chaise, avec une armoire branlante pour ranger ses habits en constituent tout le mobilier. Et le quartier est bruyant, avec les bistrots, les boutiques, la circulation. Toutefois, elle ne se plaint pas. D'ailleurs, le printemps est arrivé, les nuits sont plus douces. Et puis il y a les WC sur le palier et l'eau courante au lavabo, c'est déjà beaucoup. Cela lui a permis de s'acheter quelques ustensiles de cuisine et un petit réchaud à gaz sur lequel, tant bien que mal, elle parvient à faire mijoter de quoi se nourrir. Elle peut également s'arranger pour laver son linge. Que demander de plus ? Aussi est-elle heureuse car, pour la première fois de sa vie, elle a acquis son indépendance. Totalement. Cela n'a pas de prix, c'est pour ça qu'elle a quitté la pension de famille de Mme Gounelle.

Voilà à quoi elle pense en s'habillant tout en prêtant une oreille distraite à ce qui se dit autour d'elle. Lucia est détendue, elle vient de terminer sa vacation et c'est la fin de semaine. L'usine sera exceptionnellement fermée le lendemain, un samedi, parce qu'il faut réviser des machines. Ça tombe bien, elle est harassée. Elle a été « du matin » et se lever tous les jours à 4 heures pour ne pas être en retard, cela finit par être pénible. Car il n'y a pas que le sommeil, mais aussi la pénibilité de rester debout sans pratiquement bouger devant la cloche qui descend régulièrement quand elle a enfilé ses bas sur les formes, avec, surtout, le moment où elle remonte, après trois minutes d'attente, en libérant un nuage de vapeur brûlante qui vous étouffe et vous fait ruisseler de sueur. On lui a même expliqué que, parfois, il y a des filles qui font un malaise, l'été, lorsque la chaleur est accablante.

— Ça fait au moins cinq cents degrés ! prétend Marisette, sa voisine.

En fait, personne n'en sait rien et, quand les plus hardies en parlent à M. Jean, celui-ci hausse les épaules en rigolant.

— Vous ne racontez que des bêtises, réplique-t-il.

Puis il ajoute, faussement sérieux :

— Mais si vous trouvez que c'est trop dur, je vous enverrai en couture ou au remaillage et je vous remplacerai par des hommes. Eux ne se plaignent pas.

Sur ce, il s'éloigne rapidement et on se le tient pour dit. Car elles sont trois femmes pour quatre postes, et chacune d'entre elles le sait bien. Certes, le formage est pénible, c'est pourquoi celles qui sont employées là sont toutes jeunes, mais l'avantage est qu'on gagne plus en travaillant à forfait. Beaucoup plus que dans les autres ateliers. D'ailleurs, Marisette ne parle plus de degrés, elle qui s'est fait sévèrement gronder, un jour que M. Jean l'a surprise à trafiquer la minuterie pour l'accélérer afin d'augmenter la cadence.

— Si les bas ne restent pas assez longtemps sous la cloche, a-t-il tonné, ils sont moins fins et mal repassés. Et le talon tourne sur le mollet quand une cliente les porte ! Sachez-le, et que je ne vous y reprenne plus.

Depuis, personne ne s'aviserait de tricher. M. Jean est gentil, mais il ne plaisante pas avec le travail.

Lucia, elle, ne se plaint jamais. Elle est si heureuse d'avoir trouvé ce poste bien payé alors qu'il n'y a guère plus d'un mois qu'elle a été embauchée. Quinze jours plus tôt, une formeuse s'est cassé le poignet en chutant bêtement dans la rue et Mme Bourrier, qui l'apprécie, a demandé à M. Jean de lui attribuer la place vacante. Une chance inespérée. Lucia s'ennuyait un peu à faire l'appaireuse, ce qui se résumait à allonger avec soin des bas par taille identique sur une table. Et elle a débuté dès le lendemain. La comise l'a beaucoup aidée pendant deux ou trois jours, elle lui en est très reconnaissante.

Maintenant, même si elle n'est pas encore aussi adroite que les autres, elle s'est vite adaptée aux gestes répétitifs, mécaniques, à accomplir et commence à se débrouiller avec habileté. Tant pis si elle a les jambes lourdes et les reins douloureux lorsqu'elle a terminé sa journée, sans parler de ses vêtements trempés de sueur qui lui collent à la peau de façon désagréable. Il lui tarde d'arriver à la fin du mois pour voir combien elle aura gagné en lisant sa fiche de paye. D'ailleurs, elle songe avec délice qu'elle aura le temps de se reposer. Demain, elle pourra faire la grasse matinée et rester oisive, rêver à loisir jusqu'à lundi. Pas de corvée aux champs ou ailleurs, pas de repas à mijoter pour les Favière. Nul ordre désagréable à recevoir de quiconque. Pendant deux jours, elle pourra dormir tout son saoul, se promener, visiter à sa guise. Un luxe qu'elle n'a encore jamais connu !

Voilà, Lucia se donne un dernier coup de peigne et s'examine un instant dans sa glace avant de refermer son vestiaire. Elle est prête à partir. Elle se saisit du sac où elle a rangé les habits raides de sueur qu'elle lavera l'après-midi même et se faufile vers la sortie parmi celles qui viennent d'arriver.

— Tu m'attends ? lui lance Marisette au passage, alors qu'elle discute avec une copine.

— À condition que tu ne fasses pas la pipelette une demi-heure, plaisante Lucia.

C'est qu'elle connaît bien Marisette, elles travaillent côte à côte et partent souvent ensemble, après l'usine. C'est une bavarde impénitente, toujours de bonne humeur. Mais elle est excellente ouvrière et lui donne des conseils et même un coup de main, à l'occasion.

Elle l'attend devant la porte, amusée, se doutant de quoi Marisette veut lui parler. Elle va danser au *Cheval Blanc*, le dimanche après-midi, et aime lui raconter ses petites aventures. Elle n'a pas de secret pour elle et se vante de changer souvent de galant. Et ce qu'elle lui dit sans pudeur excessive la fait rire aux éclats. Il doit tarder à Marisette d'être au lendemain pour retrouver son amoureux du moment.

Lucia l'apprécie beaucoup. C'est un feu follet qui croque la vie à belles dents. Elle est insouciante, généreuse, et c'est une brave fille dont la gaieté la tire de ses idées noires, quand elle pense à ses soucis.

Il flotte dans l'air une douceur qui emplit le cœur d'allégresse et, depuis quelque temps, les branches des arbres qui reverdissent retentissent d'appels, de cris, de gazouillis. C'est une belle journée de printemps où le ciel est à la fois bleu et doré, qui engage à l'optimisme et à la joie de vivre. Surtout quand on a deux jours sans usine devant soi.

Lucia et Marisette remontent la rue Tras-la-Muraille en riant. Elles se donnent rendez-vous en fin d'après-midi sur le plan de l'Ormeau pour se promener et faire les boutiques. Ce sont de bons moments. Quand elles passent devant les terrasses des cafés où sont attablés des jeunes gens, Marisette en désigne certains et fait des commentaires désopilants qui amusent beaucoup Lucia. Elle est sidérée par le culot de son amie. Et puis celle-ci a repéré une nouvelle robe et souhaite avoir son avis.

— Tu comprends, explique-t-elle, j'aimerais la mettre demain pour aller au *Cheval Blanc*, retrouver Jeannot.

Elle s'arrête un instant et s'exclame, excitée :

— Si tu voyais comme il danse la java ou la valse ! Et il est toujours tiré à quatre épingles, alors je voudrais lui faire honneur. Toutes mes copines me l'envient, mais elles ne risquent pas de me le piquer, celui-là.

— C'est ce que tu m'assurais en parlant de Dédé, celui avec qui tu sortais jusqu'à maintenant, s'esclaffe Lucia.

Marisette reste pensive un instant. Elles sont arrivées au bout de la rue, c'est là qu'elles se séparent.

— Oui, mais Jeannot, ce n'est pas pareil... dit-elle, rêveuse.

Elles se font la bise. Marisette a une hésitation, puis met la main sur le bras de Lucia et la retient. Elle insiste, une fois de plus :

— Pourquoi tu ne viens jamais danser ? Je pourrais te présenter des copains. Il y en a de charmants.

Contrairement à son amie, Lucia demeure secrète. Et pourtant, Marisette l'interroge souvent. Mais elle veut éviter le plus possible de donner des détails sur sa vie et les événements du passé, alors elle reste dans le vague. Que dirait-elle d'ailleurs ? Qu'elle a promis à un garçon dont elle n'est guère amoureuse de l'attendre pendant qu'il est en prison pour avoir volé des bas ? Que ce soit le patron, M. Jean ou les ouvrières, personne ne lui a jamais parlé de rien. Elle se doute que tout le monde est au courant, mais cela prouve qu'on ne la soupçonne pas d'être complice et elle en est soulagée.

C'est pourquoi elle pense qu'elle doit rester discrète, même avec Marisette.

Elle sourit, avant d'esquiver la réponse :

— Je te l'ai déjà dit, je ne sais pas danser. Peut-être un jour…

Marisette fait la moue.

— T'es bête. Si tu continues, tu finiras nonne.

Elle prend le bras de Lucia et insiste, têtue :

— Danser, ce n'est pas compliqué. Et jolie comme tu es, j'en connais beaucoup qui aimeraient t'apprendre…

— Bon, un jour… biaise Lucia.

— Alors, ne tarde pas trop, la jeunesse passe vite.

Sur ce, Marisette s'en va non sans se retourner, un peu plus loin, pour lancer :

— Si tu ne te décides pas, je dirai à Jeannot de m'aider, et nous viendrons te chercher à ta chambre pour t'emmener de force ! Je voudrais tant te le présenter…

Elle s'esclaffe bruyamment et s'enfuit, légère comme un moineau. Une brave fille, Marisette. Vraiment.

Avant de monter chez elle Lucia ouvre sa boîte aux lettres. C'est un geste machinal qu'elle fait au quotidien. Elle ne reçoit jamais de courrier, même pas de Claudio, à qui elle a pourtant communiqué son adresse. Elle aimerait bien savoir ce qu'il pense, ce qu'il fait, avoir des précisions sur sa situation, mais il ne donne jamais de nouvelles. Elle est déçue.

Toutefois, elle prend un grand plaisir à lire son nom qu'elle a écrit avec soin, en lettres majuscules. « Lucia Bartolomé. » Cela prouve qu'elle habite bien ici. Et non pas « domaine de Grand-Puy » ou « chez M. et Mme Favière ». Maintenant, Lucia Bartolomé existe, ce n'est plus une inconnue, une esclave ! D'ailleurs, elle fait bien de l'ouvrir tous les jours. Juste après Pâques, elle a eu un coup au cœur en trouvant un pli. C'était la première fois ! La missive avait été envoyée à Mlle Lucia Bartolomé, chez M. et Mme Favière. Elle a reconnu l'écriture de son ancienne maîtresse qui a rectifié l'adresse, preuve que celle-ci sait où elle habite. Elle s'en moque. Mais cela l'a surprise. Elle s'attendait à un mot de Claudio et c'était Joseph Cambon, le vieux monsieur de Concourès, qui s'inquiétait de ne plus recevoir de nouvelles de son protégé, depuis quelque temps.

« Je lui ai écrit et il ne m'a pas répondu », s'étonnait-il.

En montant l'escalier, pensive, Lucia songe à la réponse qu'elle a faite. Elle a un peu honte d'avoir menti à ce brave homme qui l'a aidée alors qu'elle était en fuite et ne savait où aller. Elle lui a caché la vérité sous des banalités, mais que faire d'autre ? Elle ne pouvait tout de même pas lui avouer que Claudio était en prison pour avoir volé des bas, qui plus est pour essayer de la conquérir plus facilement. Quelle peine lui aurait-elle infligée ! Toutefois, elle a été surprise. Cette lettre, elle l'a lue au moins dix fois et il semble que Claudio n'a jamais parlé à M. Cambon de ses projets de mariage avec elle, quand il lui écrivait. Elle s'en étonne. Faut-il qu'il soit si peu sûr de lui ! Et d'elle ! Mais cela correspond bien à son caractère.

Lucia est arrivée sur son palier. Elle ouvre sa porte, jette son sac de linge sur le lit et chasse toutes ces idées. Pour l'instant, elle va grignoter les restes de son repas de la veille et puis elle s'accordera une bonne sieste. Elle en a besoin. Et cette après-midi, Marisette la fera encore rire.

XIV

Allongée sur son lit, les mains derrière la tête, Lucia pensait à Claudio. Elle ne savait rien de lui depuis qu'on l'avait emprisonné à Montpellier. Et pourtant, elle le considérait comme son fiancé puisque, sous l'emprise d'une vive émotion, lorsqu'il lui avait avoué son forfait, elle lui avait promis de l'attendre. Elle se disait que c'était son destin de se marier avec lui. Bien sûr, elle ne l'aimait pas, mais ils avaient vécu tant de tragédies ensemble, souffert de la même solitude, sans attaches, sans parents, avant de se retrouver chez les Favière ! Que serait-elle devenue sans lui alors que, mineure, elle était en fuite, ne sachant où aller ?

Elle songea à la visite qu'elle lui avait rendue à la prison, quinze jours après son incarcération. Quelle hésitation n'avait-elle pas eue avant de se décider ! Mais un dimanche matin, elle avait fini par prendre le car pour Montpellier. Malgré la vive répulsion que cette démarche lui imposait, elle estimait qu'il en était de son devoir et que cela aiderait Claudio à surmonter cette pénible épreuve. Lucia hocha la tête et soupira. Il lui venait encore des frissons lorsqu'elle se remémorait ce jour-là !

Il lui avait fallu pénétrer dans une longue bâtisse aux murs d'un gris sale, gluants, dans un lieu qui exprimait l'angoisse, la solitude, le désespoir. À l'intérieur régnait une odeur indéfinissable, malsaine, qui lui avait inspiré le dégoût et, pour ajouter à son trouble, une dame d'un genre un peu vulgaire l'avait entreprise, alors qu'elles attendaient d'être introduites au parloir.

— C'est la première fois que tu viens, petite ?

— Oui.

— Eh bé, j'espère que ce n'est pas pour longtemps, s'était-elle exclamée, parce qu'ici c'est une prison dure ! Il n'y a pas de terrain de sport ni d'atelier et même pas de vraie cour de promenade. Mon Gabriel en bave !

— Ah ?

Par chance, on les avait appelées à ce moment-là et Lucia avait été soulagée que la conversation soit interrompue. Mais la suite lui sembla bien pire. En présence de Claudio, elle était restée pétrifiée. D'ailleurs, ils ne purent échanger trois mots. Derrière les barreaux qui les séparaient, Claudio ne cessait de pleurer, la tête dans les mains, son grand corps affaissé. Elle l'avait regardé, muette, paralysée, incapable de prononcer la moindre parole de réconfort. Non loin d'elle, un surveillant s'était soudain mis à hurler des injures à un couple, finissant de l'affoler. Elle s'était enfuie.

Depuis, elle n'avait pas eu le courage d'y retourner, elle se contentait de lui écrire. Des lettres où elle essayait de le rassurer, mais aussi de lui poser des questions auxquelles il ne répondait jamais. Ainsi, elle ne pouvait savoir quand il serait libéré, ni s'il avait été jugé. Bénéficiait-il d'un avocat, au moins ? Elle s'était longtemps interrogée à ce sujet ; qui pourrait bien la renseigner ? À qui s'adresser ? Alors, un jour, elle avait fini par s'armer de courage et demandé à voir l'adjudant de gendarmerie.

Contrairement à ce qu'elle craignait, l'homme s'était montré courtois tout en avouant son ignorance quant au sort de Claudio. Il ne savait pas si un défenseur avait été commis d'office, arguant toutefois du fait que les juges étaient surchargés de travail.

— Votre fiancé devra patienter, mademoiselle, avait-il conclu. Il n'est pas le seul, les voleurs et les fraudeurs encombrent les tribunaux.

Depuis, elle restait dans une totale incertitude et cette attente lui pesait. Joseph Cambon ne lui avait plus écrit non plus pour demander des nouvelles. Claudio l'avait-il fait depuis sa prison ? Elle aimerait au moins savoir si les Favière avaient porté plainte. Elle finit par s'asseoir sur le lit et haussa les épaules. Il fallait qu'elle cesse de se torturer l'esprit.

Une sorte de grondement, un brouhaha suivi de cris, un clairon qui sonnait tirèrent brutalement Lucia de ses pensées et la firent bondir pour se précipiter à la fenêtre.

« C'est le moment, songea-t-elle, excitée, le défilé approche. »

La veille, Rougé, l'épicier qui se situait sur le trottoir d'en face, l'avait prévenue lorsqu'elle était allée faire quelques courses.

— Demain matin, reste chez toi, lui avait-il recommandé. D'ailleurs, tous les commerces de la rue baisseront le rideau, y compris les bistrots.

— Mais pourquoi ?

— Parce ce que les vignerons du pays se réuniront pour manifester. Le cortège se formera cours de la République et défilera jusqu'à l'hôtel de ville où une délégation demandera à être reçue par le maire. Et pour les encadrer, il a été prévu plusieurs cars de CRS, paraît-il. Alors, tu comprends, on préfère rester prudents, il est possible qu'il y ait de la casse. Ça arrive quelquefois, quand les jeunes s'excitent et provoquent ces flicards…

Lucia avait été éberluée.

— C'est qui, les CRS ?

Le vieux Rougé avait souri de son ignorance.

— Ce sont des policiers qui sont chargés de faire respecter l'ordre, quand il y a des manifestations qui risquent de mal tourner.

Avant d'ajouter, avec un clin d'œil :

— Ces loustics-là sont équipés de matraques solides et d'autres joujoux utiles dans les bagarres et ils ont la réputation de frapper fort ! Alors, il vaut mieux se tenir au large.

Lucia n'avait pas compris.

— Mais pourquoi se réunir à Ganges ?

— Eh, petite, ce samedi il y aura des manifestations dans tout le Languedoc. Dernièrement, il y a déjà eu un mort, à Montpellier. C'est pourquoi demain ça risque de péter sérieusement dans les grandes villes. À Béziers, à Narbonne…

Et comme elle restait bouche bée, il avait conclu :

— En haut lieu, on considère que dans le Languedoc on ne produit que de la bibine parce que les récoltes sont trop abondantes. Alors les vignerons sont à bout, le vin se vend mal et il est concurrencé par ceux d'Algérie et d'Italie qui font plus de degrés. Le résultat c'est qu'ils ne gagnent plus leur vie, d'où leur colère. C'est compliqué.

Lucia n'avait pas bien compris les explications du père Rougé, mais depuis qu'elle s'était réveillée elle attendait impatiemment le passage de cette marche de protestation. C'était une chose qu'elle n'avait jamais eu l'occasion d'observer et, de ses fenêtres, elle était aux premières loges pour assister au spectacle.

Ils arrivaient ! La tête du cortège venait de tourner devant le *Bar du Siècle* pour emprunter la rue du Jeu-de-Ballon. Lucia était impressionnée, elle n'avait jamais vu l'artère ainsi désertée de badauds, vide de voitures en stationnement comme de tables et de chaises aux terrasses des bistrots. Elle se pencha et aperçut quelques CRS qui bloquaient l'avenue menant vers Montpellier. Au passage du cortège, ils ne subissaient nulle provocation et tout paraissait calme tandis que sous ses yeux s'avançait une foule hétéroclite dans une ambiance frondeuse et bon enfant. À voir les tenues de certains, cela lui rappelait Grand-Puy. À n'en pas douter, il n'y avait pas que les propriétaires qui manifestaient, mais aussi les journaliers, les domestiques, les vignerons les plus modestes avec leur famille, les amis venus par solidarité, tout un petit peuple qui défilait avec, devant, une large pancarte tendue à bout de bras où l'on pouvait lire : « Les viticulteurs du Languedoc en colère ». Sur une autre, il était écrit : « Mort aux fraudeurs qui chaptalisent ». Certains brandissaient des cartons, mais elle avait du mal à distinguer les messages.

En tête, de jeunes meneurs lançaient des slogans repris en chœur par une foule compacte, enthousiaste :

« Pas d'argent, pas d'impôt ! », « À l'aide, paysans ! À l'aide, vignerons ! Il faut défendre notre sol », « Les viticulteurs travaillent, mais crèvent de faim », et même « Gouvernement de voyous. Les députés aux chiottes ! ».

La populace s'esclaffait, répétant à l'unisson :

— Aux chiottes ! Aux chiottes !

De temps en temps, un clairon jouait quelques notes d'une musique entraînante, ce qui ranimait les rires et les vivats enthousiastes.

Lucia souriait en observant le mouvement qui se dirigeait vers le plan de l'Ormeau dans une ambiance festive d'où n'était pas absente la gouaille naturelle des gens du Midi, où chacun se plaisait à parler à son voisin, où l'on s'interpellait, se bousculait parfois pour se rapprocher d'un parent, d'un ami ou d'une connaissance avec qui on avait envie de bavarder.

Maintenant, le défilé s'étiolait ; il y en avait même, à l'arrière, qui poussaient le vélo sur lequel ils étaient venus, preuve que l'on n'était pas là pour se battre, mais simplement pour défendre pacifiquement son pain quotidien. Car de violence, point. « M. Rougé s'est trompé, les CRS sont venus pour rien ! » songea Lucia, vaguement déçue. D'ailleurs, les trois ou quatre policiers qui bloquaient une avenue étaient manifestement détendus, alors qu'ils fermaient le cortège à bonne distance. Parmi la foule, aucun manifestant ne leur prêtait la moindre attention. Il n'y avait plus rien à voir. Elle prit son papier à lettres dans l'armoire avant de s'asseoir sur l'unique chaise de son logement. En attendant que le calme soit tout à fait revenu, elle avait l'intention d'écrire une nouvelle fois à Claudio.

Des cris, une cavalcade, quelques explosions sourdes la firent se dresser d'un coup et courir à la fenêtre. Elle vit des gens refluer et s'enfuir en tous sens, sans aucune logique. Certains pédalaient, droits sur leur vélo, pour s'éloigner plus vite. Quel contraste avec le défilé joyeux de tout à l'heure ! L'air sentait le brûlé et maintenant la panique régnait dans la rue. De son balcon en face d'elle, Rougé interpella un fuyard :

— Qu'est-ce qui se passe, Albert ?

L'homme devait connaître l'épicier. Il s'arrêta un instant, leva la tête et cria :

— Une délégation est chez le maire. Mais les jeunes ont mis le feu à des balles de paille, sur le plan de l'Ormeau. Ils jettent des pierres et des bouteilles sur les CRS qui les chargent. Les policiers ont même balancé quelques grenades lacrymogènes pour les disperser et maintenant ils les *accoutissent*[1]...

Rougé se pencha, tendit le bras et hurla :

---

1. Régionalisme. Poursuivre, courir après.

— La porte est ouverte, monte chez moi, tu seras à l'abri.

Dans la cohue qui se débandait autour de lui, l'homme ne se fit pas prier et disparut dans le couloir que lui désignait l'épicier.

Lucia voyait des gaillards qui couraient, poursuivis par des militaires casqués qui assénaient, parfois, quelques sévères coups de matraque sur une nuque, une épaule, un dos tout en se protégeant contre les jets de pierre, de bouteilles. Tout cela mêlé aux cris de douleur, aux insultes, aux provocations. Impressionnée par cette violence, Lucia prenait peur. Quelle fureur aveugle ! Les hommes étaient-ils devenus fous ? Elle ne comprenait pas un tel déchaînement alors qu'une demi-heure plus tôt à peine une foule bon enfant défilait dans la rue !

Soudain, elle vit un manifestant qui, dissimulé derrière le platane, en bas de sa fenêtre, canardait les policiers tout en les invectivant. Mais il fut bientôt pris à revers et les coups se mirent à pleuvoir. L'homme se protégeait comme il pouvait, recroquevillé, les mains sur la tête. Par chance, un gaillard se précipita pour tenter de le dégager, mais il n'avait que ses mains nues. La mêlée fut brève et confuse. Profitant de la diversion, celui qui était poursuivi réussi à se sortir du piège et s'enfuit tandis que celui qui s'était courageusement porté à son secours s'affaissait au pied de l'arbre, sonné par un coup de matraque, le visage en sang. Sans plus s'occuper de lui, les policiers coururent sus à d'autres manifestants. Lucia était sidérée, révoltée par la scène à laquelle elle venait d'assister. Le lanceur de pierres avait lâchement abandonné celui qui avait pris le risque de lui prêter main-forte, le laissant à terre, en grand danger, peut-être gravement blessé. Sans réfléchir, elle se précipita. L'instant d'après, elle dégringolait l'escalier.

Le cœur de Lucia battait très vite lorsqu'elle déboula dans la rue. Par chance, les échauffourées s'étaient déplacées plus loin, du côté du *Café de la Bourse*. Le jeune homme était toujours là, dans la position où il était tombé. Affalé contre le tronc de l'arbre, les bras le long du corps, la tête sanguinolente penchée sur le côté, il ne bougeait pas. « Mon Dieu ! Est-il mort ? Évanoui ? » songea Lucia qui s'affolait. Elle bondit, saisit le blessé sous les aisselles et le tira en arrière. Elle poussa la porte avec son dos et recula le plus vite possible. Enfin ! Ils étaient à l'abri dans la pénombre du couloir ! Dans un dernier effort, elle traîna l'inconnu dans le coin le plus sombre et le cala contre le mur. Alors seulement, elle essaya de reprendre son souffle. Le gaillard était lourd et le tirer jusque-là, ajouté à l'émotion et à la peur d'être elle-même assaillie, l'avait vidée de toutes ses forces. Mais elle était soulagée. Le garçon semblait retrouver doucement ses esprits, il venait d'ouvrir les yeux et tâtait précautionneusement son crâne en grimaçant.

— Qu'est-ce que je fais là ? gémit-il.

Lucia s'agenouilla et expliqua, l'air outré :

— Vous avez été blessé par un coup de matraque en portant secours à un de vos collègues qui en a profité pour s'enfuir en vous laissant à terre. J'habite au deuxième étage et j'ai tout vu de ma fenêtre, alors je suis descendue pour vous mettre à l'abri.

— Ah ? Le salaud !

Le jeune homme leva un bras fataliste et grimaça un sourire.

— Mais il m'a rendu un sacré service en me permettant d'être secouru par une jolie fille ! Vous êtes courageuse d'avoir pris de gros risques pour me tirer d'affaire. Je vous remercie.

Il tenta de se redresser et poussa un cri de douleur.

— J'ai mal à la tête, se plaignit-il.

Il sortit un mouchoir de sa poche et s'essuya le visage. On n'y voyait guère, mais il s'étonna :

— J'ai saigné ?

— Et comment ! s'exclama Lucia.

Elle s'offusqua :

— Vous plaisantez alors qu'ils auraient pu vous tuer ! Comment vous sentez-vous ?

Le jeune homme essaya de se relever, mais renonça vite. Il se moqua :

— Eh bien, comme un vieillard tout faible et qui a des vertiges !

« Décidément, ce fou ne prend rien au sérieux », se dit Lucia. Elle s'indigna :

— Vous vous êtes mis en danger pour défendre un lâche !

Le garçon eut un petit rire insouciant.

— Bah, j'ai la tête dure ! Mais vous avez raison, je n'avais rien à faire dans cette manifestation. En fait, je ne suis même pas du pays. Toutefois, au moment où le cortège est arrivé, je me trouvais sur le plan de l'Ormeau à la recherche de quelqu'un. Alors, je me suis approché pour écouter les discours, parce que je suis viticulteur moi-même et, si je ne m'étais pas trouvé ici, j'aurais dû défiler dans mon pays. C'est pourquoi, quand ça a commencé à péter, je n'ai pu m'empêcher de prêter main-forte à mes camarades. On nous traite si mal, nous autres, vignerons !

Il hocha la tête et conclut :

— Pourtant, la bagarre était loin d'être mon but, aujourd'hui. Il faut toujours que je fonce tête baissée pour me mêler de ce qui ne me regarde pas. Je m'appelle Sylvain Maillé et vous ?

— Lucia, Lucia Bartolomé.

Le garçon avait violemment sursauté. Dans la semi-obscurité où ils se trouvaient, il prit la main de Lucia et s'approcha pour la regarder de plus près, mais il ne dit mot, tant l'émotion qui s'était emparée de lui l'étreignait. Il semblait même à Lucia qu'il tremblait un peu.

— Eh bien, finit-il par dire gravement en resserrant son étreinte, vous êtes celle que je cherchais en allant me renseigner au Clos des Tilleuls, chez les Favière, comme m'avait indiqué un vieux monsieur. Quelle chance j'ai eue d'avoir été blessé à cet endroit ! Si je revois le CRS qui m'a frappé, je l'embrasse…

Il hocha la tête et eut un sourire joyeux.

— Je vous ai tirée une fois des griffes d'un régisseur qui ne vous voulait pas du bien. Vous vous souvenez ? C'était dans les bois, près de Grand-Puy, un jour de gros orage. Eh bien, aujourd'hui, c'est vous qui m'avez sauvé alors que j'aurais pu me faire massacrer. Nous sommes quittes, maintenant.

Lucia avait écouté, bouche bée.

— Sylvain Maillé, mon Dieu… balbutia-t-elle.

Il s'ensuivit un long silence pendant lequel ils s'observèrent intensément. Lucia était suffoquée.

Malgré le sang, l'émotion, la pénombre, comment n'avait-elle pas reconnu tout de suite ce garçon ? Et surtout comment avait-elle pu oublier son nom, ne serait-ce qu'un instant ? Cela ne pouvait s'expliquer que par l'affolement qui s'était emparé d'elle en voyant ce grand gaillard à terre. De sa main libre, elle se cacha les yeux. Tout son passé lui revenait en mémoire. Elle se remémorait la scène, l'orage, sa terreur pendant sa course éperdue pour tenter d'échapper à Paillès. Puis son départ précipité après les menaces du régisseur alors qu'elle s'apprêtait à rejoindre sa chambrette. La nuit abominable dans le mazet où elle s'était réfugiée. Lucia était si émue qu'elle baissa la tête, sans même se rendre compte que les larmes ruisselaient sur son visage.

Sylvain respectait son émotion. Il serra un peu plus la main de la jeune fille et attendit qu'elle se calme.

— J'étais venu avec l'espoir de vous revoir. Pas pour vous faire pleurer, murmura-t-il d'une voix très douce.

Lucia sécha ses larmes et finit par grimacer un sourire.

— Mais comment avez-vous pu me retrouver ? s'étonna-t-elle.

— Ah ! Grâce à quelqu'un qui vous connaît bien, Joseph Cambon, de Concourès, un village où vous avez vécu. C'est toute une histoire.

Il essaya de se relever et elle l'aida, car il ne paraissait pas très solide sur ses jambes. Une fois debout, il demanda :

— Mais on ne pourrait pas parler ailleurs que dans ce couloir humide et glacial ?

Lucia observa son crâne.

— Il faut d'abord nettoyer tout ce sang et voir comment est la blessure, décréta-t-elle. Après, je vous accompagnerai à la pharmacie. Vous vous sentez de monter deux étages un peu rudes jusqu'à ma chambre ?

Sylvain éclata de rire.

— Avec votre aide, je suis capable de grimper beaucoup plus haut ! s'exclama-t-il joyeusement.

Dehors, on n'entendait plus de cris. La paix semblait être enfin revenue. Sylvain se cramponnait à la rampe, un bras sur l'épaule de Lucia. Arrivé au premier palier, il s'arrêta un instant pour souffler. Il se gratta la tête puis se tourna vers elle et s'écria, rieur :

— Si on m'avait dit que j'aurais la chance de vous retrouver grâce à un coup de matraque qui m'a fendu le crâne, je ne l'aurais pas cru !

« Décidément, songea Lucia tandis qu'ils recommençaient à monter, ce garçon ne prend rien au sérieux. »

XV

Tandis que Lucia marchait aux côtés de Sylvain, elle éprouvait en elle, autour d'elle, quelque chose d'indéfinissable. Elle ressentait des sensations nouvelles et agréables qui faisaient taire ses soucis et la portaient à l'allégresse. Au moins pour ce jour-là ; elle voulait chasser au loin ses angoisses, ses incertitudes, sa peur de l'avenir.

À dire vrai, ce quelque chose, elle savait bien que c'était le printemps, le ciel d'un bleu pur, débarrassé du moindre nuage, le soleil éclatant qui dardait ses rayons, l'air léger qui lui caressait le visage. Mais aussi bien autre chose. Pour la première fois de sa vie, un garçon, presque un inconnu, lui avait donné rendez-vous et elle voulait profiter pleinement du temps présent ! Et alors qu'ils passaient devant l'église d'où sortaient les fidèles qui venaient d'assister à la grand-messe, elle était submergée par une joie enfantine qu'elle ne pouvait maîtriser et s'étonnait de s'entendre chantonner du bout des lèvres.

Sylvain était venu la chercher en bas de son immeuble et elle n'avait pu s'empêcher de pouffer, la main devant la bouche, en voyant le pansement de gaze que la pharmacienne avait réussi à lui coller sur le sommet du crâne. Ils s'étaient contemplés un instant en silence, puis il avait expliqué qu'on avait été obligé de lui couper quelques cheveux au ciseau, et ils avaient éclaté de rire ensemble. Cette bonne humeur les avait rendus spontanément complices.

« C'est un bon début », avait-elle vaguement songé.

De temps à autre, elle jetait un coup d'œil furtif à son chevalier servant. Il était grand, blond, et avait pour lui, en plus de sa carrure rassurante, cet air enjoué et sûr de lui qu'ont souvent les êtres au regard franc, un de ces jeunes paysans qui semblent, par leur allure un peu lourdaude, tout droit sortis d'un des replis de la terre, heureux de composer avec la nature et les choses. Il avait les traits réguliers. Elle le trouvait beau.

« Qui aurait pu penser qu'une manifestation des vignerons qui a mal tourné me permettrait de retrouver mon sauveur et de passer une journée avec lui ? » se dit-elle, ravie.

La veille, après l'avoir aidé à se laver, il s'était reposé un instant, mais il se sentait fatigué et avait trop mal à la tête pour s'attarder, d'autant plus qu'il était impatient d'aller à la pharmacie où il avait refusé de se faire accompagner. Toutefois, elle n'avait pas voulu le laisser partir sans savoir comment il avait réussi à la retrouver.

— Je voulais à tout prix vous revoir, avait-il avoué. Mais cela n'a pas été facile, parce que Marthe, la cuisinière de Grand-Puy que je connais bien, ne voulait rien me dire quand je la rencontrais lorsqu'elle venait faire son marché à Cabriac, de peur de vous trahir. C'est que votre fuite a fait beaucoup de bruit, au domaine, et la réputation de Paillès en a pris un sale coup. Dans le but de vous protéger, elle prétendait ne rien savoir. Et puis, il y a peu, elle a estimé qu'il s'était écoulé suffisamment de temps, et elle a fini par m'avouer qu'elle ignorait où vous étiez, mais que la seule chose dont vous lui parliez, c'était d'avoir vécu plusieurs années dans une maison-école, à Concourès, et à partir de là j'ai pu retrouver votre trace.

Il avait souri et précisé :

— Cela m'a permis d'aller dans ce village où le maire, qui vous a vue arriver petite, m'a expliqué volontiers ce qu'il savait de votre histoire et m'a dirigé vers le vieux Joseph Cambon qui, m'a-t-il assuré, vous connaissait mieux que lui puisqu'il était le jardinier des sœurs. Quel brave homme ! Alors, vous vous doutez de la suite. Il m'a appris beaucoup de choses sur vous et sur un certain Claudio. Il prétend que vous êtes comme frère et sœur…

Il lui avait lancé un regard interrogatif avant d'ajouter :

— Mais sans la manifestation, je serais allé vous demander à la maison Favière, où il m'avait assuré que vous étiez tous deux employés.

Elle avait pensé avec étonnement que, décidément, le vieux Joseph Cambon intervenait souvent dans son destin. Sylvain avait dû le harceler de questions.

— Ainsi, vous connaissez ma vie ? s'était-elle exclamée, un peu gênée.

Il avait deviné sa contrariété et s'était empressé de la rassurer.

— Non, non, juste quelques généralités, lorsque vous étiez enfant, chez les sœurs.

Elle était restée un instant silencieuse puis, pour clore le sujet, elle avait précisé :

— Maintenant, je travaille dans une teinturerie de bas. Je gagne plus d'argent et j'ai mon indépendance.

— Ah ?

Devinant qu'elle préférait éviter de parler de son passé, il avait vite changé de sujet, assurant toutefois qu'il ne partirait pas avant d'avoir obtenu la promesse d'un rendez-vous pour le lendemain, lorsqu'il aurait récupéré des forces. Il n'était pas venu une seconde à Lucia l'idée de refuser.

— Je ne suis jamais allée au restaurant de ma vie, avoua Lucia, un peu hésitante.

Ils étaient arrivés devant l'enseigne de *Chez Angèle*, écrite en grosses lettres blanches sur une façade bleue un peu défraîchie. Un établissement modeste, situé derrière les halles, non loin de l'hôtel où Sylvain avait loué une chambre.

— Eh bien, ce ne sera plus le cas, dit celui-ci en la prenant par le bras pour l'entraîner à l'intérieur. Il paraît qu'ici la cuisine est simple, familiale, mais excellente.

La salle n'était pas très grande et il n'y avait que deux tables occupées. Une par deux personnes âgées. L'autre par un couple avec un gamin. La patronne s'était précipitée et leur suggéra de s'installer à l'écart, proche d'une fenêtre. Lucia surprit le sourire complice de la patronne qui signifiait : « Tiens, voilà des amoureux, ici ils seront bien tranquilles » et elle rougit un peu tandis que Sylvain, galant, tirait sa chaise pour qu'elle s'assoie. Elle se sentait si troublée, devinant qu'ils étaient observés à la dérobée, qu'elle n'avait pas réagi à la question d'Angèle qui venait de leur proposer l'apéritif.

— Oui, répondit Sylvain sans hésiter.

La restauratrice distribua le menu et suggéra des boissons. Comme Lucia scrutait Sylvain, l'air interrogatif, celui-ci commanda deux Martini.

Ils étaient enfin seuls et Lucia, curieuse, put laisser errer son regard. Le cadre était simple mais chaleureux. Tout l'étonnait. Les nappes à carreaux sur les tables, les appliques qui donnaient une lumière discrète, la tapisserie vieillotte sur les murs, ornée de couronnes de roses. Amusé, Sylvain se plongea dans la lecture de la carte jusqu'à ce qu'Angèle revienne avec les boissons. Il n'y avait que deux menus et, malgré les protestations de Lucia, il commanda le plus cher, sans oublier de réclamer une bonne bouteille de vin.

— Du cacheté, précisa-t-il.

La patronne s'était vite éclipsée. Lucia était un peu confuse, mais elle se sentait bien. Un sentiment d'euphorie s'était emparé d'elle, un bien-être total qu'elle n'avait jamais connu. Cela n'avait rien à voir avec la gaieté qui l'amusait, quand Marisette lui racontait ses petites toquades avec les galants du *Cheval Blanc*. Aujourd'hui, cette impression de plénitude qu'elle éprouvait, c'était différent, comme irréel, et elle se laissa aller, confiante. Son compagnon était si souriant, prévenant, sûr de lui.

— À votre santé, Lucia, dit-il en levant son verre.

— À la vôtre, Sylvain.

C'est la première fois de sa vie qu'elle buvait du Martini qui lui est offert, qui était pour elle seule. Autrement, elle n'avait fait que goûter des fonds de bouteille dans la cuisine des Favière, les soirs où ils avaient des invités. Des bordeaux, des bourgognes.

« Louis-Xavier aime faire boire des grands crus, quand nous recevons des invités », lui disait sa maîtresse.

Pourtant, elle n'avait jamais beaucoup apprécié, mais cet apéritif, c'était différent. Sylvain l'observait, curieux.

— C'est bon ? demanda-t-il.

— Délicieux, répondit-elle, enfin détendue.

Elle hésitait, avec l'envie d'ajouter quelque chose, mais elle dut se taire. Angèle arrivait et servait les entrées.

— Je vous amène le vin, claironna-t-elle en s'éloignant.

Sylvain avait posé la main sur la sienne.

— On pourrait peut-être se tutoyer, ce serait plus simple ? suggéra-t-il.

Lucia sourit.

— Si tu veux, Sylvain.

Elle est si troublée qu'elle n'avait fait aucun geste pour se dégager. Elle était si bien ainsi.

Au *Cheval Blanc*, Sylvain avait payé, ce qui leur donnait le droit de monter l'escalier conduisant à la salle de bal et maintenant ils s'étaient arrêtés à l'entrée, le temps de s'accoutumer à l'ambiance et de chercher des yeux une place où s'asseoir, ce qui ne paraissait pas facile. Lucia était un peu interdite, surprise par le bruit assourdissant. Debout devant le comptoir, des jeunes parlaient fort, s'esclaffaient sans retenue, se lançaient des plaisanteries couvrant, par moments, la voix du chanteur qui, à l'autre bout de la pièce, poussait ses trémolos accompagné par l'accordéoniste et le batteur. Il y avait aussi les silencieux qui observaient les danseurs évoluant sur la piste, essayant, peut-être, de repérer la fille qu'ils espéraient inviter dès que l'occasion se présenterait. Et puis celles qui, assises le dos au mur, faisaient tapisserie pour n'avoir pas été sollicitées ou qui n'avaient pas trouvé de cavalier à leur goût. Pour finir, il flottait dans l'air l'odeur âcre du tabac et des nuages de fumée qui piquaient la gorge, ce qui fit tousser Lucia.

« Heureusement que Sylvain ne fume pas ! » se dit-elle.

Pendant le repas, elle avait un peu parlé de son travail à l'usine et de son amie Marisette qui venait guincher au *Cheval Blanc*, le dimanche, et Sylvain avait sauté sur l'occasion pour lui proposer de terminer l'après-midi au bal. Et elle avait eu beau protester, objecter qu'elle ne savait pas danser, le garçon n'avait rien voulu entendre, arguant que c'était facile et qu'il lui apprendrait. Et comment lui refuser, il s'était montré si gentil avec elle ! Et puis elle avait bu un Martini, un peu de vin à table, si bien qu'elle baignait dans une douce euphorie. Surtout, elle avait ri, en imaginant la tête de Marisette quand elle la verrait arriver avec un inconnu alors qu'elle n'avait jamais accepté de l'accompagner, malgré ses nombreuses sollicitations.

À l'instant, son attention était attirée par un couple évoluant devant elle. L'homme tenait fermement sa partenaire par la taille et, par moments, il la renversait très bas sur le sol pour la reprendre aussitôt d'un mouvement vif et la serrer étrangement contre lui, avant de la relâcher à nouveau et d'entamer une nouvelle figure compliquée. « Comment cette fille peut-elle le suivre ainsi, à la perfection ? » se demande-t-elle, admirative.

Sylvain se pencha à son oreille.

— C'est un tango, expliqua-t-il.

— C'est beau, mais je ne saurai jamais le faire, répondit-elle en secouant la tête.

— Mais si, vous verrez, on peut danser plus simplement…

Sur l'estrade, le chanteur paraissait radieux et donnait de la voix en agitant les bras tout en prenant des poses.

— Le plus beau, de tous les tangos du monde, c'est celui, que j'ai dansé dans tes bras. J'ai connu, d'autres tangos à la ronde, mais mon cœur, n'oubliera pas celui-là, clamait-il.

Cherchant Marisette des yeux dans la semi-pénombre, car on venait de baisser les lumières, Lucia remarqua que d'autres cavaliers, moins soucieux de la beauté du geste, en profitaient manifestement pour serrer d'un peu plus près leur partenaire, lui susurrer des mots doux à l'oreille ou lui plaquer dans le cou des baisers passionnés, quand ce n'étaient pas les mains qui s'égaraient.

Un cri retentit à côté d'elle :

— Lucia ! Toi, ici ?

Marisette était devant eux et dévisageait Sylvain, la mine stupéfaite. Elle ajouta, visiblement sidérée :

— Et avec un garçon ! Quelle cachottière !

Observant les danseurs, Lucia n'avait pas vu arriver son amie qui tenait son cavalier par la main. Il y eut un petit silence embarrassé de part et d'autre, puis l'esprit entreprenant et la vivacité de Marisette firent merveille. Elle désigna son compagnon, un garçon élancé, au visage avenant éclairé de deux yeux très sombres.

— Je te présente Jeannot, dit-elle.

Lucia était un peu gênée.

— Voilà Marisette, la copine qui travaille avec moi, expliqua-t-elle.

Puis :

— Et Sylvain.

Devant l'air interrogatif de Marisette, elle bafouilla :

— Euh, je l'ai connu…

Sylvain vola à son secours. Il s'avança et serra chaleureusement la main de Jeannot.

— Enchanté, s'exclama-t-il, la mine enjouée.

Puis, se tournant vers Marisette, souriant :

— Ce serait toute une histoire à vous raconter. Je suis délégué syndical des vignerons et j'étais venu à Ganges pour la manif, hier.

Il désigna son pansement et plaisanta :

— Vous voyez, j'en garde encore les traces. Alors, je me suis souvenu que Lucia, que j'ai connu dans des circonstances particulières, travaillait ici. Un vieux monsieur m'avait donné son adresse. Ce matin, je suis allé lui dire bonjour et, comme elle était libre, elle a accepté de m'accompagner au restaurant et nous voilà.

Il était certain que le lendemain, à l'usine, Marisette poserait mille questions, mais pour l'instant elle se contenta de cette réponse.

— Venez, nous avons une petite table, on va se débrouiller.

En un rien de temps, Jeannot avait réquisitionné deux chaises et ils se serrèrent comme ils purent en dérangeant un peu les voisins. Sylvain avait repéré un serveur et levait le bras pour l'appeler.

— Je vous offre à boire, dit-il.

Lucia observa son compagnon ; il paraissait très à l'aise et souriant. Elle en était médusée et en même temps admirative. En deux phrases, où il avait mélangé le vrai et le faux en s'inventant une identité crédible, il avait satisfait la curiosité de Marisette. Les boissons arrivaient et on trinqua joyeusement à l'amitié. La glace était rompue.

« Tout est simple avec ce garçon », songea Lucia, troublée.

Là-bas, sur l'estrade, l'accordéoniste s'était levé. Il cria, pour couvrir le tapage :

— Et maintenant, voici une valse !

— Une valse ! s'exclama Marisette qui se dressa, prenant Jeannot par la main.

Sylvain et Lucia les observèrent un moment avec curiosité, mais le couple ne tarda pas à disparaître dans le flot des danseurs.

— C'est à nous, je t'invite, dit Sylvain. On essaie ?

— Tu l'auras voulu, dit Lucia en se levant, je t'ai prévenu.

— Ne t'inquiète pas.

Il la prit par la main et par la taille.

— C'est très facile. Pour commencer, nous n'allons pas tourner, mais faire seulement un pas à gauche, un pas à droite, comme cela, voilà... voilà, très bien. Maintenant, écoute l'orchestre, il faut suivre la musique, essayer de garder le rythme, tu vois ? Bien, très bien.

Ils dansaient un peu écartés, parce que Lucia baissait la tête pour regarder le mouvement de ses pieds. Elle s'appliquait et Sylvain continua de l'encourager. Et soudain :

— Allons-y.

Et Lucia fut tout à coup emportée, comme soulevée. Sylvain la faisait tourner, tourner, si bien que ses pieds effleuraient à peine la piste et qu'elle ne pensait plus qu'à l'instant présent. Son cavalier la tenait solidement et elle se sentait légère, entraînée, enfin délivrée. Elle ne voyait plus les tables, ni les murs, ni les buveurs, ni même les danseurs autour d'eux, mais seulement des bandes lumineuses ininterrompues qui défilaient devant ses yeux. Et aussi le visage de Sylvain qui souriait, visiblement heureux.

Quand la musique s'arrêta, elle fut un peu déçue de retrouver le sol et elle dut se raccrocher au bras de Sylvain, tant elle avait l'impression de s'être alourdie, soudain. Sa tête continuait de tourner et elle se cramponnait très fort, tant elle avait peur de tomber. Mais il la tint solidement, le temps que son vertige se dissipe. Lucia se sentait fatiguée, mais d'une faiblesse douce, légère, agréable. Autour d'eux, les valseurs les bousculaient un peu en regagnant leur place. Enfin, elle sourit, le malaise était passé.

— Merci, Sylvain, cela a été un grand moment de plaisir, avoua-t-elle.

Elle ignorait si c'était à la cavalière de remercier, mais elle s'en moquait.

— Alors, je suis heureux, répliqua Sylvain. Je te l'avais dit, c'est facile.

Il l'entraîna vers leur table où Jeannot et Marisette étaient déjà assis. Soudain, comme pris d'une idée subite, il s'arrêta un instant, sembla hésiter, puis, se tournant vers elle, il assure :

— Nous reviendrons danser ici.

Avant d'ajouter, insouciant, enthousiaste :

— Tu sais, à moto, je n'ai mis que deux heures pour venir, hier matin…

Il avait parlé gravement, comme s'il s'agissait d'un serment, et un voile de tristesse assombrit fugitivement le regard de Lucia. Elle réalisait soudain que c'était la première fois de la journée qu'elle pensait à Claudio ! Que faire ? Avouer à Sylvain qu'elle était déjà fiancée ? Elle hésitait, ce serait plus honnête de sa part, d'autant qu'il avait dû deviner son trouble et la fixait, l'air inquiet. Mais elle se rendit compte qu'ils n'étaient plus qu'eux deux au milieu de la piste et qu'on les observait. Elle décida que ce n'est pas le moment de s'expliquer et l'entraîna vers leur table en lui tenant la main.

« Tout à l'heure, songea-t-elle alors qu'ils rejoignaient la table, quand il prendra sa moto pour rentrer chez lui. »

Elle baissa la tête. Oui, mais comment lui expliquer ? Il voudra savoir, il posera des questions, et de quelle manière peut-on avouer être fiancée à un garçon qui est en prison ?

Sylvain se pencha. Ils venaient de s'asseoir et il s'inquiétait :

— Tu me parais triste, tout à coup.

Lucia sourit.

— Ce n'est rien. Une mauvaise pensée qui m'a traversé l'esprit.

Marisette avait perçu le malaise. Elle lâcha une plaisanterie et ils s'esclaffèrent tous les quatre. Une musique venait d'éclater.

— Un paso doble ! lança Sylvain en prenant la main de Lucia pour l'entraîner. Viens, ça, c'est facile à danser.

XVI

Les mains croisées derrière la tête, Alice Favière réfléchissait. Le service de la nouvelle bonne, Juliette, terminé, la maison apaisée, Louis-Xavier et elle se reposaient dans leur grand lit de chêne, écoutant le silence.

Après le repas du soir, ils passaient au salon, pendant que Juliette s'affairait à la cuisine. Pour Louis-Xavier, c'était un moment de calme et de détente après une journée trépidante à l'usine ; une pause, au cours de laquelle il pouvait lire le journal tranquillement tandis qu'elle-même s'occupait à de menues tâches ou écrivait à leurs fils, Michel et David. Elle s'informait régulièrement de leurs études à Paris mais, en fait, ses enfants lui manquaient et c'était un prétexte pour avoir des nouvelles. Pourtant, une fois qu'ils se retrouvaient allongés côte à côte dans leur chambre, Louis-Xavier était enfin tout à elle, débarrassé de ses soucis quotidiens comme des projets qui lui tenaient à cœur. Et particulièrement ces fameux métiers Reading qu'il avait commandés et dont il lui rebattait les oreilles, à table ou au salon. Ainsi, avant de rechercher le sommeil pouvait-elle lui parler un peu d'elle-même et de choses plus futiles, c'est pourquoi il lui arrivait de penser que c'était le meilleur moment de la journée. Bien sûr, ils avaient dépassé le temps des grandes fêtes de l'amour et ne s'unissaient plus que rarement, et brièvement. Ce qu'elle regrettait, d'ailleurs. Mais elle aimait ces instants de proximité tranquille où l'on peut échanger en toute intimité.

Alice prit la main que son mari avait abandonnée sur son ventre et se tourna vers lui.

— Je me demande ce qui se passe, dit-elle. Lucia vient de quitter l'avenue du Jeu-de-Ballon où elle résidait depuis peu pour s'installer ailleurs.

— Tiens, comment savez-vous cela ? s'étonna distraitement Louis-Xavier qui avait à peine écouté son épouse.

— Par Mme Bourrier, sa comise. Le dimanche, nous sommes assises côte à côte à la messe et nous avons sympathisé, c'est pourquoi j'ai régulièrement des nouvelles. C'est elle qui lui a indiqué une chambre disponible, à la rue Font-des-Barrys. Lucia a prétendu qu'elle voulait déménager à cause du bruit, mais Mme Bourrier n'en croit rien. Depuis quelque temps, Lucia semble un peu préoccupée et elle est persuadée qu'il y a une autre raison à ce brusque changement, un motif plus sérieux.

Cette déduction tira Louis-Xavier de la douce rêverie à laquelle il s'abandonnait. Il sursauta.

— Quoi, vous espionnez notre ancienne bonne, vous ? J'étais surpris que vous me parliez d'elle, de temps à autre. Mais là, vous me laissez pantois !

Alice resta un instant sans répondre, perdue dans ses pensées.

— Je vous avoue que je culpabilise, Louis, finit-elle par dire. Et cela me contrarie, alors je me renseigne un peu sur Lucia auprès de Mme Bourrier qui la voit tous les jours.

— Mais pourquoi cela ? s'étonna Louis-Xavier.

— Parce que plus le temps passe, plus je m'en veux de l'avoir ouvertement soupçonnée de complicité avec Claudio. C'était sous le coup de la colère, mais je suis certaine que cette petite était innocente.

Elle soupira.

— Je ne me suis pas conduite en chrétienne envers elle et, en plus, je regrette sa compagnie, bien que je n'aie rien à reprocher à Juliette…

Louis-Xavier grogna.

— Écoutez, on ne peut être sûr de rien. Et puis elle a été embauchée à la teinturerie de mon ami Toureille, un patron estimé, et M. Jean la traite bien. Vous m'avez déjà dit qu'elle travaillait au formage, où l'on gagne très correctement sa vie, et elle est indépendante. Alors, libre à elle d'habiter où bon lui chante. Que demander de plus ?

Alice hésita à peine, tant elle avait réfléchi à cette discussion depuis déjà plusieurs jours.

— Louis-Xavier, je voudrais essayer de réparer mon erreur pour ne plus me sentir fautive, avoua-t-elle.

— Comment cela ? Ce qui est fait est fait, Alice. On ne peut revenir en arrière. D'ailleurs, j'estime que vos doutes étaient légitimes.

Louis-Xavier bâilla avec un peu d'exagération. Manifestement, il ne tenait pas à poursuivre cette conversation. Il marmonna :

— Bon… Je vais dormir. Je suis fatigué et j'ai encore une rude journée, demain.

Mais Alice n'était pas prête à abandonner son idée. Elle insista :

— Quand même, Louis, j'ai été dure avec elle. Et puis, avec Claudio, ils avaient l'intention de se marier et de fonder une famille, eux qui ont tant souffert de la vie. J'ai moi-même beaucoup manœuvré pour les rapprocher. Ils sont seuls au monde et allaient enfin connaître le bonheur…

Cette fois, Louis-Xavier s'était redressé et observait sa femme. Il savait que, lorsqu'elle avait une idée en tête, elle ne lâchait pas facilement.

— Où voulez-vous en venir, Alice ?

Elle laissa passer un peu de temps, pensive, pour donner plus de poids à ses paroles, avant de regarder son mari, avec une moue inquiète.

— Je me demande ce que devient Claudio. Vous n'avez pas de nouvelles ?

Il s'agita, l'air agacé.

— Comment ? Voilà maintenant que vous vous préoccupez d'un voleur ? Un garçon que nous avons recueilli, bien traité, qui faisait presque partie de la famille et qui a fini par nous trahir.

— Allons, mon mari, ne soyez pas si dur. C'est un faible, un nigaud ; il s'est laissé entraîner par deux fripouilles qui ont réussi à lui faire croire qu'avec de l'argent il séduirait plus facilement Lucia qui résistait un peu à ses avances. Ces gens-là n'ont pas de scrupules, ils savent trouver la faille.

— Eh bien, ça, alors ! s'offusqua Louis-Xavier. Voilà que vous prenez sa défense ? Songez à ce qu'il a fait, aux ragots qui ont couru dans la ville.

À notre honte de subir une perquisition devant une foule de curieux. Tous les badauds se sont moqués de nous : « Les Favière volés par le chauffeur qu'ils avaient tiré de l'Assistance publique ! » Cela n'a été qu'un cri.

— Allons, mon cher, vous exagérez, ça n'a pas duré, et maintenant les gens n'y pensent plus. Et puis, il faut ramener les choses à leur juste mesure. Claudio ne nous a pas ruinés et il ne peut pas passer sa vie en prison pour quelques paires de bas, tout de même ! Voilà plus de deux mois qu'il est incarcéré, sans soutien et certainement sans espoir puisqu'il a tout perdu ! D'ailleurs, qui pourrait l'aider ? Alors, je crois que les juges l'oublient, tout simplement.

— Et que voudriez-vous faire ? s'écria Louis-Xavier qui s'était dressé sur un coude, l'air effaré.

Alice le fixa intensément. Elle était enfin arrivée où elle désirait emmener son époux, il ne lui restait plus qu'à abattre ses cartes :

— J'aimerais que vous lui preniez un avocat, Louis, souffla-t-elle. Je suis certaine qu'avec un bon conseil il serait vite libéré. Ainsi, il retrouverait Lucia, et libre à eux de se marier ou de rompre définitivement. Ce ne serait plus notre affaire, et moi, je serais en paix avec moi-même.

Louis-Xavier ouvrait de grands yeux, abasourdi. Il finit par s'écrier, indigné :

— Là, vous allez fort, Alice ! La victime qui trouve un défenseur à son voleur ! Mais tout le monde se gaussera de moi, dans Ganges !

Fine mouche, Alice avait prévu la réaction de son mari.

— Détrompez-vous, dit-elle. Bien au contraire, je m'arrangerai pour en parler discrètement autour de moi, à la sortie de la messe. Je connais les pipelettes qui s'attardent sur le perron, après l'office, à l'affût du moindre ragot. Cette nouvelle fera vite le tour de Ganges et le prestige n'en sera que plus grand pour vous, l'industriel, le riche, le président du syndicat de la bonneterie gangeoise qui se sera montré magnanime en ayant la générosité d'offrir une deuxième chance à celui qui a fauté. Pour sûr, les ouvriers en parleront entre eux, à l'usine. Cela leur donnera une belle image de vous et ça peut être utile, en cas de grève. Par exemple quand vous supprimerez du personnel grâce à vos métiers Reading. Ces fameux vingt-quatre têtes que vous n'allez pas tarder à recevoir…

Elle se serra contre lui, câline, et chuchota :

— Et moi, je vous serai très reconnaissante de m'avoir aidée.

Louis-Xavier se taisait, mais il ne se rebellait plus, preuve qu'il devait réfléchir. Elle se pressa un peu plus fort contre lui et il caressa son dos, sous la chemise. Alice aimait ces rares moments d'intimité car, si Louis-Xavier se montrait moins ardent au lit, il y avait toujours une infinie tendresse entre eux. Il finit par dire :

— Vous êtes diabolique, ma chérie, quand vous désirez quelque chose. Mais nous verrons plus tard, je vais réfléchir…

Il l'entoura de ses bras, roulant sur elle. Il ne sentait plus la fatigue qui l'engourdissait, l'instant d'avant, et, embrassant les seins de sa femme, il ne pouvait distinguer le visage triomphant qu'affichait celle-ci, tout en caressant amoureusement la nuque de son mari.

Debout à sa fenêtre, Lucia regardait tomber les traits de pluie qui, au-dehors, tissaient de longs fils gris. En se levant, elle avait constaté que le ciel était déjà couvert. Puis, vers 9 heures, le vent du sud avait poussé devant lui de lourds nuages noirs et ventrus qui, depuis, déversaient leur trop-plein d'eau dans un mouvement vif et régulier qui semblait ne devoir jamais s'interrompre.

« C'est à croire que nous ne sommes pas au mois de juin », songea-t-elle tristement.

Plongée dans ses pensées, elle se demandait si cela suffisait d'avoir déménagé pour échapper à Sylvain. Mais où aller ? Elle ne pouvait tout de même pas quitter son travail ! Quant à Marisette, saurait-elle tenir sa langue ?

— Je te promets que je ne lui dirai pas où tu habites s'il vient me le demander, avait-elle assuré quand elle avait appris la nouvelle et les raisons qui la poussaient à changer de chambre.

Mais sa copine était si bavarde !

En fait, face à la curiosité insatiable de son amie, et empêtrée dans ses contradictions au sujet de Claudio et de Sylvain, elle avait fini par se confier sans rien cacher de sa vie, sa fuite de Grand-Puy, le jour où Sylvain l'avait sauvée d'un viol, jusqu'à ses retrouvailles avec Claudio grâce à qui elle avait été embauchée par les Favière.

— Mais Claudio a des soucis et...

— Ça, l'avait interrompue Marisette, je suis au courant, comme tout le monde à Ganges. Claudio, c'est celui qui se trouve en prison pour avoir volé des bas ?

— Oui, avait-elle reconnu en rougissant avant de plaider : Il voulait m'épouser et croyait me séduire en ayant de l'argent pour que nous puissions être indépendants, avoir un logement à nous. Ce n'est pas un bandit, simplement il est naïf et s'est laissé entraîner. Et je lui ai promis de l'attendre et, après ce que nous avons connu tous les deux, je ne peux pas l'abandonner, surtout maintenant ; ce serait trop cruel de ma part.

Mais Marisette faisait fi de ce principe de fidélité. Depuis qu'elle avait vu Sylvain au *Cheval Blanc*, la jeune femme ne tarissait pas d'éloges sur ce garçon. Elle le trouvait beau, intelligent, solide, sympathique, poli. Une litanie de compliments qui n'en finissait pas. Au point qu'un jour, alors qu'elles cheminaient ensemble à la sortie de l'usine, Lucia avait fini par s'exclamer, en éclatant de rire.

— À t'écouter, il faudra que j'évite de l'emmener au bal, s'il revient me chercher. Sinon, tu serais bien capable de laisser tomber Jeannot pour me le prendre...

— Oh, non ! s'était écriée Marisette, sincère. Je ne ferais jamais ça à une copine comme toi.

Avant d'ajouter, gravement :

— Et puis, mon Jeannot, c'est le bon, je l'aime, vraiment. Il est gentil, travailleur, et je suis persuadée qu'il éprouve les mêmes sentiments pour moi. Mais cela ne m'empêche pas de penser que tu as tort de vouloir fuir Sylvain, parce que, quand l'amour passe à portée de la main, il ne faut pas hésiter, sinon, on sacrifie sa vie.

Et lorsque Marisette l'avait vue arriver une nouvelle fois au *Cheval Blanc* en compagnie de Sylvain, le dimanche suivant, elle lui avait sauté au cou et soufflé à l'oreille, ravie :

— Je suis heureuse pour toi. Profite de l'instant présent. Tu auras tout le temps de réfléchir, le moment venu.

Car, comme elle s'y attendait et le craignait à la fois, Sylvain était revenu la chercher pour l'amener encore au restaurant, puis à nouveau au bal, où ils avaient passé une après-midi très agréable en compagnie de Jeannot et de Marisette.

Lucia eut un pâle sourire en songeant à la joie profonde qu'elle avait ressentie en découvrant Sylvain sur son palier, après qu'il eut frappé.

— Je te l'avais promis, avait-il simplement dit.

Malgré tout, elle n'avait pu s'empêcher de murmurer, d'une toute petite voix :

— Mais la dernière fois, je t'ai avoué que j'étais fiancée.

Un voile de tristesse était passé sur le visage de Sylvain, puis il avait haussé les épaules, s'efforçant de prendre un air insouciant.

— Tu m'as dit qu'il était absent pour le moment, alors, en attendant, nous ne faisons rien de mal. Et puis, je n'ai pas pu m'empêcher de venir.

« Faute avouée à moitié pardonnée », avait-elle songé. Mais en dansant, elle s'était si bien abandonnée dans ses bras que Sylvain avait fini par l'embrasser. Un vrai baiser qu'elle lui avait rendu avec fougue, avec trop de fougue même, tant elle avait éprouvé du plaisir. C'est à ce moment-là qu'elle avait décidé de déménager. Pour tenter de lui échapper. Avait-elle bien fait ?

Lucia songeait à tout cela en regardant tomber la pluie, ce qui l'attristait encore plus. « Quand l'amour passe à portée de la main, il ne faut pas hésiter, sinon, on sacrifie sa vie », avait dit Marisette. Oui, mais Claudio ? Sa décision était prise, elle devait respecter sa parole et tenir ses engagements.

Elle finit par hausser les épaules, soudain irritée sans raison, et observa sa chambre, guère différente de la précédente, avec toujours des marches aussi hautes à grimper pour parvenir au deuxième étage. Mais elle se situait dans une rue tranquille, loin du centre, et ses fenêtres donnaient sur un jardin intérieur. De quoi se distraire un peu en regardant les oiseaux qui venaient voleter par là. Et elle était plus grande que l'autre. En plus, sa logeuse, une dame âgée toute menue, était d'une gentillesse extrême. Elle connaissait ses horaires et l'attendait souvent devant sa porte avec un petit plat à faire réchauffer, quand elle revenait de l'usine, ce qui la gênait un peu mais lui faisait plaisir.

Lucia se secoua. 11 heures étaient passées, il était temps qu'elle prépare son déjeuner avant de partir travailler. Alors qu'elle allumait son gaz de camping, elle prit la résolution de ne pas bouger de sa chambre, le prochain dimanche. Ainsi, si Marisette tenait parole, Sylvain ne pourrait venir la débusquer jusque chez elle.

XVII

PLANTÉ DEVANT LE CLOS DES TILLEULS, Sylvain était indécis face à la plaque où était gravé, en lettres noires sur fond doré : « Monsieur, Madame Favière. Industriels. »

Il lui suffisait d'appuyer sur le bouton, juste au-dessus, pour qu'on vienne lui ouvrir et qu'il puisse se renseigner. Du moins il l'espérait. C'était l'adresse où il serait allé sonner, la première fois, s'il ne s'était pas mêlé à la manifestation des viticulteurs. Ces Favière connaissaient forcément bien Lucia. À qui demander, après avoir trouvé porte close chez la jeune femme ? Il se rappela encore une fois les paroles du vieux Joseph Cambon, à Concourès.

— C'est Claudio qui l'a fait embaucher chez ces gens, avait-il expliqué. Il faut dire qu'ils sont comme frère et sœur. C'est normal, après ce qu'ils ont vécu ! Lui, il fait le chauffeur et le jardinier.

Sylvain se posait mille questions qui s'entrechoquaient dans sa tête depuis que, dès son arrivée, il avait été éconduit par la logeuse de Lucia, rue du Jeu-de-Ballon. La nouvelle de son déménagement, aussi brutale qu'inattendue, l'avait sidéré, abasourdi. Il revoyait encore le visage acerbe de la propriétaire chez qui il était allé frapper, au premier. Celle-ci, une longue dame noire sans un cheveu blanc, née, lui avait-il semblé, avec une vocation de veuve ou de moniale, l'avait dévisagé, la mine soupçonneuse.

Oui, avait-elle fini par dire, l'air revêche, elle louait bien la chambre du second à cette demoiselle Lucia Bartolomé. Mais elle était partie le lundi précédent avec sa valise et un gros sac à dos, sans daigner donner la moindre explication sur les raisons de ce départ précipité.

Puis, visiblement offusquée alors qu'il lui demandait si elle connaissait sa nouvelle adresse, la logeuse avait répondu que non, Lucia n'avait pas daigné dire où elle allait et elle-même ne désirait pas le savoir, ne manquant pas de s'indigner :

— Quand on est impolie à ce point !...

Et juste avant qu'elle ne lui claque la porte au nez, elle avait conclu, féroce :

— Mais bien qu'elle soit pressée de partir, j'ai exigé qu'elle paye le mois entier. Il n'aurait plus manqué que je lui fasse cadeau de deux semaines de loyer !

Après cette visite infructueuse et désagréable, Sylvain avait longtemps erré dans Ganges, guettant en vain à chaque coin de rue, changeant fréquemment de direction, repassant plusieurs fois dans les mêmes avenues, s'arrêtant régulièrement devant le Clos des Tilleuls où il hésitait, puis renonçait à sonner. Mais maintenant, il était déçu, amer, découragé. Il aurait tant voulu la rencontrer, avoir au moins une explication. Ce n'était pas le genre de Lucia de se dérober de cette façon.

Que devait-il faire ? C'était le seul endroit où l'on pourrait peut-être le renseigner, parce qu'il ne comprenait plus rien. Lucia avait été bonne à tout faire pendant plusieurs mois en compagnie de ce Claudio dans cette famille. Ces gens l'avaient tirée d'affaire au moment où elle était désemparée. Pourquoi avait-elle quitté cette place privilégiée pour l'usine ? Qu'avait-il bien pu se passer ? Et ce Claudio, il devait connaître sa nouvelle adresse, puisqu'ils étaient si proches ? Ou, du moins, être au courant de l'endroit où elle travaillait. Mais elle restait dans le vague lorsqu'il lui posait une question sur ce prétendu fiancé qui était absent. Pour quelles raisons ? S'il n'avait pas voulu se montrer indiscret en insistant, il se doutait bien qu'elle avait quelque chose à cacher au sujet de ce garçon. Elle n'en parlait jamais, même pour dire son prénom.

Il soupira. S'il parvenait seulement à savoir à quelle usine elle avait été embauchée, il prendrait une chambre à l'hôtel où il avait déjà couché et pourrait la rencontrer au moment du changement des employés, le lendemain.

— Nous faisons équipe avec Lucia, avait expliqué Marisette. Une semaine de 5 à 13 heures. L'autre de 13 à 21.

C'était facile et sa mère serait sans inquiétude, car il lui arrivait de ne pas rentrer lorsqu'il allait danser à Béziers et qu'il s'attardait à faire un peu la bamboula avec des amis, le dimanche. Au moins aurait-il une explication claire. Et tant pis si elle lui avouait qu'elle ne voulait plus le voir parce que son promis était revenu. Il devait prendre ce risque, savoir ce qui s'était réellement passé pour qu'elle quitte sa place chez les Favière. Il y avait là un mystère qu'il lui fallait éclaircir. Mais il lui venait un autre doute, bien plus grave. En réalité, ce Claudio n'était-il pas le véritable fiancé dont elle lui avait parlé ? Cela n'aurait rien d'étonnant, ils vivaient sous le même toit et avaient connu bien des malheurs ensemble, avait dit le vieux Cambon. D'où, peut-être, la grande surprise de Marisette, la première fois qu'elle l'avait vu en compagnie de Lucia, au *Cheval Blanc*.

Celle-ci avait prétendu que son amoureux était en déplacement mais, à la réflexion, c'était invraisemblable. Toutefois, dans ce cas, où ce Claudio aurait-il pu aller puisqu'il n'avait pas de famille ? Il fallait bien qu'il assume son emploi et ce n'était pas l'époque des congés annuels. Une idée lui traversa l'esprit. Il était possible qu'ils se soient simplement fâchés, puis rabibochés. Cela expliquerait ce brusque changement d'adresse. Pour revenir chez ses anciens patrons ? Toutes ces questions s'entrechoquaient dans sa tête à cet instant précis. Il en arrivait à imaginer que ce soit Claudio lui-même qui vienne lui ouvrir s'il se manifestait. Et que lui dirait-il ? Il aurait belle mine ! Il risquait surtout de porter tort à Lucia, et cela il ne le voulait à aucun prix. Et si c'était la maîtresse de maison elle-même, il s'exposait encore une fois à se faire sèchement éconduire. Il préféra renoncer.

Indécis, ne sachant plus que faire, Sylvain traversa la rue et poussa la porte d'un jardin d'enfants où il s'assit sur un banc en pensant à Lucia. Cette fille, il n'avait jamais pu l'oublier depuis le jour où il l'avait sortie des griffes de cette crapule de régisseur. Souvent, la nuit, il songeait à elle au moment de s'endormir. Il la revoyait allongée sur le sol, après sa chute brutale, puis il revivait dans le moindre détail les instants magiques passés dans son affût de fortune, en train de lui masser les tempes et les pommettes, avant de quitter sa chemise pour la frictionner vigoureusement sur tout le corps. Et quel regard éperdu de reconnaissance avait-il lu dans les yeux de Lucia ! Elle se laissait faire comme une petite fille encore affolée, épuisée, égarée !

Alors, ses pensées l'entraînaient plus loin. Il végétait dans sa ferme avec sa mère malade du cœur qui ne pouvait lui être d'un quelconque secours. En plus, sa production se vendait mal ! Louis Massebiau lui avait déjà fait plusieurs offres insistantes pour lui racheter la propriété. Évidemment, le maître de Grand-Puy avait les reins solides. Ses vignes étaient bien entretenues et il faisait du bon vin dans ses grands chais. Il pouvait facilement en négocier le prix. Mais tant que sa mère était vivante, il n'envisageait pas cette possibilité, cela lui aurait trop fait de peine. D'ailleurs, lui-même n'accepterait jamais de céder son modeste patrimoine à cet homme sans cœur qui ne voyait que le profit. Autant il avait eu de l'estime pour le père, Anthelme, autant Louis, le fils, lui inspirait de l'aversion. Avec l'aide de ce Paillès, il menait ses domestiques à la dure, sans aucune marque de respect. Il ne traiterait jamais avec un individu de cette espèce. Louis Massebiau ne lui avait-il pas déjà retiré le droit de chasser sur ses terres, ce que le vieil Anthelme n'aurait jamais fait ?

Un enfant qui jouait près de lui vint buter dans ses jambes, à la recherche de son ballon, et il le redressa, souriant à la maman qui s'excusait.

« Ah ! Si j'avais une épouse, se dit-il, en regardant le petit s'éloigner, tout serait différent ! À deux, on est plus fort et je pourrais alors envisager la vie autrement, fonder une famille, peupler de rires d'enfants ma ferme qui sonne creux. »

Il soupira. En fait, depuis qu'il avait connu Lucia, les filles qu'il rencontrait dans les fêtes de village ou à Béziers, quand il allait à la ville, ne l'intéressaient plus. Les unes lui paraissaient trop lourdaudes, les autres délurées à l'excès, trop futiles pour accepter de venir travailler dur à la campagne. La seule qui trouvait grâce à ses yeux et à laquelle il pensait sans cesse était Lucia.

Il serra les poings et prit une résolution. S'il lui fallait s'avouer vaincu, tant pis, mais pas avant d'avoir au moins un tête-à-tête avec Lucia pour savoir la vérité. Et suivant ce qu'il apprendrait, tant pis, il s'écarterait définitivement. Car s'il y avait une chose dont il ne pouvait douter et qui l'empêchait de renoncer à tout espoir, c'était le baiser qu'elle lui avait rendu en dansant. Ce baiser, c'était celui d'une femme amoureuse qui s'abandonne. Il ne pouvait l'oublier.

Il repéra la terrasse accueillante d'un café, à l'ombre de grands platanes, et se leva, l'air décidé. Il allait commander un sandwich et une bière en attendant l'ouverture du *Cheval Blanc*. C'était sa dernière chance de rencontrer Marisette ou quelqu'un qui pourrait le renseigner.

Sylvain fut étonné de constater que le dancing était presque désert. Pourtant, il avait un peu refréné son impatience avant de venir. Mais il était déjà 3 heures et demie et il n'y avait pas la foule habituelle. Et pas plus Marisette que Jeannot, d'ailleurs, ce qui le surprit désagréablement. Ne se vantait-elle pas de ne jamais manquer d'aller au bal, le dimanche après-midi ? Dépité, il s'installa au comptoir, pensant que cela lui permettait de mieux repérer les nouveaux arrivants. Après tout, il était possible qu'elle soit simplement en retard. Le barman s'approcha, pour prendre la commande.

— Je suis surpris de ne pas voir Marisette, s'étonna Sylvain.

Le jeune homme haussa les épaules.

— Oh ! Maintenant, elle ne viendra plus de tout l'été...

— Comment cela ? s'alarma Sylvain.

Le serveur se méprit, il cligna de l'œil et plaisanta :

— Et puis elle est amoureuse, en ce moment ! Alors...

— Mais je voulais juste qu'elle me renseigne sur une copine, protesta Sylvain.

— Ah ? Oui, je vous ai repéré en compagnie d'une fille que je ne connais pas, ces derniers dimanches.

À voir la mine anxieuse de Sylvain, il redevint sérieux :

— L'été, Marisette va gambiller dans une guinguette, à Laroque. Ce n'est pas loin d'ici, au bord de la rivière. Ils viennent d'ouvrir aujourd'hui et ne fermeront qu'au moment des vendanges...

Il soupira.

— Alors beaucoup de jeunes nous abandonnent pour le *Petit Robinson*, c'est comme ça que ça s'appelle. On y danse en plein air, c'est plus frais, plus agréable.

— Merci, oh ! merci de votre renseignement.

Sylvain s'était levé sans même avoir commandé à boire et s'éloignait déjà sous l'œil narquois du barman.

XVIII

DISSIMULÉ derrière un des énormes platanes qui abritaient la piste, au centre des nombreuses tables installées tout autour, Sylvain était frappé de stupeur. Ainsi, elle l'avait trahi, il ne pouvait en croire ses yeux ! À peine arrivé, il lui avait été facile de repérer Marisette et Jeannot qui gambillaient au son d'une polka. Mais en faisant le tour de l'assistance, il n'avait pas tardé à apercevoir Lucia assise un peu à l'écart. La jeune femme observait les danseurs et paraissait pensive. Trois verres sur la table attestaient qu'elle était en compagnie de ses amis, ce qui prouvait que son fiancé, Claudio ou un autre, ne se trouvait pas dans les parages, et cela l'étonna grandement.

Il resta un long moment à l'épier, songeant que, quoi qu'il en soit, si elle était venue ici, c'était pour guincher, s'amuser, en évitant que ce soit avec lui. Quelle déception ! Il observa plus attentivement les lieux. Par rapport à l'ambiance confinée du *Cheval Blanc*, l'endroit était agréable, décoré de lampions, de pompons de papier, de rosaces et de boules alvéolées dont les teintes multicolores égayaient les branches des arbres où on les avait accrochés. La musique entraînante d'un orchestre aux tenues bariolées et la proximité de l'Hérault qui coulait juste à côté complétaient ce site bucolique et joyeux. Un lieu idéal pour se distraire pendant que lui-même envisageait mille hypothèses en cherchant en vain Lucia, partie sans laisser d'adresse. C'était injuste !

Peu à peu, un sentiment de colère s'insinuait en lui. Il était tenté de s'avancer sans plus tarder et d'aller lui dire son fait. Lui assener devant tout le monde qu'elle ne s'était pas conduite honnêtement avec lui et encore moins de l'avoir embrassé avec fougue, le dimanche précédent. Un élan de fierté le retint. À quoi bon ? Elle était libre et il avait surgi dans sa vie par le plus grand des hasards, sans rien connaître de l'existence qu'elle menait jusque-là. Après tout, il avait invité cette fille au restaurant à deux reprises et fini l'après-midi au *Cheval Blanc*. Il s'était imposé et il n'y avait nulle promesse entre eux. Il n'avait même pas osé la questionner, savoir pourquoi elle avait quitté ses patrons, une famille qui l'avait accueillie après avoir fui Grand-Puy. Quel idiot ! Alors ? De quel droit pourrait-il lui demander des comptes ? De plus, elle avait eu la franchise de lui avouer être fiancée, pourquoi la poursuivre ? Il valait mieux s'écarter et la laisser tranquille. Toutefois, il persistait à ruminer, sans se décider à prendre une quelconque initiative. Comment se résoudre à partir avant d'avoir eu une explication ? Car il restait ce fameux baiser plein d'abandon qu'elle lui avait rendu.

Il s'adossa au tronc pour ne plus la voir et tenta de réfléchir, mais le découragement le gagnait. En fait,

Sylvain se sentait un intrus dans cette ambiance joyeuse qui régnait partout autour de lui. Il haussa les épaules et décida de rentrer. Il n'avait pas fait trois pas qu'il sursauta violemment.

— Tu te trompes, Sylvain, venait de dire une voix familière.

Il se retourna vivement. Marisette était devant lui et le dévisageait gravement.

— Je t'ai aperçu par hasard, fit-elle, et j'imagine tes pensées, mais ce n'est pas ce que tu crois. Lucia est malheureuse. Je n'ai pas le droit de t'expliquer pourquoi, mais je peux t'assurer qu'elle essaie de t'échapper, comprends-tu ? C'est pour ça qu'elle a changé d'adresse, ne la juge pas mal.

Sylvain s'était arrêté, interdit.

— Mais… le bal, ici… balbutia-t-il. Elle aurait pu me prévenir. Me demander de ne plus venir.

Marisette haussa les épaules.

— Que vous êtes bêtes, les hommes ! s'exclama-t-elle. Sais-tu ce que ça signifie vraiment pour une fille, souhaiter échapper à un garçon ? Ne pense pas qu'elle soit là pour s'amuser. Elle voulait rester enfermée toute la journée dans sa nouvelle chambre alors qu'il fait si beau ! Nous sommes suffisamment confinées à l'usine, toute la semaine !

La jeune femme s'enflammait.

— Je n'avais pas envie de la laisser seule et il se trouve que Jeannot peut disposer de la voiture de son père. Il m'avait proposé de pique-niquer au bord de la rivière avant de venir danser. Alors, avec sa permission, je suis allée la chercher et j'ai beaucoup insisté pour qu'elle nous accompagne. Mais je ne pensais pas que tu nous dénicherais ici. C'est au *Cheval Blanc* qu'on t'a renseigné ?

— Oui, avoua-t-il.

— J'aurais dû m'en douter.

Elle décréta :

— Bon, c'est moi qui suis responsable. Alors, viens lui dire bonjour. Après, ce sera à vous de décider si vous préférez vous fâcher...

Sylvain ne bougeait pas, toujours hésitant et, comme il hochait la tête, la mine désolée, et s'apprêtait quand même à s'éloigner, Marinette lui prit fermement le bras et il se laissa entraîner.

Dès qu'elle vit Sylvain se diriger vers elle en slalomant entre les tables à la suite de Marisette, Lucia pâlit et son cœur se serra tandis que, sans vraiment réaliser ce qu'elle faisait, elle se dressait sans le quitter des yeux.

À cet instant précis qu'elle avait espéré malgré elle et qu'elle redoutait par-dessus tout, elle avait le sentiment que son destin s'accomplissait. Quelle sotte avait-elle été de croire échapper à ce garçon en changeant simplement d'adresse ! Ce qui devait arriver arrivait. En déménageant, elle avait essayé de contrarier l'élan qui la poussait vers cet homme. Mais puisque Sylvain Maillé la voulait, qu'il avait retrouvé sa trace et la poursuivait jusqu'ici, elle n'avait plus envie de résister. On ne peut pas toujours tourner le dos au bonheur. « Claudio ! » songea-t-elle, soudain affolée. Mais Sylvain était déjà là, tout près, et elle oublia tout.

Marisette jeta un coup d'œil à Lucia, l'air faussement désolée.

— Je lui ai tout expliqué, dit-elle. Que j'étais venue te chercher et que j'avais beaucoup insisté pour que tu acceptes de pique-niquer avec nous.

Et comme il lui tardait de s'éloigner, elle ajouta, très vite :

— Bon, débrouillez-vous. Jeannot, on va danser...

Sans plus de manières, elle prit la main de son fiancé et l'entraîna vers la piste en les plantant là, aussi muets et embarrassés l'un que l'autre.

— Partons, finit par décider Lucia.

Sylvain sembla un peu désarçonné par cette envie de quitter la guinguette aussi précipitamment, sans même saluer Jeannot et Marisette. Il se dandina, perplexe, bafouilla un peu :

— Tu ne veux pas que je t'offre à boire ? Rester un peu avec tes amis ?...

– Partons, répéta Lucia. Loin d'ici, sur la route. Un endroit où nous serons seuls.

Ils étaient debout, face à face, et on commençait à les observer autour d'eux. Sylvain n'hésita plus.

— Viens, dit-il, l'air enfin décidé.

La mousse embaumait. Elle recouvrait les talus de part et d'autre du chemin qu'ils suivaient au sommet d'un col où ils avaient abandonné la moto. Elle mêlait son odeur humide à celle du bois mort et des feuilles séchées. Parfois, la voûte des châtaigniers qui ombrageait le sentier s'éclaircissait, alors Lucia et Sylvain respiraient à pleins poumons le parfum plus enivrant qui montait des champs de genêts que les ronciers rendaient impénétrables, au-dessous d'eux. Ils marchaient côte à côte, l'esprit vacant, sans autre but que le plaisir de se sentir ensemble, loin de toute agitation, et de s'emplir les sens de tout ce que peut offrir une nature sauvage et généreuse.

Ils avaient beaucoup roulé avant d'arriver là. Blottie contre Sylvain, la tête contre son cou, Lucia s'était laissée griser par une étrange exaltation tandis qu'ils longeaient l'Hérault. Elle sourit au souvenir de cette promenade. Chaque fois qu'il se retournait pour lui demander si elle souhaitait qu'il s'arrête, elle criait à son oreille :

— Plus loin, encore plus loin…

Puis ils avaient quitté la rivière, traversé un village presque désert et attaqué une côte sinueuse. Et lorsqu'il ralentissait, faisant mine de stopper, elle protestait :

— Plus haut, encore plus haut.

Jusqu'à ce qu'ils atteignent ce col et qu'elle décide que c'était là qu'elle voulait aller.

Pendant un long moment, ils avaient contemplé sans mot dire l'immensité océane des derniers contreforts des Cévennes qui s'étendaient devant eux en vagues colossales de serres[1] trapus jusqu'à la plaine, au loin, où scintillaient les eaux de l'Hérault sous le soleil. Autour d'eux régnait un silence total et ils se sentaient seuls au monde. Puis Sylvain avait proposé une promenade dans ce chemin forestier bordé de châtaigniers qui courait à flanc de montagne et elle avait dit oui sans réfléchir.

Depuis qu'elle avait eu la surprise de le voir arriver à la guinguette, Lucia ne s'étonnait plus de rien.

---

1. Crêtes étroites et allongées entre deux vallées dans le sud de la France.

Tout lui paraissait naturel. Comme d'avoir éprouvé du plaisir à rouler à moto et de marcher maintenant à petits pas à côté du garçon dans ce lieu éloigné de tout. Peu lui importait. Il lui avait d'abord pris timidement la main, comme s'il avait peur qu'elle ne s'effarouche, puis il avait tout de suite resserré son étreinte et elle en avait frissonné de bonheur. Ils ne parlaient pas, n'en ressentaient nul besoin. Peut-être, en fait, redoutaient-ils tous deux que le seul bruit des mots ne désaccorde cette complicité totale.

Ils débouchèrent soudain dans un terrain dégagé où le chemin s'arrêtait. Cela avait été si brusque qu'ils furent un instant éblouis et ils en rirent. En cette fin d'après-midi de juin, la lumière pétillait comme une eau vive sous le soleil qui flamboyait et les talus, devant eux, resplendissaient de jolies fleurs multicolores. Sylvain désigna quelques traversiers en friche, à flanc de colline, juste au-dessous d'eux. Il remarqua que subsistaient, Dieu sait comment, quelques ceps que l'on reconnaissait à peine parmi les ronciers et les fougères qui dévoraient l'espace. Il s'écria, stupéfait :

— Une ancienne vigne ! Il fallait que les Cévenols soient bien courageux pour oser planter des souches jusqu'ici ! Je me demande si le vin était buvable...

Il observa attentivement les lieux autour d'eux, puis prit la main de Lucia :

— Viens, dit-il.

Il l'entraîna dans un ancien sentier qu'on devinait à peine, l'aida à sauter un petit torrent qui dégringolait à travers la montagne et ils découvrirent soudain un bassin moussu qu'un lierre gigantesque cachait presque entièrement. Ils s'arrêtèrent un court instant, observant une nuée de libellules qui voletaient au-dessus d'une eau limpide.

De ce côté du ruisseau, un pré où poussait une herbe rase parsemée de minuscules bouquets de pâquerettes descendait en pente douce, dégageant la vue, loin vers la vallée. Ils restèrent un long moment sans rien dire, à regarder le magnifique paysage qui s'étendait à leurs pieds. Autour d'eux, le silence avait pris possession du monde. Seuls le grésillement des insectes et le gazouillis de l'eau venaient le troubler fugitivement, lui donnant plus de densité.

À côté de Lucia, Sylvain restait indécis, n'osant prendre aucune initiative. Lucia songeait pourtant qu'à son âge il avait déjà dû connaître des filles, mais elle le devinait ému. Elle l'était d'autant plus. Flattée, aussi.

— C'est…

Ils avaient voulu parler en même temps et se retrouvèrent soudain face à face, les souffles presque mélangés, à se regarder gravement. Alors, dans un geste spontané, Sylvain la prit par la taille et la souleva, la faisant tourner autour de lui, légère, dans une folle ronde. Enfin, elle s'abattit sur sa poitrine, riant, balbutiant, dans une vraie fête du cœur, en proie à une grande exaltation où se mêlaient l'émotion et la lucidité, la gravité et la jubilation. Lucia ne réfléchissait plus. Le temps s'était arrêté, condensé en un instant ludique et solennel.

— Je veux être à toi, dit-elle soudain.

Il resta un moment stupéfait.

— Tout de suite ?

— Tout de suite.

Sylvain ressentit comme un vertige et il hésita un instant, avec l'embarras des hommes devant la simplicité des femmes, aussi la défia-t-il du regard pour ne pas douter de son désir. Il avait besoin de cette certitude et ce qu'il lut dans les yeux de Lucia le délivra définitivement de ses craintes. Alors, il la prit dans ses bras pour l'allonger doucement dans l'herbe parsemée d'or et, quand il commença à la dévêtir, tout en la caressant tendrement, elle ne se défendit pas. Lucia avait laissé aller ses bras, aveuglée par des bouffées de sang vif qui embrasaient son corps. Étrangement, elle avait l'impression que tout brûlait. Le sol, les mains de Sylvain sur sa chair, le soleil sur sa peau et un autre soleil qui irradiait dans son ventre. Comme une fièvre subite qui s'emparait d'elle. Et quand il fut sur elle, elle prit son visage entre ses mains, planta ses ongles dans sa nuque à l'instant où un éclat de feu lui faisait ouvrir grand la bouche. Mais seuls ses yeux poussèrent un cri. Elle aurait voulu parler, dire son prodigieux étonnement, mais elle ne le put. Alors, elle gémit à petits coups brefs tandis que du fond de son corps, vague après vague, lui venait l'inconnu et son déferlement d'étoiles.

Lucia et Sylvain marchaient côte à côte sans mot dire en revenant vers la moto, chacun perdu dans ses pensées. En fait, ils n'avaient échangé que de rares mots depuis qu'ils avaient fait l'amour parce qu'une gêne qu'ils ne pouvaient avouer s'était installée entre eux, si bien qu'ils n'osaient même pas se tenir la main, encore moins se regarder.

Lucia était allée au ruisseau où elle s'était rhabillée, tandis que Sylvain l'attendait, allongé dans l'herbe, obstinément muet. Puis elle l'avait appelé, prétextant qu'il se faisait tard et qu'il devait la raccompagner. Et maintenant, ils avançaient en silence, tête baissée, comme si la tristesse avait pris le dessus sur l'euphorie des instants fabuleux qu'ils venaient de vivre, et regrettaient déjà de s'être laissés gagner par le désir irrésistible qui les avait submergés.

Lucia comprenait que Sylvain se posait mille questions auxquelles il ne pouvait trouver aucune réponse satisfaisante. « Je dois lui parler, se répétait-elle sans arrêt. M'expliquer devant lui, franchement, sans détour. » Mais elle cherchait en vain des mots. Comment lui dire ? Elle savait que ses paroles lui feraient beaucoup de peine, mais elle se devait d'avoir du courage. Des sanglots roulaient dans sa gorge et elle sentit qu'ils allaient déborder.

« Tiens-toi droite, Lucia, songea-t-elle en se redressant. Sylvain est un garçon franc et loyal, tu le sais. C'est toi qui l'as provoqué, tu lui dois la vérité… »

D'ailleurs, elle devinait que, s'il ne disait rien, toute son attitude prouvait qu'il souffrait de son silence. Ils approchaient du col et elle apercevait déjà la moto.

« Maintenant, maintenant, songea Lucia, sinon ce sera plus dur encore. »

Elle avisa une large pierre plate enchâssée dans le talus, sur le bord du chemin.

— Asseyons-nous, Sylvain, j'ai besoin de t'expliquer, dit-elle tout à coup bravement, comme quelqu'un qui risque sa vie.

Ils s'installèrent et elle commença tout de suite par parler de Claudio, avouant que c'était lui son fiancé, mais qu'il était en prison pour avoir volé des bas dans l'usine de ses employeurs, M. et Mme Favière, ceux qui l'avaient recueilli par charité, lorsque l'Assistance publique avait décidé de le placer dans une famille. Elle guettait Sylvain du coin de l'œil et remarqua le haut-le-cœur qui l'avait fait se redresser en apprenant cette nouvelle. C'est pourquoi elle s'empressa de défendre Claudio, arguant qu'il s'était laissé embrigader par des bonimenteurs malhonnêtes qui avaient profité de sa naïveté et qu'il en avait du remords.

— C'est un brave garçon, plaida-t-elle. Je le sais, parce qu'avec lui j'ai vécu beaucoup de drames et de misères quand nous avons fui l'Espagne de Franco, alors que nous étions des enfants abandonnés qui ne comprenaient rien à ce qui leur arrivait, sauf que nous avions l'immense tristesse de savoir que nous n'avions plus de parents et que nous étions seuls au monde.

Et comme Sylvain protestait malgré tout, elle confia qu'il lui avait avoué avoir commis ce forfait pour elle seule, afin d'essayer de la conquérir parce qu'il n'était pas sûr de lui, devinant bien qu'elle ne partageait pas ses sentiments.

— Alors, il a fini par se laisser entraîner, croyant qu'avec de l'argent il pourrait me proposer une maison, un confort, un avenir digne pour créer une famille. Et Mme Favière l'encourageait, n'arrêtant pas de me seriner que Claudio ferait mon bonheur.

Elle eut une moue amère et leva un bras, fataliste.

— Oh ! Je sais bien, moi, que c'est un garçon qui est bon et je ne peux pas l'accabler.

Elle soupira et avoua :

— Mais je ne l'aime pas. Ou alors, comme un frère…

— Alors, pourquoi l'épouser ? s'écria Sylvain, indigné.

Lucia baissa la tête et il y eut un long silence qu'il respecta. Quand, enfin, elle se redressa pour le regarder droit dans les yeux, sans chercher à cacher son visage baigné de larmes, elle débita d'une seule traite, la voix brisée par l'émotion :

— Parce qu'il m'a sauvée quand j'ai fui Grand-Puy. J'ai une dette envers lui et je le plains. Je lui ai rendu visite, en prison, et je connais sa souffrance de vivre dans cet univers terrible. D'ailleurs, je me suis enfuie, car ce n'était pas supportable. Alors, que deviendra-t-il le jour où il sortira, seul, sans parents, sans amis, sans soutien d'aucune sorte et sans savoir où aller alors même que sa faute fera de lui un banni ? Comment l'abandonner maintenant ? Et puis… et puis…

Lucia hésitait, tant l'aveu qu'elle devait faire était difficile à prononcer. Mais il fallait en finir.

— Et puis je lui ai fait le serment de l'attendre, quand les gendarmes l'ont emmené. Ce serait une trahison de ne pas tenir ma promesse…

Disant cela, sa voix était si ténue que Sylvain eut du mal à l'entendre et, à son tour, il baissa la tête. Il songeait que la lumière s'était enfin faite sur les interrogations qui l'avaient tant torturé lorsqu'il errait dans Ganges. Et ce n'était pas une lumière rayonnante, comme le ciel immense de cette magnifique journée de juin finissante. Dans son esprit en déroute, la lumière lui parut glauque, amère. Une de ces lumières maussade qui vous courbe la nuque, affale bras et jambes et vous plombe le cœur en sachant que tous vos espoirs se sont envolés à jamais. Comment imaginer une telle désillusion après avoir connu le prodigieux bonheur de posséder cette femme qu'il adorait, qu'il avait rêvé de faire sienne depuis longtemps déjà ? Lucia s'était pourtant abandonnée avec fougue. De plus, n'avait-elle pas voulu partir de la guinguette, rouler à moto jusqu'à ce coin perdu ? Elle avait décidé seule ce qui était arrivé. Il ne comprenait pas pourquoi, mais ne pouvait admettre son attitude.

Il se révolta et reprocha, amer :

— Alors, si c'est Claudio que tu dois épouser, pourquoi m'avoir entraîné ici et t'être donnée à moi ? Dans le seul but de me faire de la peine ?

Il se tourna vers elle et vit que ses larmes coulaient à nouveau. Mais il ne voulait pas se laisser attendrir. Il s'emporta soudain :

— Tu aurais au moins pu m'avouer que tu étais vierge, je t'aurais respectée ! Tu as trahi ton fiancé.

— Pardonne-moi... souffla-t-elle.

Mais la colère avait pris le dessus sur une quelconque compassion. Le désenchantement était trop grand, sa peine trop immense. Il se leva brusquement et jeta :

— Ce n'est pas bien pour Claudio, ce que tu as fait.

Puis il s'éloigna à grands pas vers sa moto. Il lui tardait de rentrer chez lui, de boire jusqu'à se saouler, puis de sombrer dans un sommeil d'ivrogne pour essayer d'oublier.

— Viens, cria-t-il par-dessus son épaule, il faut partir !

Elle s'affola, le rejoignit, au comble du désespoir. Alors qu'il enjambait son engin, déjà prêt à démarrer, elle se pencha vers lui et implora :

— Sylvain !

C'était un cri de détresse, un appel au secours. Il hésita, tout à coup désarmé, fixa le visage défait de Lucia. Elle débita d'une seule traite, comme on récite une prière :

— Quand j'étais comme une esclave à Grand-Puy et que ma peine était trop grande, que je me sentais prisonnière, malheureuse, je rêvais souvent qu'un jour un garçon arriverait à l'improviste et qu'il viendrait vers moi en me voyant, que je m'arrêterais aussi pour aller vers lui en étant certaine, dès le premier instant, qu'il était là parce que j'y étais, et que, depuis notre naissance, nous marchions l'un vers l'autre pour vivre ce moment magique. Puis qu'il me prendrait la main pour m'emmener au loin.

Elle eut un geste vague du bras, tandis qu'un sanglot ronflait dans sa gorge.

— Oh ! Je savais bien que je me mentais à moi-même, que ce n'était qu'une chimère, un fantasme qu'on lit dans les jolis contes. Mais cela m'aidait à surmonter ma peine.

Elle détourna les yeux et avoua, d'une voix si faible que Sylvain, bouleversé, dut prêter l'oreille pour entendre ce qu'elle disait :

— Eh bien, ce rêve irréalisable, j'ai voulu le vivre aujourd'hui, dès que je t'ai vu apparaître dans la guinguette à la suite de Marisette. Découvrir une fois dans ma vie ces instants prodigieux, uniques, que j'ai connus en me donnant à toi. Parce qu'en fait, je ne t'ai jamais oublié depuis le jour où tu m'as sauvée, et c'est toi que j'aime, mais il est trop tard. Un jour, Claudio finira bien par sortir de prison, et alors…

Elle eut un hochement de tête têtu et ajouta :

— Il n'empêche, le souvenir de cette après-midi restera gravé au plus profond de moi toute ma vie. Je ne regrette rien.

Touché au cœur par cet aveu, Sylvain fixait Lucia, debout à côté de lui. Il pensa à tout ce que lui avait raconté le vieux Joseph Cambon, à Concourès. La voyant ainsi, infiniment malheureuse et désarmée, il songeait que cette fille s'était heurtée à trop d'épreuves, avait vécu trop de tragédies, d'espoirs qui s'étaient dissipés comme fumées. Le destin se montrait cruel avec elle, comment aurait-il le droit de la juger ? N'est-ce pas lui qui l'avait recherchée, poursuivie ? Dans un geste irréfléchi, il effleura du bout du doigt le coin de sa bouche, puis sa main remonta le long de sa joue, essuyant les larmes qui avaient coulé et, côté paume, offrit à son visage un nid de caresse et de douceur. Captive de cette tendresse, Lucia s'abandonna contre cet homme généreux qui, elle en était certaine, venait de lui pardonner.

— Si nous restions ensemble, cette nuit ? finit-il par murmurer au bout d'un long moment.

— Oui, oh oui ! s'exclama-t-elle. Partons.

D'un geste vif, Lucia enjamba la moto et se serra bien fort contre son amoureux. À cet instant précis, la seule chose qui comptait pour elle était de tout oublier pour vivre l'instant présent et de prolonger son bonheur, ne serait-ce que pour une nuit.

XIX

TROIS JOURS ! Après avoir fait prévenir sa mère par le facteur de Cabriac, Sylvain est resté trois jours durant lesquels Lucia et lui ont connu un bonheur total et sans partage. Le soir, il l'attendait à la sortie de l'usine, se tenant un peu à l'écart pour ne pas mettre Lucia mal à l'aise. Mais celle-ci n'en avait cure et venait le rejoindre précipitamment sous le porche où il patientait. Amusée, Marisette observait le manège, le regard complice, secrètement ravie de voir son amie ainsi transportée et radieuse. Pour une fois, elle évitait de poser des questions afin de laisser celle-ci tout à la joie de cette exaltation soudaine qu'elle ne cherchait même pas à cacher.

Par chance, il faisait déjà sombre, Lucia étant d'après-midi. Cela rendait leurs retrouvailles plus discrètes et les incitait à rentrer sans traîner, heureux de savoir qu'ils avaient une longue nuit devant eux pour profiter l'un de l'autre en oubliant tout ce qui n'était pas l'instant présent.

Après l'amour, les sens enfin apaisés, Lucia adorait faire parler Sylvain de sa vie, elle qui n'avait pas connu de famille ni de véritable enfance. Alors, Sylvain posait sa tête entre les seins de Lucia, comme il aimait bien le faire, puis il se lançait dans ses souvenirs, racontant une jeunesse heureuse dans la ferme de ses parents, la Vernède, en compagnie de sa grande sœur, Paulette, son aînée de cinq ans, partie vivre à Paris où elle travaillait dans une banque.

— Elle est mariée, et a deux beaux petits garçons, annonçait-il avec tendresse.

Il restait rêveur un instant, puis se lançait à parler de l'école de Cabriac où il se rendait avec sa sœur, assis sur le porte-bagages du vélo que son père avait bricolé. Il racontait les travaux de la ferme auxquels, comme elle, il avait dû participer avec sa sœur, tous deux très jeunes. Puis il se lançait dans ses premiers émois de chasse. De son premier échec amoureux auprès d'une jeune et farouche bergère qu'il avait longtemps poursuivie en vain de ses avances, tant il était maladroit.

Lucia riait de bon cœur. Alors, Sylvain l'observait, avant d'affirmer :

— Mais elle était beaucoup moins belle que toi. D'ailleurs, tu as beaucoup changé depuis Grand-Puy. Tu es plus douce, moins anguleuse, plus femme et plus jeune à la fois…

Et elle souriait, flattée, tendre.

Sylvain était surtout fier de sa maison, quillée sur un coteau d'où la vue portait loin. Il lui décrivait une fermette agréable, bien ensoleillée, avec une tonnelle qu'une glycine embaumait et où sa mère et lui prenaient leur repas de midi, à la belle saison.

Parfois, il restait silencieux, puis il hochait la tête, ajoutant qu'il devrait bientôt se débarrasser de la basse-cour, encombrée de poules, de canards, de dindons à tête rouge, de pigeons que Filou, son chien, s'amusait à faire fuir, parfois, en faisant semblant de foncer sur eux.

— C'est la passion de ma mère, disait-il. Malheureusement, elle ne peut plus guère s'en occuper avec son cœur fragile.

Et il soupirait, n'osant pas avouer qu'une jeune femme serait bien utile pour l'aider.

Alors, il y avait un silence que Lucia se gardait bien d'interrompre, rêvant de cet endroit si charmant qu'il lui décrivait et où elle aurait bien aimé vivre.

Si Sylvain parlait volontiers de sa mère, fier de vanter le courage dont elle avait fait preuve lorsqu'elle s'était trouvée veuve, il restait étonnamment discret sur son père. Lucia soupçonnait le sujet si pénible pour lui qu'il préférait l'éviter. Une fois, pourtant, il s'était laissé aller à une confidence :

— Pendant la guerre, mon père aidait un groupe de maquisards de la région. Il leur portait de la nourriture, cachait parfois des inconnus peu bavards, allait de temps en temps à Cabriac porter de mystérieux messages qu'on venait lui confier.

Il s'était arrêté de parler, les yeux perdus au loin, vers un passé tragique qu'il était seul à voir, et Lucia s'était bien gardée de troubler ce silence. Sa voix tremblait un peu quand il avait repris :

— Un jour, une Traction Avant Citroën est arrivée dans la cour de la ferme au moment du repas de midi. Quatre hommes en ont jailli, armés de mitraillettes et de revolvers. Ils ont fait irruption dans la cuisine et se sont tout de suite emparés de mon père qu'ils ont menotté avant de l'embarquer sans explications. Ma mère suppliait à genoux mais une brute l'a renversée d'un violent coup de pied et elle s'est évanouie. C'est depuis ce jour-là qu'elle est malade du cœur. Quant à moi, j'étais terrifié, paralysé, et comme je me cramponnais à mon père il m'a crié de ne pas m'inquiéter, de bien m'occuper de maman, puis j'ai entendu démarrer la voiture.

Il avait levé les bras, le visage triste.

— Ma sœur était déjà partie de la maison, j'avais seize ans et… papa…

À ce moment du récit, elle avait mis sa main sur la bouche de Sylvain pour le bâillonner. Curieusement, elle s'était sentie vieille, à cet instant, beaucoup plus vieille que lui, en tout cas. Aussi s'était-elle jetée sur lui, toute douceur, le couvrant de son corps comme pour le protéger, l'embrassant follement de mille petits baisers pointus, caressant maternellement son visage en l'appelant « mon petit, mon petit »… Sylvain s'était laissé emporter par cet assaut plein de tendresse et ils s'étaient aimés avec fougue pour chasser ce seul moment de tristesse pendant ces trois nuits qui s'étaient déroulées comme une fête et où tout était joie.

Toutefois, Sylvain restait intarissable au sujet de la viticulture. Il s'indignait de la mauvaise réputation que les politicards parisiens faisaient aux vignerons du Midi en leur reprochant de ne produire que de gros rouges imbuvables en méprisant le lointain pays d'Oc. Quand il entamait ce sujet, il s'enflammait dans de longs monologues, invoquait la concurrence déloyale des vins importés d'Algérie ou d'Italie alors qu'on produisait déjà trop en France. S'échauffant vite, il fustigeait les négociants qui abusaient des modestes exploitants et ne leur permettaient plus de vivre décemment de leur travail. Tandis que les grands propriétaires fonciers, comme Louis Massebiau, continuaient à s'enrichir en fraudant impunément avec des vignes non déclarées.

— Contre la promesse d'une prime dérisoire, ces salauds de députés voudraient nous imposer l'arrachage des vignes pour diminuer la production. Mais seulement à nous, les petits, tonnait-il. Alors ça, jamais !

Et il se lançait dans de grandes théories, arguant que l'État devait rendre la distillation du vin obligatoire pour produire de l'alcool de bouche et le racheter à un prix minimum, afin de garantir les revenus.

— Sinon, ça pétera, nom de Dieu ! s'écriait-il, le poing tendu. Je fais partie d'un syndicat, la Ligue des petits et moyens viticulteurs, qui encourage l'action de masse. Ce sont des communistes et ils n'ont pas froid aux yeux. Il y a déjà eu un mort à Montpellier et il y en aura d'autres parce que nous, les jeunes, nous formons un peuple, les Occitans, et plutôt que vivre dans la misère, autant crever en se battant !

Quand il en arrivait à ce point, sa voix enflait sans qu'il s'en rende compte et Lucia s'alarmait, de peur qu'il ne réveille les voisins. Elle s'angoissait, aussi, imaginant Sylvain tenant des réunions, haranguant des foules, entraînant des troupes d'hommes. Cet engagement l'inquiétait d'autant plus qu'elle le jugeait un peu crédule, trop innocent, c'est pourquoi elle ne pouvait s'empêcher de prendre un air affolé.

Mais dès que Sylvain s'apercevait de la crainte que provoquaient ses paroles, il s'arrêtait brusquement de parler. Alors, il éclatait de rire et rassurait Lucia d'une caresse, avant de passer à d'autres jeux.

Quand il se trouvait dans cet état, elle le repoussait, parfois, pour tenter de le calmer, de le raisonner.

— Les hommes étant ce qu'ils sont, lui disait-elle, j'ai peur qu'un syndicat, le meilleur soit-il, ne puisse changer les choses aussi facilement.

En fait, elle se souvenait des violences dont elle avait été témoin le jour de la manifestation des viticulteurs à Ganges et tremblait en songeant à la témérité de Sylvain qui avait pris des coups en se portant au secours d'un jeune que les CRS avaient coincé. Un faux frère qui en avait profité pour s'enfuir sans plus se soucier de son sauveur.

Toutefois, s'il s'enfiévrait quand il abordait le sujet de la vigne, Sylvain était un garçon gai, attentif, enthousiaste et loyal. Il était l'homme que Lucia aurait rêvé d'épouser pour fonder une famille, le seconder dans ses tâches, partager avec lui les instants de bonheur comme les difficultés. Mais parler de cela aurait été trop pénible pour eux deux, c'est pourquoi durant ces trois jours merveilleux ils avaient soigneusement évité de discuter de l'avenir. À quoi bon ?

Pourtant, elle savait qu'une sombre colère s'emparait de Sylvain, parfois, lorsqu'il se taisait longtemps, observant obstinément une lézarde dans le mur, le visage fermé. En fait, elle se doutait qu'il n'osait pas lui demander si elle comptait toujours épouser Claudio, le jour où il sortirait de prison. Elle voyait bien qu'il faisait des efforts désespérés pour ne pas poser cette question. Quand elle le sentait s'enfoncer dans ce malaise, elle se tournait vers lui pour lui caresser la joue du bout du doigt, comme elle l'eût fait à un enfant. Alors, il la fixait droit dans les yeux, cherchant à la deviner, avant de l'attirer à lui et de la serrer avec fougue, attendri, éperdu, infiniment attristé comme elle l'était elle-même, et ils s'étreignaient de toute leur âme, taisant leur peur de ce qui allait les séparer, peut-être à jamais. Enfin, ils finissaient par s'endormir dans les bras l'un de l'autre, épuisés, certains d'un amour immense qu'ils savaient tous deux voué à l'échec.

À vrai dire, lorsqu'elle y songeait, Lucia aurait été bien incapable d'exprimer la moindre intention tant elle avait du mal à maîtriser son cœur, dans ces instants. Elle se disait qu'elle s'était heurtée à trop d'obstacles et de malheurs dans sa vie, avait vu trop d'espoirs se dissiper comme fumée. D'ailleurs, elle pensait parfois à Claudio dont elle n'avait aucune nouvelle depuis déjà quatre mois. Aussi, dans l'incertitude où elle se trouvait, elle préférait ne former aucun projet, ne sachant plus parler au futur pour elle-même. Tout juste osait-elle songer que, si le bonheur était là, un jour, elle essaierait de le saisir. Mais d'abord jouir à fond de ces heures merveilleuses qu'elle vivait avec Sylvain. Les regrets, si elle devait en avoir, elle voulait les ignorer, dans l'instant. D'ailleurs, les souvenirs de ces trois jours étaient si précieux dans son cœur qu'elle s'efforçait, mais en vain, de chasser de sa mémoire le pénible moment de son départ. Dès qu'elle y pensait, les larmes lui venaient aux yeux.

Alors qu'il avait déjà enfourché sa moto et qu'elle le retenait encore un peu par les épaules, il lui avait dit :

— Lucia, j'attendrai un signe, mais je n'aurai pas le courage d'espérer indéfiniment, de guetter chaque jour le facteur au bout de la route, de défaillir chaque fois que l'on frappera à ma porte ni de souffrir mille morts toutes les nuits à imaginer ta vie avec Claudio. Mais si tu décides de l'épouser, je te souhaite tout le bonheur du monde.

Ils s'étaient regardés une dernière fois avec, tous deux, une douleur franche dans les yeux, puis ses bras étaient retombés lentement le long de son corps et il avait démarré en mettant les gaz à fond pour s'éloigner le plus vite possible. Cela faisait déjà trois semaines et ces mots revenaient sans cesse la torturer tant ils résonnaient dans sa tête.

Lucia essuya ses larmes et soupira, incapable de s'endormir tant son esprit était assailli par un torrent de pensées contradictoires tandis qu'elle écoutait respirer Claudio qui reposait paisiblement à ses côtés. Elle tourna la tête vers lui et l'observa, dans la pénombre de la chambre.

Il était réapparu de la façon la plus surprenante qui soit. Depuis le départ de Sylvain, son regard se portait irrésistiblement vers le porche où il se tenait, le soir, quand il venait l'attendre à la sortie de l'usine. C'était plus fort qu'elle. Or, deux jours plus tôt, elle aurait peut-être défailli sans le secours de Marisette qui l'avait soutenue tandis que son cœur battait la chamade et que le sang désertait son visage lorsqu'elle avait reconnu la haute silhouette de Claudio qui se tenait exactement à la même place que Sylvain. Un effet du hasard ? Son émotion avait été si grande qu'il avait fallu que son amie la pousse gentiment avant qu'elle ne se décide à le rejoindre.

Ils étaient restés longtemps à s'observer en silence, n'osant dire un mot ni l'un ni l'autre. Claudio avait terriblement maigri et pâli. Ses yeux, pareils à deux tisons noirs, et ses joues creusées, grisaillées par une barbe naissante, lui donnaient un air inquiétant qu'accentuait l'état de ses vêtements froissés. Mais c'était surtout l'expression de son visage qui l'avait frappée. Ses traits s'étaient durcis et des rides sillonnaient maintenant son front bombé. Surtout, son regard n'avait plus de ces éclats de candeur qui pouvaient laisser penser qu'on avait affaire un gentil benêt trop confiant. Elle avait été si émue de le voir dépenaillé, hésitant, qu'elle avait fini par se précipiter pour le serrer dans ses bras, ne sachant que bafouiller :

— Ainsi, on t'a libéré… On t'a libéré…

Puis, la tête contre sa poitrine :

— Pardonne-moi, mais je n'ai pu revenir te voir à la prison. C'était trop affreux. Trop affreux…

Claudio l'avait repoussée doucement.

— Bah ! Je te comprends.

Il avait brièvement expliqué :

— Cet après-midi, je suis allé remercier Mme Favière. Elle m'a reçu avec une grande gentillesse et m'a même donné de l'argent, pour démarrer. C'est elle qui m'a fait libérer, elle a demandé à son mari de me trouver un avocat. À partir de là, j'ai vite été remis en liberté. Elle s'en veut beaucoup de t'avoir injustement soupçonnée et s'excuse auprès de toi. C'est elle qui m'a dit où tu travaillais.

Puis :

— En prison, j'ai écrit aux Cambon pour tout leur avouer et ils m'ont pardonné. Ça m'a beaucoup aidé. Maintenant, je me sens apaisé.

Sa bouche avait dessiné un pli amer et il avait eu un geste fataliste.

— Je ne veux pas être une gêne pour toi. Du temps a passé, si tu ne veux plus de moi, dis-le tout de suite et je disparaîtrai de ta vie.

Et encore, après un instant d'hésitation :

— Avant de te décider, n'oublie pas que je sors de prison et qu'il ne me sera pas facile de trouver du travail par ici. Mais Mme Favière m'a écrit une lettre de recommandation pour un ingénieur de la mine des Malines, M. Descombes. Elle fait partie du même club que son épouse et il paraît qu'on embauche beaucoup, en ce moment, à Saint-Laurent-le-Minier. Ce n'est pas loin de Ganges. J'irai voir la semaine prochaine…

— La mine ? n'avait pu s'empêcher de s'écrier Lucia. Mais c'est dur, et dangereux aussi !

— Il faudra bien que je m'y fasse, avait-il répondu. Je n'ai guère de choix…

Il s'était établi un court silence et elle avait vu dans le regard de son infortuné compagnon d'enfance une bouleversante débâcle. « Ce pauvre Claudio ressemble à un vagabond complètement perdu », avait-elle songé, le cœur serré. Aussi n'avait-elle eu qu'un mot en le prenant par le bras :

— Viens.

Il s'était saisi de son sac à dos et d'une petite valise pour la suivre sans ajouter un mot de plus mais, dans ses yeux, il lui avait semblé voir briller l'éclat d'un espoir.

Lucia aurait voulu assagir son esprit. Tout oublier, chasser Sylvain de sa mémoire ; dormir, enfin ! Mais elle ne parvenait pas à trouver la paix de l'âme. Elle chercha en vain une lueur dans l'obscurité de ses pensées. N'en imagina aucune possible et se dit avec tristesse que le monde était trop grand pour elle. Alors, comme le font parfois les proies cernées, elle décida qu'elle ne devait plus se débattre et se résigner. Elle avait maintenant lié son destin à celui de cet homme qui reposait à côté d'elle. Elle n'y pouvait rien changer.

« Je le sais travailleur, loyal et attentif, se dit-elle. Alors, puisque le sort en a décidé ainsi, autant essayer de le rendre heureux. »

Elle eut un petit sursaut de surprise. Une main s'était faufilée sous les draps, cherchant la sienne, et la serrait.

— Tu ne dors pas ? souffla Claudio.

— Un bruit m'a réveillée, mentit Lucia.

Il s'approcha et baisa doucement la joue de sa compagne, vit qu'elle avait les yeux ouverts et qu'elle pleurait. Il l'implora, à voix très basse :

— Lucia, Lucia, ne sois pas triste, je me sens tout neuf depuis que tu m'as accueilli. Si tu savais toutes les horreurs que j'ai connues, en prison ! Maintenant, j'ai envie d'être bon et de tout faire pour te mériter. Tu verras, nous trouverons le bonheur.

Alors, Lucia se laissa aller contre lui, posa son front contre sa poitrine en poussant un long soupir et il la serra longtemps contre lui. Il ne ferma pas les yeux jusqu'à ce que, enfin, la fatigue s'empare d'elle et qu'elle sombre dans un lourd sommeil.

XX

La mine des Malines, juillet 1951

La commune de Saint-Laurent-le-Minier est située sur un territoire marqué par la Vis et ses affluents, dont la Crenze et le Naduel, qui traversent le village. Le terrain est au contact du massif cévenol ancien, à la terre acide, sombre, où dominent le schiste et des formations calcaires. Sur le schiste, on trouve des châtaigneraies envahies de taillis. Le calcaire accueille en abondance chênes verts et blancs où l'on trouve la truffe noire, la meilleure, la plus chère aussi parce que très prisée, la *melanosporum*. Encore faut-il être expert pour la dénicher. On devine tout de suite qu'il s'agit d'un pays rude, avec un relief taillé à coups de serpe que les hommes ont dû conquérir, aménager au prix d'un travail séculaire et d'un courage à toute épreuve.

En aval du village, la rivière coule au fond d'une vallée encaissée au milieu d'une végétation luxuriante. Après avoir longé son cours pendant quelques kilomètres, Claudio mit un instant pied à terre sur l'antique pont de pierre afin d'admirer le magnifique spectacle qu'offrait une cascade d'une hauteur de six à huit mètres en forme d'arc de cercle, juste en amont, et il se demanda comment on pouvait découvrir une telle merveille dans une nature aussi sauvage.

Il soupira et remonta à vélo. Il savait qu'il lui restait encore plusieurs kilomètres à parcourir et il ne fallait pas s'attarder. D'autant, lui avait-on expliqué, qu'à partir de Saint-Laurent il devrait affronter une côte sévère avant d'atteindre le lieu même où se situait la mine, les bureaux et toute l'exploitation. Par chance, cela faisait une semaine qu'il patientait, ce qui lui avait permis de se requinquer en se reposant et en faisant honneur aux bons repas que lui préparait Lucia. Et grâce à l'argent de Mme Favière, il avait pu s'acheter un vélo moderne, ce qui l'aidait bien dans les montées. Toutefois, il n'était pas inquiet, parti de bonne heure, il avait de l'avance.

Il s'était renseigné auprès d'un voisin qu'il savait mineur.

— Sois ponctuel, lui avait recommandé celui-ci, l'ingénieur reçoit le mardi matin, à 8 heures précises. S'il n'y a personne qui attend devant son bureau, il part à ses occupations cinq minutes après.

Claudio ne tarda pas à parvenir aux premières maisons de Saint-Laurent qui, comme beaucoup de villages nichés au creux de vallées abruptes, se réduisait à une longue rue principale, étroite et irrégulière. Tantôt elle s'élargissait ou se rétrécissait pour s'ouvrir ou se fermer à des débouchés de brèves impasses, des encoignures humides ou des ruelles latérales d'où, parfois, il apercevait un pont conduisant de l'autre côté de la bourgade. Elle finissait par aboutir à une vaste esplanade ombragée de grands platanes que délimitait, dans le fond, la masse imposante d'un temple. En face, du côté des maisons, un bistrot, apparemment le seul du village, avait installé ses tables à l'ombre des arbres centenaires. Un bruit assourdissant fit lever la tête à Claudio qui s'écarta précipitamment pour se mettre à l'abri d'un énorme camion surgi devant lui et prenant tout l'espace. Il s'arrêta pour le regarder passer et constata qu'il était chargé à bloc. Un client âgé lisait son journal en buvant un café.

— Bonjour, monsieur, c'est impressionnant de voir un mastodonte pareil s'engager dans une rue aussi étroite.

— Bof, on s'habitue ! répondit l'homme.

Et il ajouta, fataliste :

— Il le faut bien, c'est comme ça toute la journée. Ce sont les camions qui transportent à la gare de Ganges les minerais de plomb et de zinc traités, je ne sais pas où ils l'expédient ensuite. Et quand un véhicule arrive dans l'autre sens, ça pose toujours problème, à savoir lequel des deux acceptera de reculer, mais c'est rarement le gros cul…

— Ah ? C'est encore loin, les Malines ?

— Oh ! Quatre ou cinq kilomètres. Vous ne pouvez pas vous tromper. Il y a un croisement un peu plus haut où vous prendrez à gauche. Et vous verrez, ça monte dur, par endroits. C'est pour une embauche ?

— Oui, merci, monsieur.

— Alors, bonne chance, mon garçon.

On l'avait bien informé. Avant d'apercevoir quelques constructions disséminées çà et là, accrochées dans le haut-fond d'un cirque abrupt, Claudio avait dû affronter quelques lacets assez pentus qui, sous le soleil de plomb, l'avaient fait transpirer tout en lui coupant un peu les jambes. Il mit pied à terre, reprit son souffle et leva la tête pour observer, impressionné, la masse imposante d'un sommet arrondi qu'encadraient des rochers gigantesques qu'on eût dits plantés là par quelque Goliath légendaire.

Il porta à nouveau son regard sur le carreau de la mine. De loin, l'aspect général n'était guère engageant, d'autant que la route goudronnée s'arrêtait peu avant l'ensemble des bâtiments dont certains, aux toitures de tôles de couleur grisâtre, ressemblaient plus à de vastes baraquements qu'à des constructions destinées à accueillir des bureaux ou des ateliers gérant l'administration et l'exploitation d'un important gisement appartenant à la Pennaroya, comme on lui avait expliqué.

— Une société internationale qui a des intérêts dans le monde entier ! s'était exclamé avec emphase l'homme qui l'avait renseigné à Ganges.

Ce que Claudio découvrait ne correspondait pourtant pas trop à l'idée qu'il s'était faite de l'environnement d'une mine en plein essor. Il ne voyait qu'un immense espace vide de toute végétation, manifestement aménagé par de gros engins. Ainsi, pour se déplacer d'un endroit à l'autre, ce n'était que de larges chemins de terre rougeâtre labourés par le passage des camions ou plus simplement par les va-et-vient des machines ou des équipes vaquant à leurs occupations. Cela ajoutait à l'aspect peu engageant du lieu.

Claudio soupira, songeant à l'emploi rêvé qu'il avait perdu chez ses anciens patrons et à tout ce qui en avait découlé. Mais il se secoua, il n'était point temps d'avoir des regrets, car c'était bien ici qu'allait se jouer son proche avenir.

— Ils embauchent, lui avait expliqué Mme Favière, parce qu'avec les destructions dues à la guerre et les équipements nouveaux on a besoin de beaucoup de plomb pour les tuyaux et de zinc pour les caisses à eau et les gouttières. Avec ma lettre, M. Descombes vous prendra, même après ce qui est arrivé.

Machinalement, il tâta son portefeuille où était soigneusement pliée la lettre de recommandation de son ancienne patronne et il en fut un peu rassuré. Il avait passé une nuit agitée, avec l'angoisse de se faire éconduire par l'ingénieur. « S'il refuse de me prendre, songea-t-il, je n'aurai d'autre solution que de quitter le pays, ce qui sera difficile pour Lucia qui a un bon emploi. À moins de tenter ma chance comme saisonnier dans un domaine viticole ou d'aller faire les foins dans une ferme du Causse, en attendant mieux. » Cette perspective ne l'enchantait guère.

Il n'eut pas le temps de réfléchir plus longuement, deux hommes venaient de sortir d'un hangar et se dirigeaient vers un véhicule garé non loin de là. Il remonta sur sa bicyclette et sprinta pour parvenir jusqu'à eux.

— Pardon, messieurs, est-ce que vous pouvez m'indiquer où je dois me présenter pour une embauche, s'il vous plaît ?

L'homme assis au volant lui montra du bras un bâtiment à peine plus moderne que les autres, un peu à l'écart, et qu'ajouraient de grandes baies vitrées.

— C'est là. Vous montez au premier étage. Le bureau de Descombes, celui qui s'occupe de ça, est au fond du couloir. Il y a son nom sur la porte.

— Merci, monsieur.

L'ingénieur reçut Claudio dans une pièce assez vaste dont les murs étaient tapissés de casiers étiquetés, rangés par ordre alphabétique. La grande table de chêne massif derrière laquelle il était assis était encombrée de documents qu'il consultait avant de les glisser dans des chemises cartonnées tout en ne cessant de bougonner. Il continua sa tâche sans lui prêter la moindre attention et Claudio se garda bien d'interrompre ce monsieur dont dépendait son avenir immédiat.

L'homme finit par soupirer et, levant les yeux vers lui, il dit, d'un air excédé.

— Cette corvée administrative m'énerve. Je ne devrais pas perdre mon temps à classer des dossiers. Il y a plus de trois cents personnes qui sont actuellement employées ici, cela fait du monde !

Il mit de l'ordre dans les papiers éparpillés et ajouta, en invitant enfin Claudio à s'asseoir :

— Je vous écoute.

Désarçonné par la question un peu abrupte après un long silence, Claudio bafouilla :

— Eh bien… Je cherche du travail.

— Je m'en doute ! Sinon, vous ne seriez pas là. J'ai l'impression que vous êtes le seul candidat, aujourd'hui. Ce qui est rare. Quel est votre nom ?

— Claudio Gomez.

L'ingénieur considéra la longue silhouette de Claudio et demanda :

— Qu'avez-vous exercé comme métier, jusqu'à maintenant ?

— J'étais employé comme chauffeur et jardinier.

— Dans le pays ?

La question embarrassait Claudio.

— Euh… chez M. et Mme Favière, les industriels de Ganges.

Descombes avait froncé les sourcils et dévisageait attentivement son visiteur, paraissant réfléchir. Il finit par grimacer, la mémoire semblait lui être revenue.

— Euh ! Je comprends… laissa-t-il tomber, l'air dubitatif.

Claudio tendit vivement le pli qu'il tenait à la main.

— Euh… justement, mon ancienne patronne m'a confié cette lettre pour vous. Elle connaît bien votre épouse.

— Ah ?

Descombes lut attentivement la missive, levant de temps en temps les yeux sur Claudio qui s'était figé tant, à voir la mimique qu'affichait l'ingénieur, il avait l'angoisse de se faire éconduire. Celui-ci restait silencieux, manifestement indécis. Il se lança dans la relecture du message.

— Bien, finit-il par dire. Malgré votre faute, Mme Favière vous a pardonné et ne vous tient pas rancune. Elle vous juge même bon garçon et parle de vous avec une certaine affection ! Ma foi, c'est une belle preuve de confiance et d'humanisme.

Mais visiblement, quelque chose le tracassait. Il eut une moue étonnée et ne put s'empêcher d'ajouter :

— Ce n'est tout de même pas commun qu'un voleur, excusez-moi de dire le mot, soit défendu par un avocat payé par la victime !

Il hocha la tête.

— Vous êtes donc fiancé avec une demoiselle Lucia, c'est ça ?

— Oui, acquiesça fièrement Claudio. Nous avons publié les bans à la mairie de Saint-Laurent cette semaine et nous nous marierons le mois prochain.

Il hésita, puis débita, très vite :

— Lucia est employée dans une teinturerie de Ganges, mais il faudrait que je puisse me faire embaucher, moi aussi.

L'ingénieur scruta Claudio une nouvelle fois. L'attente s'éternisait, oppressante. Descombes finit par griffonner des notes sur un registre d'une main nerveuse.

« Que fait-il ? songea Claudio qui s'énervait. Il ne peut pas me dire oui ou non tout de suite ? »

Il releva enfin la tête.

— Ici, l'ouvrage ne manque pas, Gomez. Évidemment, vous débuterez comme simple manœuvre, mais si vous êtes courageux vous pourrez progresser rapidement à condition de faire la preuve que vous êtes un bon élément. Mais ne vous leurrez pas, le travail sera beaucoup plus pénible que celui de chauffeur ou de jardinier. Vous vous en doutez, je suppose ?

Un grand soulagement dénoua la poitrine de Claudio. Il bafouilla :

— Bien sûr, monsieur l'ingénieur. Mais est-ce que cela veut dire que je suis embauché ?

— Oui, grâce à Mme Favière…

— Oh ! Merci, monsieur, et sachez que je ferai en sorte de mériter la confiance que vous m'accordez. J'étais si inquiet…

— Ça se voyait, sourit Descombes.

Il écrivit quelques mots sur un papier.

— Allez porter cette fiche au secrétariat, dans le même couloir. On vous y établira un dossier et vous remplirez un formulaire d'embauche.

Il hésita, finit par dire :

— Permettez-moi quand même de vous donner un conseil, ne parlez à personne de l'histoire qui vous est arrivée. Les mineurs fréquentent peu les soyeux, qu'ils trouvent trop condescendants avec eux. Si vous avez de la chance, personne n'aura connaissance de votre mésaventure. Il vaudrait mieux, parce que le directeur est assez pointilleux sur la moralité…

— Je ne suis pas fier de ce que j'ai fait, monsieur l'ingénieur, avoua Claudio. Ce n'est pas moi qui risquerais de me vanter de cela.

— Eh bien c'est parfait !

Comme Claudio hésitait, ne sachant s'il devait prendre congé, Descombes ajouta :

— Soyez à l'entrée de l'immeuble, lundi à 6 heures précises. Et soyez ponctuel ! C'est le premier devoir de tout bon mineur, avec le respect de la hiérarchie. J'insiste, c'est important. M. Arboux, le maître mineur[1], viendra vous chercher et vous pilotera jusqu'à Alby-Fontbonne. C'est le chantier où vous serez affecté. Il vous donnera toutes les instructions et indications utiles, puis vous emmènera sur votre lieu de travail pour vous présenter à votre chef de poste et à votre équipe.

L'ingénieur se leva et alla ouvrir la porte de son bureau. Claudio comprit que, cette fois, l'entretien était terminé et il sortit en remerciant encore chaleureusement. Il n'avait pas fait trois pas dans le couloir que Descombes l'interpella.

— J'oubliais, lança-t-il, vous vous doutez que le travail est salissant mais, surtout, achetez des bottes, c'est indispensable. L'eau et la boue font partie des principaux désagréments des galeries. Et ne manquez pas d'amener un casse-croûte. Vous allez rester huit heures au fond de la mine sans sortir.

— Merci, monsieur.

« Le sort en est jeté, songea Claudio en se dirigeant vers le secrétariat. Me voilà embauché et déjà prévenu de ce qui m'attend. »

Les formalités accomplies, Claudio décida de traîner un peu sur le carreau pour se familiariser avec ce monde irréel où la nature était écorchée vive, saccagée, comme torturée pour laisser place à des bâtiments aux façades lépreuses qui imposaient leur masse grisâtre. Cela donnait à l'ensemble un aspect désagréable, sombre, qu'accentuait le bruit des camions ou des engins en train de manœuvrer

1. *Contremaître.*

et auquel s'ajoutait un cognement sourd, plus lointain, mais régulier et parfois retentissant.

Alors qu'il passait devant un vaste entrepôt, un homme aux mains noircies de cambouis l'interpella.

— Vous cherchez quelqu'un ? lui demanda-t-il.

— Non, je m'appelle Claudio Gomez et je viens juste d'être embauché, je commencerai lundi au quartier d'Alby-Fontbonne, m'a dit l'ingénieur. Alors je découvre un peu les lieux.

— Ah ? On tire beaucoup de minerai en ce moment, là-bas. L'entrée se trouve près de l'endroit par où tu es arrivé.

Sachant qu'il avait affaire à un nouveau mineur, l'homme avait tout de suite adopté le tutoiement. Il montra ses mains.

— Moi, c'est Firmin, tu devines mon métier. Tout ce que tu vois sur le carreau, ce sont les installations de jour. Ici ce sont les ateliers de mécanique et, à côté, celui d'électricité. Nous réparons tout, aussi bien les engins que les véhicules. Et le local suivant, c'est le magasin où on peut trouver tout ce dont on a besoin pour travailler.

Il fit quelques pas et indiqua un bâtiment en retrait.

— Voilà le vestiaire et les douches.

— Des douches ? s'étonna Claudio.

Firmin sourit.

— Oui, pour ceux qui veulent en profiter. Et puis c'est là aussi que se trouve l'infirmerie.

Il désigna une esplanade, de l'autre côté du chemin, où étaient garés des véhicules et une infinité de vélos ainsi que quelques motos.

— Et le long bâtiment à côté du parking que tu vois en face, c'est la laverie. C'est là qu'arrive la blende après avoir été concassée par les machines que tu entends et qui font plus de boucan, par moments, quand les pierres sont plus grosses. On y trie le minerai par flottaison.

Claudio était un peu dépassé par toutes ces précisions. Toutefois, mis en confiance par la familiarité de cet homme intarissable, il avoua son ignorance.

— C'est quoi, la blende ?

— C'est le minerai de plomb et de zinc mélangé à la roche. Ça peut être très beau, avec des cristaux de couleur jaune résine, orangée, rouge ou brune. Chaque mineur en emporte quelques échantillons pour décorer un meuble, chez lui. Je gage que tu feras la même chose.

Claudio était épaté par tant de précisions. Il désigna l'espèce de grosse pyramide arrondie sur la crête de la montagne.

— C'est impressionnant, ce paysage !

Firmin leva la tête.

— Ça, c'est le pic d'Anjeau et les rochers de la Tude. C'est le domaine des randonneurs qui vont y profiter de la vue.

— Oh ! Firmin, lança une voix, viens finir ta réparation au lieu de faire la pipelette !

Le mécanicien fit un clin d'œil.

— C'est mon chef, s'excusa-t-il, il sait que je suis bavard.

Claudio lui toucha la main.

— En tout cas, merci de tous ces renseignements. À la prochaine…

Il était temps pour lui de rentrer à Ganges s'il voulait annoncer la bonne nouvelle à Lucia avant qu'elle ne parte à l'usine. Un sourire lui vint. Le moral regonflé à bloc, il avait oublié la fatigue de sa mauvaise nuit et se sentait des jambes de feu. Il serait vite arrivé.

XXI

Lorsqu'il se présenta à l'entrée des bureaux, au petit matin de son premier jour, Claudio fut étonné par l'effervescence qui y régnait déjà. Il était en avance, la peur d'être en retard l'avait tenu éveillé une partie de la nuit, aussi avait-il le temps d'observer toute cette agitation avec une grande curiosité.

Ici et là, des engins commençaient à ronfler tandis qu'au loin le concasseur faisait claquer ses puissantes mâchoires et qu'un véhicule sortait de l'atelier de mécanique. Sur le chemin, des mineurs arrivaient sans arrêt, tantôt seuls, tantôt en groupes, et se dirigeaient immédiatement vers le parking où ils abandonnaient qui son vélo, qui sa moto. Ensuite, chacun s'emparait prestement de la musette ficelée sur le porte-bagages avant de s'éloigner sans tarder vers son chantier. Claudio entendait fuser quelques saluts ici et là, parfois retentissait une brève plaisanterie, mais l'heure n'était pas au badinage, chacun savait qu'une rude journée l'attendait.

Il considérait tout cela en songeant que, pour lui, une autre vie débutait. Il avait tout à apprendre d'un dur métier alors que jusque-là il ne se donnait guère de peine au Clos des Tilleuls. Une place rêvée, avec des maîtres en or chez lesquels il avait l'impression de faire partie de la famille ! Il soupira. Quel imbécile d'avoir écouté ces arsouilles d'Alcara et de Jean-Jacques, son faux copain du *Siècle* !

Claudio haussa les épaules, il n'était plus temps de regretter, il avait assez ressassé ses erreurs pendant les quatre longs mois passés en prison. Certes, il espérait que la mine ne serait pas le bagne, mais il devinait déjà combien sa vie allait en être bouleversée et beaucoup plus difficile qu'avant. Cependant, il n'avait pas le choix ; où pourrait-il trouver un emploi à Ganges après ce qui s'était passé ?

Il chassa ces mauvais souvenirs en pensant à Lucia. Il lui suffisait de songer à elle pour se sentir beaucoup plus fort. Le mariage prévu en août approchait. Quel bonheur inespéré après quatre longs mois d'horreur vécus dans la prison de Montpellier ! Comble de joie, Rosine et Joseph Cambon, à qui ils avaient écrit pour les inviter, avaient promis d'assister à la cérémonie.

« Cela nous fait énormément plaisir. Nous viendrons avec la 4 CV Renault que j'ai achetée pour promener ma femme à la retraite ! » avait fièrement répondu le vieux Joseph.

Lucia et lui s'en réjouissaient, leur présence ferait office de parents. Cette idée le réconforta mais il n'eut pas le temps de méditer plus avant.

— Vous êtes le nouveau ?

Claudio sursauta. Perdu dans ses pensées, il n'avait pas vu arriver cet homme grand, légèrement voûté et au visage anguleux qui le dévisageait d'un air vaguement inquisiteur.

— Oui, monsieur. L'ingénieur m'a dit d'attendre ici.

— Bien. Je suis Jean-Pierre Arboux, le maître mineur d'Alby-Fontbonne. Quel est votre nom ?

— Claudio Gomez.

— Vous n'avez probablement jamais travaillé dans une mine ?

— Non, je n'y connais rien.

— Eh bien, venez. Pour un premier jour, je vais vous donner les consignes et vous présenter à votre chef de poste. Descombes vous a certainement dit qu'on commence toujours par être manœuvre, mais si votre responsable vous distingue vous pourrez rapidement progresser.

Déjà, l'homme avait tourné le dos et s'éloignait d'un bon pas. Claudio s'empressa d'ajuster la musette achetée la veille et où Lucia avait rangé de l'eau ainsi qu'un solide sandwich avec des fruits.

— Aujourd'hui, vous travaillerez de 6 à 14 heures, expliqua Arboux. Et quand vous serez d'après-midi, vous commencerez à 16 heures pour terminer à 23 h 45. Avec à chaque fois une pause de vingt-cinq minutes pour le casse-croûte.

Le maître mineur tourna brusquement la tête.

— Vous avez amené de quoi manger et boire, au moins ?

— Oui, monsieur. Et j'ai acheté des bottes, comme l'ingénieur me l'a recommandé.

— Parfait. Et puis sachez que, dans la mine, tout le monde me dit « chef », c'est plus simple.

— Bien, chef. Je m'en souviendrai.

Ils venaient d'arriver devant une immense galerie rectangulaire équipée de rails. Arboux poussa la porte d'une baraque en bois, près de l'entrée. Il éclaira et appela Claudio. Étonné, celui-ci découvrit que les murs étaient tapissés d'étagères sur lesquelles étaient posés une grande quantité de casques avec, à côté de chacun d'eux, une espèce d'objet rond, en fer, dont il se demanda à quoi il pouvait bien servir. Dessous était inscrit un numéro. Claudio songea que cela devait être certainement celui de l'utilisateur.

— Ici, c'est la lampisterie d'Alby-Fontbonne, expliqua le maître mineur.

Il s'équipa, puis s'occupa de Claudio. Il avait l'œil, la taille fut la bonne au premier essai. Ensuite, Arboux s'empara du mystérieux engin qui se trouvait à côté et entreprit de le dévisser pour garnir la partie inférieure de ce qui sembla à Claudio être de petites pierres légères qu'il puisait dans un sac, après quoi il remplit la cuve supérieure d'eau.

— C'est une lampe à acétylène, expliqua-t-il. Elle ne va pas vous quitter, car c'est grâce à elle que vous pourrez vous déplacer dans la mine. Elle est avantageuse parce qu'elle résiste aux chocs, à l'humidité et qu'elle éclaire bien. Il faut la pendre au-dessus de soi à l'aide de ce crochet, à l'endroit où on travaille.

Le maître mineur inscrivit « 58 » à un emplacement libre et ajouta :

— Voilà, après votre vacation, vous poserez votre casque et votre lampe toujours ici, au-dessus de ce numéro. Ce sera votre place.

Il expliqua :

— La cuve inférieure est appelée carburateur et celle du haut communique avec elle par ce pointeau qui sert à faire tomber l'eau goutte à goutte sur le carbure, cela provoque un dégagement de gaz qui ne peut sortir que par ce bec très fin. Il suffit alors de l'approcher d'une flamme pour avoir la lumière.

Il gratta une allumette et tendit la lampe à Claudio.

— Vous voilà équipé. À l'avenir, vous devrez avoir un briquet sur vous, parce que l'embout charbonne, parfois, et qu'il faut le déboucher avec un brin de câble. Vos collègues vous expliqueront. Allons-y...

— Faites attention de ne pas glisser ou de vous empêtrer dans les rails, avait prévenu Arboux.

Ils avaient déjà parcouru une cinquantaine de mètres dans une odeur de cave, tant les murs suintaient de moisissure et d'humidité, et, suivant le conseil, Claudio s'efforçait de marcher dans les pas du maître mineur quand un bruit de tonnerre rompit le silence.

— Abritons-nous ici.

Ils se réfugièrent dans une encoignure et, à la lumière de sa lampe, Arboux observa l'inquiétude sur le visage de Claudio.

— Ne vous effrayez pas, dit-il. La première fois qu'on pénètre dans une mine, c'est un peu angoissant, mais on s'habitue vite. Vous verrez.

Un convoi de cinq wagonnets passa devant eux, pleins à ras bord, faisant trembler les rails sur leurs traverses, et Claudio fut sidéré de constater qu'il était tiré par un mulet.

— Des mulets, ici ! s'étonna-t-il lorsqu'ils purent se remettre en marche.

Arboux sourit.

— Eh oui ! Il s'appelle Frisat et l'homme ne sert qu'à serrer la mécanique pour freiner, quand il y a de la pente. Les berlines, remplies de blende, vont directement au concassage.

— Et puis à la laverie ! s'exclama Claudio, fier de montrer qu'il était un peu renseigné.

— Ah ! Je vois qu'on vous a déjà expliqué.

Ils reprirent leur marche et Claudio plaignit ces mulets qui travaillaient loin du grand air et de la lumière à laquelle la nature les avait habitués. Pauvre Frisat !

— Il va loin, le boyau où nous sommes ? demanda-t-il.

— Il fait environ deux kilomètres, mais certains sont beaucoup plus longs. Ici, nous sommes dans une galerie horizontale qui est beaucoup plus vaste que les autres et qui recoupe les divers chantiers où l'on trouve le minerai. On dit un travers-banc.

Il leva le bras, montrant la voûte.

— Au-dessus de nous, il y a des trémies un peu partout dans lesquelles on vide la blende. Elles aboutissent toutes à la verticale des rails, ce qui permet à l'homme qui mène le mulet de remplir les wagonnets en ouvrant un système de vanne et de clapet à air.

Ils s'avancèrent à nouveau, éclairés par la lumière de leurs lampes. Une incertitude préoccupait Claudio.

— Est-ce que nous descendrons bientôt dans un puits ? demanda-t-il.

Arboux éclata de rire.

— Non, nous ne sommes pas dans une mine de charbon. Au contraire, nous allons monter pour atteindre les lieux d'exploitation eux-mêmes, parfois à l'aide d'échelles. Ici, c'est la cote 330, et les chantiers se répartissent jusqu'au niveau 512 en passant par des paliers. Vous, je vous amène à la cote 406, c'est là que vous travaillerez.

Ils étaient parvenus à un carrefour et un souffle glacial provenant de la croisée de trois galeries fit frissonner Claudio. Arboux prit à gauche, empruntant un boyau plus petit, et ne tarda pas à s'arrêter brusquement. Il se pencha, et montra deux tuyaux qui couraient le long de la paroi.

— Le plus gros, dit-il, on l'appelle Ventube. Il pulse de l'air pour aérer l'atmosphère. L'autre sert à évacuer l'eau qu'on doit sans cesse pomper. Allez, il nous faut monter, j'ai déjà perdu beaucoup de temps à vous expliquer.

Ils se trouvaient devant une cheminée et Arboux commença à gravir une échelle dont les barreaux étaient scellés dans la paroi. Ils eurent tôt fait d'arriver à un niveau où des hommes les saluèrent, s'interrompant un instant pour dévisager Claudio. Un peu gêné, il leva la main en guise de bonjour et attendit. Le chef du chantier discutait avec Arboux. Ce fut bref, le maître mineur était déjà reparti, et ce ne fut qu'après avoir franchi plusieurs paliers où Arboux s'arrêtait à chaque fois pour parler avec le responsable qu'ils parvinrent enfin la fameuse cote 406.

— Nous y sommes, fit Arboux. Ça va ?

— Oui, très bien, répondit Claudio qui ne voulait pas montrer combien il s'inquiétait de savoir s'il serait bien accueilli.

Il ne fut pas long à se rendre compte qu'il s'était fait du souci pour rien. Un mineur arrivait.

— Voilà Henri Maurin, ce sera votre chef de poste.

L'homme qui s'était avancé vers eux était un grand gaillard d'aspect sympathique. Le sourire dont il gratifia Claudio en lui tendant la main le rassura.

Arboux avait déjà pris congé.

— Que faisais-tu, avant ? demanda Maurin.

— Jardinier, monsieur, se contenta de dire Claudio.

— Eh bien, ça va te changer ! s'amusa Maurin. Commence par m'appeler Henri. Au fond de la mine, on ne fait pas de manières, sauf avec le maître mineur, le géomètre ou l'ingénieur quand ils viennent étudier de nouveaux filons ou examiner les problèmes que nous rencontrons. Ici, vous êtes neuf avec toi et j'ai une équipe un peu plus loin. On les verra à l'heure du casse-croûte. Je vais te présenter.

Ils firent le tour du chantier et Claudio fut étonné de constater que les hommes se trouvaient assez proches les uns des autres. Tous travaillaient dans de petites galeries qui ne faisaient parfois que quatre à cinq mètres de long et où les espaces étaient très réduits. De plus, si l'air était glacial dans le travers-banc, ici l'atmosphère était étouffante, l'aérage[1] étant moins efficace du fait qu'on se trouvait loin des machines de ventilation. Avec l'humidité ambiante, une impression d'étuve le prenait à la gorge. L'eau ruisselait sur les parois rocheuses et creusait des rigoles sur le sol glissant. Claudio

---

1. Ventilation des galeries souterraines d'une mine.

compris mieux la recommandation de mettre des bottes.

Deux hommes maniaient la pelle.

— Voici Toine et l'Abeille, ils déblaient le minerai. C'est comme ça que tu vas commencer. Et le mineur qui est au fond, c'est Blaquière, qu'on appelle Balouze.

Claudio saluait au passage, étonné d'entendre des sobriquets pareils. Toutefois, il était content, car les sourires ou les clins d'œil semblaient amicaux. Maurin expliqua :

— Ici, les surnoms, c'est une tradition.

Un bruit infernal éclata soudain, vers lequel se dirigea le chef de poste, et ils se retrouvèrent dans un boyau plus long et plus large dans lequel trois ouvriers s'affairaient, étayant une partie de la voûte. Claudio fut surpris de voir qu'il était équipé de rails. Maurin dut toucher l'homme qui maniait le marteau-piqueur sur un rocher saillant pour se faire entendre.

— Je vous présente Claudio, le nouveau, annonça-t-il. Et voici les boiseurs, Gazelle, André et Milou.

Ils se saluèrent, puis Henri montra un point, au-dessus de lui.

— On n'étaye pas partout, expliqua-t-il, mais uniquement là où le plafond est instable, surtout quand il y a des marnes, un mélange d'argile et de calcaire. Si ça prend l'air, ça s'ouvre et ça tombe. Alors on renforce aux endroits dangereux. Et quelquefois il y a de gros rochers qui gênent le passage.

Il s'empara d'un chevron.

— Il faut que tu saches une chose importante, dit-il. Tu vois, ce bois, c'est du pin. Il fut un temps où l'on utilisait davantage le chêne, qui est plus solide. Mais le pin possède un grand avantage, il craque, avant de céder. Alors, si un jour tu entends les étais qui commencent à lâcher, ne traîne pas. Préviens autour de toi et cours vite te mettre à l'abri. Souviens-toi bien de ce que je viens de te dire.

Claudio était impressionné par la gravité du ton.

— Je ferai bien attention, promit-il.

Il demanda :

— À quoi servent les rails, ici ?

— C'est pour pousser la berline de minerai quand elle est pleine jusqu'à la trémie où on la vide. Il y a un système de bascule, le collègue avec qui tu vas travailler te montrera la manœuvre.

Ils revinrent sur leurs pas jusqu'à une étroite galerie qui s'ouvrait devant eux. Au fond, un homme attaquait la paroi en maniant une machine-outil tandis que, derrière, un colosse tirait la blende vers lui à l'aide d'une pioche.

— C'est un perforateur, expliqua le chef de poste. Il sert pour percer les trous où on met les bâtons de dynamite. Mais on n'allume pas la mèche tant que le maître mineur n'a pas donné le feu vert, en fin de matinée.

Il eut un geste large du bras, désignant le chantier, autour d'eux.

— C'est pourquoi il y a deux heures d'écart, pour le changement d'équipe. On ne peut pas faire autrement. Il faut au moins trois heures avant que la poussière qui envahit toutes les galeries après les explosions se soit suffisamment évacuée pour pouvoir travailler à nouveau.

Il grimaça.

— Ici, on fore à sec. C'est plus rapide, mais plus nocif, surtout pour la silicose, une grave maladie des poumons...

Maurin s'avança en baissant la tête, car la galerie n'était pas haute. Claudio, qui avait suivi, fut suffoqué. Dans ce réduit, la chaleur et la poussière qui picotait les yeux rendaient l'atmosphère étouffante, presque irrespirable. Il lui faudrait bien s'habituer !

— Voilà le nouveau, Claudio, dit le chef de poste.

Puis, désignant le balèze à la masse impressionnante, mais au visage avenant :

— Lui, c'est Sarran. Le piqueur, c'est Maurice.

Les trois hommes se touchèrent la main et le travail reprit sans plus de manières.

— Bon, décréta Henri, maintenant, au boulot. Pendant que Sarran tire la blende vers toi, tu vas commencer à charger la berline.

Claudio comprit qu'il n'était plus temps d'écouter des explications. Il se débarrassa vivement de sa musette et accrocha sa lampe à une aspérité de rocher. Sarran, qui attendait, lui fit un clin d'œil amical avant de lui tendre une pelle et Claudio entreprit sans sourciller de s'attaquer à sa tâche. Il était habitué à manier cet outil au jardin. Ce serait plus dur, et pas dans les mêmes conditions, mais il faudrait bien qu'il s'y fasse. Il sourit, songeant qu'il ne vivrait plus aux crochets de Lucia, comme il le faisait depuis huit jours. Il allait ramener un salaire, c'était au moins un grand motif de satisfaction.

XXII

Cette année-là, l'été fut caniculaire. L'air brasillait sur les hauteurs dès le lever du soleil et dans la journée le ciel ressemblait à un lac de mercure bouillant, si bien qu'au plus fort de la chaleur même les cigales se taisaient. Juillet se terminait dans un flamboiement exacerbé par la longueur des jours, avec des après-midi sans un souffle de vent et des nuits à ne pas fermer l'œil.

Sur les collines des alentours, il n'y avait plus de vivant que le silence. Les buis eux-mêmes rougissaient tandis que les rivières atteignaient leur étiage, au point que la municipalité avait dû se résoudre à interdire les baignades. Dans les jardins potagers, la terre craquelait dans les rangées de légumes qui se flétrissaient, faute d'arrosage. Les gens ne savaient plus comment se protéger de la chaleur. Dans la journée, ils désertaient les rues et les places pour ne sortir qu'à l'approche du soir, afin de trouver refuge à l'ombre des platanes.

Claudio, qui travaillait au fond de la mine où il avait maintenant pris ses marques, ne souffrait pas trop de la canicule pendant les heures où il se trouvait dans une galerie, mais il n'en était pas de même pour Lucia qui s'activait huit heures durant, debout devant une cloche libérant à intervalles réguliers un nuage de vapeur brûlante qui l'étouffait.

Un jour, elle était arrivée en racontant que Marisette avait apporté un thermomètre en cachette et osé le montrer à M. Jean. Pour une fois, celui-ci, après avoir constaté qu'il indiquait cinquante-quatre degrés et que les filles étaient au bord du malaise, ruisselantes de sueur, avait admis qu'il était temps d'accorder une pause de dix minutes toutes les heures pour boire tranquillement et aller se rafraîchir aux lavabos. Toutefois, Claudio avait conscience que Lucia était exténuée et, pour l'un comme pour l'autre, il était difficile de récupérer, la nuit, dans leur chambre sous les toits surchauffés toute la journée par les rayons d'un soleil implacable. C'est pourquoi il rentra de la mine tout excité, un vendredi soir, prenant à peine le temps de poser sa musette avant d'annoncer triomphalement :

— Je crois que j'ai trouvé une solution à nos problèmes, Lucia !

Celle-ci préparait la table. Elle paraissait désabusée.

— Pourquoi, il va pleuvoir ?

— Ça, je ne saurais le dire. Mais j'ai réfléchi ; nous ne pouvons pas rester dans cette pièce unique où l'on mange, l'on dort, l'on se lave et où on cuit ! Je n'en peux plus de te voir à ce point fatiguée quand je rentre. Maintenant, c'est la chaleur, mais cet hiver nous serons transis de froid. Il nous faut trouver un vrai logement.

Il hésita un instant, puis finit par avouer, à voix basse :

— Et j'aimerais partir de Ganges où on me connaît. Je n'ose pas trop me montrer.

Lucia fronça les sourcils et s'alarma.

— Mais où pourrions-nous aller habiter, je ne peux pas quitter mon travail !

Claudio eut une moue énigmatique et lança :

— En fait, il faudrait que tu sois d'accord, mais je crois sincèrement que la chance tourne enfin en notre faveur.

Tous ces mystères énervaient Lucia.

— Arrête tes devinettes et explique-toi. Parce qu'en fait de chance...

Claudio sourit. Il lâcha enfin :

— Au moment du casse-croûte, j'ai annoncé que j'allais me marier. Il y a eu quelques plaisanteries et des félicitations, et un peu plus tard le chef de poste est venu bavarder avec moi.

Lucia s'impatientait.

— Mais quel est le rapport avec notre problème ?

— Eh bien, quand je lui ai expliqué que nous vivions dans une chambre sous les toits, il m'a demandé si je ne serais pas intéressé par l'appartement que libère Gazelle, aux chalets de la mine. Il m'a proposé d'en toucher un mot à l'ingénieur, mais il faut faire vite.

— Les chalets ? Gazelle ? s'exclama Lucia, interloquée.

Claudio sourit.

— C'est le surnom de Marcel Poujol, un camarade qui travaille avec moi. Il quitte la mine parce qu'il a trouvé une place de chauffeur dans une grande entreprise de maçonnerie où sa femme sera employée dans les bureaux. C'est un jeune couple comme nous et ce coup de chance extraordinaire vient de se présenter à eux. Ils sont libres, ils n'ont pas encore d'enfant.

Il hésita et ajouta :

— Quant aux logements, je les vois tous les jours en passant à vélo, peu avant l'entrée de Saint-Laurent. Ils sont sur un terrain qu'ils appellent le Moulinet. Il y a même des arbres qui donnent de l'ombre ! En tout cas, Gazelle m'assure qu'ils sont bien installés.

Et comme Lucia s'étonnait qu'on ait bâti des chalets pour de simples mineurs, il s'empressa d'expliquer, convaincant :

— C'est parce qu'on ne trouve plus rien à louer au village, il est plein comme un œuf.

Il plaida :

— Il nous suffirait d'un lit, d'une table et de quatre chaises pour commencer. Marisette et Jeannot nous aideraient à aménager et nous aurions enfin un vrai chez nous. Évidemment, tu aurais six kilomètres à parcourir à vélo pour venir travailler. Mais c'est presque plat et on longe tout le temps la rivière. La route est agréable…

Il hésita un instant puis conclut :

— Saint-Laurent est un village charmant où je suis un mineur comme les autres. Je m'y suis un peu promené, il y a tous les commerces dont nous pouvons avoir besoin…

— Il faudrait se décider quand ? s'inquiéta Lucia.

— Ce lundi. Les Poujol partent dans une semaine, l'occasion s'est présentée à Gazelle de façon imprévisible et il en profite. Pour l'instant, seuls Henri et le maître mineur sont informés. Mais quand l'ingénieur sera au courant...

Lucia réfléchissait. Ils n'auraient que peu de temps pour aménager et préparer le mariage. Mais les invitations avaient été simples à faire, il n'y aurait que les époux Cambon, ainsi que Marisette et Jeannot. Sa décision fut vite prise.

— Je dirai à ma copine de me prêter son vélo, demain. Demande à ton ami s'il peut nous recevoir.

Lucia épongea son front ruisselant et resta figée, pied à terre, prête à faire demi-tour sans plus attendre tant le spectacle désolant qu'elle découvrait la décevait. Pendant le trajet, elle avait ressenti une vive émotion en reconnaissant la route que Sylvain avait empruntée, le dimanche où elle s'était donnée à lui, mais elle avait soigneusement caché ses sentiments. Maintenant, elle éprouvait du dépit en contemplant, juste au-dessous d'eux, ce que Claudio qualifiait de chalets ! En fait, ce qu'elle voyait au milieu d'un champ herbeux, en contrebas de la route, c'était deux rangées de cinq baraques en bois sur la même ligne se faisant face, séparées par une large allée. On y accédait en montant un escalier de cinq marches, certainement pour isoler les logements du sol lorsqu'il pleuvait. Deux platanes ombrageaient ce qu'elle considérait comme des cabanes. C'était le seul point sur lequel Claudio n'avait pas menti. Elle eut une moue désabusée, songeant qu'il devait être difficile de vivre dans la plus petite intimité avec une telle proximité. Elle ne put s'empêcher de s'exclamer :

— C'est ce que tu appelles des chalets ? Ce sont plutôt des cages à poules ! Je me demande même s'ils ont l'eau et l'électricité.

Claudio, qui ne s'était nullement inquiété de poser la moindre question à ce sujet, haussa les épaules, l'air désolé. Il plaida :

— Marcel me dit qu'ils sont bien logés et qu'il y a beaucoup de convivialité. Ils nous attendent…

Lucia n'était pas convaincue, mais la politesse voulait qu'ils respectent le rendez-vous qu'eux-mêmes avaient sollicité.

En haut des marches, ils croisèrent un couple qui les salua gentiment.

— Alors, c'est vous qui remplacerez Gazelle, lança l'homme en souriant.

— Euh… Je n'en sais encore rien, bafouilla Claudio, interloqué, songeant que les nouvelles allaient vite au Moulinet et qu'il devait être difficile d'y garder un secret, tant les gens vivaient près les uns des autres.

Toutefois, les Poujol les accueillirent avec simplicité et beaucoup de gentillesse. Julie, l'épouse de Marcel, une brunette très vive, se précipita pour les embrasser et décréta :

— Finissez d'entrer, nous vous attendions.

Gazelle, comme disait Claudio, ne fut pas en reste, il fit la bise à Lucia sans manières. Prise au dépourvu par tant d'amabilité, celle-ci s'excusa :

— Je suis désolée, nous venons vous déranger et je n'ai même pas pensé à acheter un petit bouquet de fleurs.

Julie balaya l'argument d'un éclat de rire.

— Bah ! Avec cette chaleur, elles auraient crevé avant que vous arriviez. Nous sommes heureux de votre visite, installez-vous. Vous préférez le café ou bien une orangeade ?

— Nous mourrons de soif, avoua Claudio. Il fait si chaud pour rouler à vélo !

Tandis que Julie sortait les verres et que les hommes parlaient travail, Lucia ne put s'empêcher de découvrir la cuisine où ils se trouvaient. La pièce était sommairement meublée d'une table et de deux bancs, mais la peinture blanche des murs était récente et le parquet impeccablement ciré. Un poêle à mazout trônait près d'une cloison et, dans le fond, la tache rouge d'un grand rideau cachait ce qui devait être une alcôve. Elle se traita de sotte en remarquant qu'il y avait un abat-jour au plafond et que l'évier, à côté de la cuisinière, possédait un robinet. De plus, la fenêtre était grande ouverte et il faisait effectivement beaucoup moins chaud que dans leur chambre.

Julie avait terminé le service et l'observait, souriante.

— Vous avez peut-être eu une mauvaise impression en découvrant les baraques depuis la route, dit-elle, mais je me plaisais dans ce logement, savez-vous ? Je déménagerai à regret.

— Ah ?

— Oui, ici, il y a un peu de promiscuité, mais nous vivons comme une famille. Si quelqu'un a un problème, on se serre les coudes et on s'entraide. Vous verrez, vous aurez vite fait connaissance. De plus, le loyer que réclame la Pennaroya reste très modeste. Mais je pense que Claudio vous a expliqué pourquoi nous partons ? C'est grâce à une relation du père de Marcel que nous avons cette opportunité. Par chance, mon mari avait passé son permis poids lourd pendant son service militaire.

Elle montra le poêle et ajouta :

— L'hiver, nous sommes bien chauffés, la mine nous fournit du mazout à bas prix. Ça compte !

— Je reconnais que c'est un sacré avantage, admit Lucia qui commençait à changer d'opinion.

— Vous vous mariez bientôt, m'a dit Marcel ?

Lucia sourit.

— À Saint-Laurent même, dans quinze jours.

— Eh bien, félicitations ! Venez, décréta Julie, vous allez être tous les deux surpris, par rapport à ce que vous avez vu de l'extérieur.

Elle n'exagérait pas. Le rideau cachait un lit d'appoint, mais Lucia fut éberluée de découvrir, face à l'unique chambre, une salle de dimensions assez réduites, mais équipée d'une douche, ce qui la laissa sans voix un bon moment. Elle n'en croyait pas ses yeux.

— Faire ma toilette en rentrant de l'usine ! finit-elle par s'exclamer. Le rêve.

— Oui, admit Marcel, la mine a bien fait les choses. Et avec chaque appartement, on nous attribue un jardinet. Mais cette année, on n'a rien pu sauver, tout a crevé de soif.

— Voilà, conclut Julie. Nous déménageons samedi prochain. Alors vous n'avez pas beaucoup de temps pour réfléchir.

Cette fois, Lucia et Claudio étaient enthousiastes.

— Eh bien, nous aimerions bien venir habiter ici, tempéra Lucia. Mais il reste à savoir si l'ingénieur voudra nous réserver votre logement.

Gazelle tapa sur l'épaule de Claudio.

— T'en fais pas, assura-t-il. Notre chef de poste est bien vu de Descombes. L'affaire est faite.

Tandis qu'ils s'asseyaient à nouveau à la table pour bavarder, Claudio se demandait si la lettre de Mme Favière aiderait encore un peu Descombes à prendre sa décision.

XXIII

Lorsque le maître mineur vint informer Claudio que Descombes demandait qu'il passe à son bureau après le travail, le mardi suivant, il fut pris d'une grande émotion. Arboux faisait sa tournée quotidienne et avait prétendu ne pas connaître la raison de cette convocation. Quant à Henri, son chef de poste, qu'il était allé interroger, il avait seulement haussé les épaules, avouant son ignorance.

— Tu verras bien, s'était-il contenté de dire. Je lui ai parlé à ton sujet. Il m'a écouté, mais il ne m'a assuré de rien. Alors il te faut patienter.

Si bien que Claudio avait passé la matinée à s'angoisser, ne cessant de consulter sa montre dont les aiguilles semblaient ne pas vouloir avancer.

Il s'était fait du souci pour rien. L'ingénieur l'avait reçu de façon aimable avant de lui déclarer, sans plus attendre :

— Eh bien, j'ai le plaisir de vous annoncer que vous avez un logement à votre disposition, aux chalets de la mine. Je vous attribue celui de Poujol, qui nous quitte. Ce sera votre cadeau de mariage.

Descombes avait précisé :

— Cette fois, considérez que Mme Favière n'est pour rien dans l'affaire. Votre chef de poste est content de vous. C'est donc une récompense pour la satisfaction que vous donnez dans votre travail.

Et comme Descombes voyait que Claudio, confus, ne savait comment exprimer sa gratitude, il avait mis fin à son trouble en lui donnant congé.

— Allons, avait-il conclu, rentrez chez vous. Je pense qu'il vous tarde d'annoncer la bonne nouvelle à votre future épouse.

Les choses s'étaient faites aussi simplement que cela. C'est dire si Claudio se sentait redevable envers son chef de poste.

Depuis ce jour, Claudio était en proie à une grande agitation. Dès qu'ils étaient libres, il entraînait Lucia dans les magasins de meubles, se renseignait sur les prix, calculait, le soir, la somme qu'ils possédaient ensemble en ajoutant les économies de Lucia et l'argent que lui avait donné Mme Favière. Et quand il avait fait et refait les comptes, il ne manquait jamais de souligner fièrement :

— À quoi il faut ajouter les sous que j'ai touchés de ma première paye à la mine !

Alors, il éclatait de rire, heureux. Bien sûr, il ne s'agissait pas d'une très grande somme, mais il avait l'impression qu'ainsi il participait vraiment aux dépenses de la noce et de l'achat des meubles que nécessitait leur futur logement. D'ailleurs, si le mariage n'avait pas eu lieu plus tôt, c'est qu'il avait tenu à attendre ce premier salaire pour s'associer, même modestement, aux frais qu'entraînerait l'événement.

Lucia, elle, avait commencé par faire l'acquisition d'un vélo et se préoccupait plus particulièrement du linge et des ustensiles dont elle aurait besoin, maintenant qu'elle aurait un fourneau à sa disposition.

En fait, tous deux se laissaient gagner par l'excitation et couraient les boutiques pour compléter leurs achats. Par chance, un violent orage, comme le sont souvent ceux du mois d'août, était venu providentiellement rafraîchir l'atmosphère, ce qui rendait les journées moins pénibles. Pour finir, Jeannot, le copain de Marisette, pourrait se faire prêter un fourgon pour le jour où ils emménageraient. Une aubaine qui s'ajoutait à l'euphorie du moment.

Le soir, quand ils se couchaient, épuisés, Claudio se laissait encore aller à rêver.

— Ton salaire est meilleur que le mien, disait-il à Lucia. Mais ton travail est trop pénible pour l'exercer longtemps. Quant à moi, je ne voudrais pas rester indéfiniment à la mine. Même si on peut progresser rapidement. Le chef de poste commence à m'utiliser autrement que pour déblayer, mais c'est un métier dur et dangereux.

— À quoi penses-tu ? avait demandé Lucia la première fois qu'il avait parlé d'un projet d'avenir.

— Pour l'instant, avait-il répondu, il nous faut économiser le plus possible et, quand nous aurons suffisamment d'argent, nous pourrions prendre une petite épicerie au Vigan ou ailleurs. Là où personne ne me connaît. Et si les affaires marchent bien, j'achèterai un fourgon d'occasion que j'aménagerai pour aller livrer dans les villages des alentours où il n'y a pas de commerce. Un nommé Accariès, qui fréquente le *Siècle*, s'est organisé ainsi avec sa femme et ils gagnent bien leur vie. Qu'en penses-tu ?

Lucia trouvait l'idée intéressante. Toutefois, elle voulait garder les pieds sur terre.

— Nous n'aurons jamais assez d'argent pour ça, objectait-elle.

Mais rien ne pouvait entamer l'enthousiasme de Claudio qui s'enflammait, tirant des arguments de leur situation.

— Tu verras, nous y arriverons, assurait-il. Notre loyer sera peu cher, à quoi nous pourrons ajouter les avantages qu'accorde la Pennaroya. Déjà, avec la pluie qui est tombée, je vais pouvoir commencer à planter des légumes au jardin, c'est mon métier. Cela fera encore des dépenses en moins. Et qui sait si on ne pourra pas avoir un poulailler ?

Cette idée le tracassait tellement qu'une fois il avait entraîné Lucia à Saint-Laurent-le-Minier tant il était impatient que Gazelle lui montre ce fameux potager et, depuis, il faisait des plans pour l'aménager à sa façon.

Ils en avaient profité pour visiter le village dont ils ne connaissaient que la mairie et le presbytère où ils étaient allés déclarer leur mariage et rencontrer le curé avant la cérémonie. Ils avaient longuement flâné dans les ruelles qui se resserraient autour de la Crenze, un petit torrent presque à sec qui traînait son mince filet d'eau dans un lit décharné. Pour finir, ils s'étaient assis un moment à la terrasse ombragée du café, restaurant et hôtel, sur la grande place, ce qui leur avait permis de retenir une chambre au nom des Cambon.

Lucia avait trouvé le village agréable, au grand plaisir de Claudio qui, depuis, redoublait d'enthousiasme. Si bien que, quand il se lançait, le soir, dans ses interminables projets d'avenir, Lucia, à bout d'arguments, s'endormait souvent alors qu'il spéculait encore.

Toutefois, il lui arrivait de se réveiller en sursaut, la nuit, quand un rêve lui faisait revivre ce dimanche où elle s'était donnée à Sylvain. Alors, elle restait longtemps éveillée, essayant en vain de chasser ces pensées, tant cette évocation la touchait à cœur. Parfois surgissaient aussi de sa mémoire les terribles souvenirs de sa fuite d'Espagne et, surtout, du jour où on avait emmené son père qu'elle n'avait jamais revu. Il en était de même des années pénibles qu'elle avait connues à Grand-Puy et des circonstances de sa folle fugue. Mais elle n'en parlait jamais à Claudio et avait décidé, une fois pour toutes, que sa vraie vie n'avait commencé qu'au Clos des Tilleuls. Lorsqu'elle y pensait, elle s'efforçait de se persuader que tout « l'avant » ne comptait guère, comme s'il s'agissait d'un mal dont on s'est définitivement guéri.

Et puis elle sentait que Claudio avait changé. Peut-être parce qu'il avait beaucoup souffert en prison ? À moins que ce ne soit la joie qu'il avait de l'épouser qui le transfigurait ? Elle n'aurait su l'affirmer, mais elle voyait bien que, peu à peu, il prenait de l'assurance, et elle se disait qu'elle-même trouvait enfin un équilibre et sa place dans l'existence. Cette idée soulageait ses doutes et, avec la perspective d'un avenir meilleur, elle finissait par se sentir apaisée et se laissait gagner par un bonheur tranquille.

*
* *

Il avait plu à nouveau dans la semaine et cette fois cela avait été une bonne pluie, de celles qui irriguent la terre desséchée sans faire de dégâts. Ainsi, en ce samedi du 11 août 1951, l'air était si doux qu'il semblait un baiser sur la joue, une caresse chaude et humide pour Claudio qui descendait tranquillement la rue des Barrys.

Il ne tarda pas à arriver à une large avenue qu'il franchit pour emprunter, face à lui, la traverse des Calquières. Il marchait sans se presser, l'esprit serein, dans la petite ville déserte à cette heure matinale, balançant distraitement le sac qu'il tenait à la main.

Il eut tôt fait de dépasser les dernières maisons et traversa rapidement un lit à sec couvert de galets pour rejoindre un bosquet d'aulnes. À partir de là, mille parfums d'herbes, d'écorce fraîche, d'humus lui sautèrent au visage et il s'enivra de ces odeurs capiteuses qu'il respira à pleins poumons. Un peu plus loin, il contourna un boqueteau fleuri où des abeilles dansaient. Tout l'air, où flottaient les pollens, vibrait du frémissement de leurs ailes. Claudio se fraya enfin un chemin à travers une épaisse muraille de saules qui lui cachait la vue et hocha la tête, satisfait. Il était parvenu à l'endroit qu'il connaissait bien pour être venu y nager à plusieurs reprises. Devant ses yeux, la rivière riait entre ses rives colorées de rose par le jour qui se levait. Un martin-pêcheur voletait le long des berges et la brise du matin bruissait dans les roseaux. Tout, autour de lui, baignait dans le silence et le calme absolu.

Claudio resta un moment immobile à observer la nature, l'esprit vacant, la mémoire lavée de toutes ses craintes passées, de ses doutes, de ses regrets. En cet instant précis, il n'avait qu'une envie, celle de saluer ce qu'il considérait comme un premier jour du monde. Ce matin même, il allait épouser Lucia !

Il se déshabilla rapidement et sortit la serviette et le savon qu'il avait rangés dans son sac avant de s'allonger dans l'eau avec délice et de commencer à se décrasser à fond. Il sourit en songeant qu'à l'avenir Lucia et lui auraient une douche pour eux seuls. En fait, depuis le dimanche précédent, ils auraient pu occuper l'appartement des Poujol. Avec Jeannot et Marisette, ils avaient pu emménager en installant les quelques meubles et l'équipement sommaire qu'ils s'étaient acheté. L'échange avec Marcel et Julie avait été simple. Celle-ci leur avait même fait cadeau des rideaux et de quelques babioles. Et ils avaient été heureux de constater que leurs futurs voisins étaient venus les saluer et avaient même gentiment proposé leur aide, prouvant qu'ici la solidarité n'était pas un vain mot. D'ailleurs, leur installation s'était si bien passée, les Poujol ayant tout fait pour leur faciliter les choses, que Claudio et Lucia les avaient invités avec joie à leur noce. Toutefois, et d'un commun accord, ils avaient décidé de n'habiter aux chalets de la mine qu'une fois officiellement mariés.

Claudio se savonna la tête puis se coucha sur le dos. Les yeux grands ouverts, il laissa le courant lui parcourir le corps et s'infiltrer dans ses narines en retenant son souffle. Alors, il eut l'impression de voir briller, derrière les bulles qui se formaient, une lumière d'espérance répandue dans le ciel par le soleil levant. Il avait le sentiment que la rivière le lavait de toutes les misères qu'il avait connues depuis qu'enfant il avait fui l'Espagne dans de terribles conditions.

Il finit par s'asseoir et se demanda si Lucia avait mieux dormi que lui, qui n'avait pas fermé l'œil de la nuit. Elle avait couché chez les parents de Marisette, son amie ayant proposé de l'héberger. Que faisait-elle en ce moment ? Était-elle déjà en train de se préparer ?

Il laissa vagabonder ses pensées et sourit en songeant à la joie intense qu'ils avaient éprouvée, la veille, en accueillant Joseph et Rosine Cambon. Ils étaient allés attendre à Saint-Laurent-le-Minier, à l'*Hôtel de la Place*, où ils leur avaient réservé une chambre. Ils étaient tombés dans les bras les uns des autres, des larmes d'émotion plein les yeux. Diable, tous deux considéraient un peu ce vieux couple d'une gentillesse exquise comme des grands-parents qu'ils auraient pu avoir. D'ailleurs, Rosine s'adressait à eux qu'en disant « mes petits ». Le repas pris en commun au restaurant avait été agréable et leur avait permis de se rappeler nombre d'anecdotes émouvantes de leurs jeunes années passées à Concourès. Et ils avaient beaucoup parlé des sœurs, dont le souvenir restait cher à leur cœur.

Claudio finit par se relever pour rejoindre la rive, songeant qu'il était temps de rentrer. Marcel, qui s'était fait prêter une voiture pour l'occasion, devait venir le chercher à 10 heures pour l'amener à

Saint-Laurent. Bien sûr, il se savait en avance, mais l'excitation le gagnait, il ne pouvait plus attendre. Il se sécha et se rhabilla rapidement avant de prendre le chemin du retour.

Revenu chez lui, il se coiffa soigneusement puis revêtit son pantalon du dimanche et chaussa ses souliers noirs. Il enfila une chemise neuve et, en dépit de la chaleur qui commençait à envahir la pièce, il noua à son cou une grosse cravate de couleur claire. Il passa enfin la veste bleu foncé que lui avait achetée Lucia et alla s'examiner devant la glace de l'armoire. Il eut un hochement de tête satisfait. Il ne lui restait plus qu'à patienter en attendant l'arrivée de Marcel et de Julie.

Chez les parents de Marisette, l'animation était à son comble. Assistée de sa mère, la jeune fille avait coiffé Lucia avant de l'aider à parfaire sa toilette. Marisette elle-même se sentait très excitée car son propre mariage avec Jeannot était fixé pour le début octobre. Ainsi, elle considérait que, pour elle, il s'agissait d'une répétition.

Lucia, qui ne possédait aucun talent de couturière, avait fait appel à Béatrice Dufour, une sœur de Mme Bourrier, la comise de l'usine. Moyennant une somme raisonnable, cette dame avait coupé une robe bleue qui s'harmonisait parfaitement avec la veste de Claudio. Lucia aimait cette couleur et espérait qu'elle leur porterait bonheur. Cette robe, de toute façon, serait une dépense utile puisqu'elle pourrait être portée longtemps, en diverses occasions. C'était une toilette de facture simple, légèrement décolletée, avec des manches qui s'ouvraient aux poignets. Les deux rangées de boutons noirs, du col à la ceinture, mettaient en valeur la poitrine généreuse de Lucia. Celle-ci était ravie de cette tenue qui se rétrécissait aux genoux après avoir épousé le galbe parfait de ses hanches et de ses jambes.

Elle non plus n'avait pas bien dormi. Mille questions l'avaient assaillie durant la nuit. Curieusement, elle avait beaucoup pensé à ses parents. Elle les avait si peu connus, surtout sa mère ! Alors qu'elle allait se marier, fonder une famille, elle s'était demandé comment un couple pouvait abandonner sa fille, encore toute petite, pour partir risquer sa vie en faisant la guerre contre un dictateur. Fallait-il pour cela que Franco fût un oppresseur absolu et qu'ils aient la fibre républicaine chevillée au corps ! Quant à son pépé et sa mémé, ils devaient être morts, maintenant.

Ainsi, les images avaient défilé, le camp d'Argelès-sur-Mer, Concourès, Grand-Puy, le Clos des Tilleuls, tandis que revenaient souvent devant ses yeux le visage de Sylvain et les moments délicieux qu'elle avait passés avec lui. Cela la torturait, elle n'y pouvait rien changer. Mais elle s'était fait une raison, songeant qu'épouser Claudio était son destin. Ils s'étaient connus enfants, avaient subi les mêmes épreuves, des peurs identiques, et il l'avait aidée alors qu'elle était en fuite. Surtout, elle lui avait fait des promesses. Ainsi finissait-elle par se dire qu'il était de son devoir de tenir parole et de le rendre heureux. Ce serait sa façon à elle de payer sa dette envers lui, avec le sentiment qu'il n'y avait pas d'autre issue, qu'elle agissait comme il le fallait.

Proprement. Et avec la certitude de trouver au moins la tendresse et la paix auprès de Claudio. D'ailleurs, tout allait changer pour eux. Ils habiteraient enfin un vrai logement, avec un confort auquel ils n'étaient pas habitués, entourés de voisins charmants qui formaient comme une famille, avaient assuré Marcel et Julie. L'heure était à l'espoir.

Lorsque Claudio vit sortir Lucia de la voiture de Jeannot, qui venait de se garer à côté de la mairie de Saint-Laurent-le-Minier, il resta frappé de surprise. Elle était coiffée d'un petit chapeau de paille noir orné d'un ruban rouge et tenait à la main un bouquet de roses blanches. Son maquillage soulignait la grâce de ses traits et il la trouvait très élégante dans sa robe bleue qui mettait en valeur son corps magnifique. Tandis que les Cambon et les Maurin se précipitaient pour embrasser la mariée, Claudio resta un peu en retrait, presque intimidé. Lui qui ne voyait au quotidien Lucia qu'en vêtements de travail se sentait envahi par une bouffée d'orgueil qui lui faisait battre le cœur. En cet instant précis, il était le plus heureux des hommes.

À l'hôtel de ville, la cérémonie avait été brève et simplement administrative, même si le maire avait prononcé quelques mots de bienvenue à ce jeune couple qui allait s'installer au village et à qui il avait souhaité beaucoup de bonheur.

Les mariés furent plus émus à l'église, qu'ils imaginaient déserte, un samedi matin. En fait, Saint-Laurent était le genre de bourgade où les gens participent aux cérémonies de mariage comme aux enterrements. Une tradition.

Déjà, ils furent touchés que le curé, un homme assez âgé, vienne les accueillir sur le parvis avec des paroles amicales qui leur réchauffèrent le cœur. En outre, lorsque Lucia s'avança à sa suite au bras de Joseph Cambon, sanglé dans un costume tout neuf et qui ne dissimulait pas la fierté d'avoir été choisi par Lucia pour la conduire à l'autel, elle fut surprise d'apercevoir le visage souriant de plusieurs femmes regroupées sous la chaire. Il lui sembla vaguement avoir déjà vu certaines de ces personnes aux chalets de la mine, quand ils emménageaient, ce qui l'intrigua un peu. Mais elle était trop troublée pour y prêter plus d'attention.

Claudio et elle s'installèrent côte à côte dans le chœur et le prêtre se lança dans la lecture d'une épître de saint Paul. Il y était question des femmes, qui étaient tenues d'être soumises à leurs maris tandis que ceux-ci, naturellement désignés chefs de famille, devaient aimer leurs épouses comme Jésus-Christ avait aimé les hommes, allant jusqu'à se sacrifier pour les sauver.

Debout devant le curé, Claudio entendait à peine les mots prononcés tant il était submergé par le sentiment de sa bonne fortune. Son attention s'éveilla seulement quand l'officiant procéda à la bénédiction. Après quoi ils échangèrent les anneaux tandis que le prêtre attestait solennellement :

— Devant Dieu, comme devant la loi des hommes, je vous déclare mari et femme.

Alors, ils s'embrassèrent, et Lucia alla déposer pieusement son bouquet aux pieds de saint Laurent, puis ils recueillirent les félicitations et les vœux de leurs invités sous le regard des gens qui s'étaient levés, souriants, pour les observer.

Comme ils redescendaient la nef, Lucia jeta un coup d'œil vers la chaire et fut étonnée de constater qu'à cet endroit les bancs étaient maintenant vides.

C'est en arrivant aux chalets de la mine que Lucia reçut la réponse aux questions qui l'avaient intriguée à l'église. Et en voyant les visages amusés de Marcel et de Julie, il ne faisait aucun doute qu'ils étaient responsables de ce que Claudio et elle découvraient en sortant de la voiture tandis que les applaudissements crépitaient.

En fait, la veille, Lucia avait tiré parti de l'accueil des parents de Marisette pour préparer ses repas d'avance, et ils étaient venus les déposer dans le logement avant de se rendre à la mairie. Elle pensait ainsi profiter tranquillement de cette belle journée pour pendre la crémaillère en compagnie de leurs invités. Mais elle était abasourdie par le spectacle qui s'offrait à ses yeux et à ceux de Claudio.

Quatre tables étaient dressées au milieu du pré, à l'ombre des platanes, et se couvraient déjà de nourriture et de boissons apportées par leurs nouveaux voisins parmi lesquels elle reconnaissait quelques visages repérés à l'église. Il y avait là des salades, des terrines de pâté, des quiches, du jambon, du fromage et des fruits, tandis qu'à l'écart des hommes faisaient griller des saucisses sur un barbecue improvisé. Lucia prit le parti qui s'imposait devant tant de gentillesse et de gaieté, elle éclata joyeusement de rire.

— Merci à tous ! s'exclama-t-elle. Il ne me reste plus qu'à aller chercher mon propre repas.

Un cercle se forma autour des mariés et Marcel tenta de faire les présentations. Les noms fusaient, impossibles à retenir : Dédé, Germaine, Isabelle, Yvonne, Robert, Dominique… Un monsieur un peu âgé enfila les bretelles d'un accordéon et commença à jouer un air entraînant alors que, déjà, on remplissait les verres pour trinquer. Les Cambon étaient ravis, Marisette et Jeannot s'embrassaient, imaginant leur propre mariage, tandis que Marcel et Julie se réjouissaient d'avoir pu organiser cette petite fête.

Lucia paraissait heureuse, se disant que, décidément, la vie serait agréable dans ce lieu chaleureux où l'amitié faisait loi. Claudio, lui, regardait sa femme, tantôt bercé par un sentiment de bonheur absolu, tantôt visité par l'excitation. Mais tous deux pensaient la même chose au milieu de la bonne humeur générale. Leur mariage, qu'ils avaient voulu discret, était un grand jour. Il ne restait plus qu'à faire la fête.

XXIV

Dans le Midi, septembre est un mois très doux. Il glisse comme une rivière dans une plaine encore dorée, envahie par des hordes de vendangeurs qui s'activent dans les vignes tandis que, des collines, coulent d'agréables murmures de sources. Les aubes sont fraîches, car l'été a déjà abandonné les grosses chaleurs et les jours sont plus courts, si bien que Lucia pédalait à un bon rythme, tôt le matin, pour aller à l'usine. Elle freina pour ne pas prendre trop de vitesse dans une descente, se disant que ces six kilomètres étaient finalement plaisants à parcourir. On l'avait prévenue qu'il n'en serait pas de même, l'hiver venu. Avec la proximité de la Vis qui coulait dans une vallée encaissée où le soleil ne parvenait plus à chasser la brume glaciale s'installant parfois plusieurs jours durant, il arrivait fréquemment que la route soit verglacée et dangereuse à certains endroits, surtout la nuit. Elle haussa les épaules, insouciante. Pour l'instant, elle profitait de la température agréable, elle verrait bien comment se débrouiller quand il ferait froid.

Les trois semaines écoulées depuis son mariage lui avaient semblé une continuelle fête et elle était heureuse de constater qu'au lieu d'être pesante la cohabitation obligée avec les résidents des chalets s'avérait bien au contraire un avantage. On y vivait comme dans une grande famille. On respectait autant que possible l'intimité de chacun, mais on se serrait les coudes et l'entraide y était érigée en règle absolue. Une voisine, Germaine, le boute-en-train de la petite communauté, réunissait de temps en temps les femmes pour boire un café en papotant et c'était bien agréable. Elle sourit en songeant à la fête organisée par Marcel et Julie. Un bon souvenir qui avait bien arrangé les choses en leur permettant d'être adoptés tout de suite.

Et quel changement par rapport à la chambre exiguë et sans confort où ils avaient crevé de chaleur tout l'été ! Elle devait s'y laver, sans aucune intimité, dans le minuscule lavabo qui l'équipait, et maintenant elle pouvait se doucher en arrivant de l'usine, un plaisir inouï ! Et elle avait des toilettes personnelles ainsi qu'une cuisine où, le dimanche, elle pouvait faire mijoter à son aise des plats qui régalaient Claudio. De plus, son mari était en train de bâtir un petit poulailler. Bientôt, ils auraient des œufs et les légumes du potager où elle aimait le retrouver, le soir, pour le voir s'affairer à creuser des rangées bien alignées, planter, ou travailler à quelque autre tâche.

Lucia se mit debout sur les pédales pour négocier un virage abrupt, puis se laissa à nouveau aller car la route descendait légèrement. Elle réfléchit à son après-midi. Cette semaine, elle était de l'équipe du matin, aussi voulait-elle en profiter pour compléter son équipement en ustensiles de cuisine et choisir une nappe pour égayer la table. Elle aurait tout son temps après sa journée.

Elle fronça les sourcils en pensant à la rencontre étonnante qu'elle avait faite, le jour précédent. En arrivant au travail, elle s'apprêtait à entrer dans l'usine lorsqu'une voiture s'était arrêtée à sa hauteur. À l'arrière se trouvait Mme Favière ! Celle-ci l'avait regardée en souriant et elle n'avait pu faire autrement que de s'approcher pour saluer son ancienne patronne. Chose étonnante, Mme Favière était descendue du véhicule.

— Mon Dieu, Lucia ! avait-elle débité, très vite. Je passais en revenant de la bonneterie où on a livré ce matin les deux premiers métiers à tisser Reading, des machines extraordinaires...

Avant d'ajouter, l'air un peu emprunté :

— J'espère que vous n'avez pas gardé un trop mauvais souvenir du Clos des Tilleuls. J'en serais désolée.

Elle l'avait rassurée et Mme Favière lui était apparue grandement soulagée. Elle s'était écriée, les bras ouverts :

— J'ai appris que vous vous étiez mariés avec Claudio depuis peu de temps. Cela me fait plaisir pour vous deux. Puis-je vous embrasser pour vous féliciter ?

Lucia s'était volontiers laissée faire sous l'œil curieux et étonné des camarades qui entraient à l'usine. Mme Favière enlaçant une simple employée en pleine rue, ce n'était pas commun. Ce qui l'avait surprise, c'était la réflexion de son ancienne maîtresse, après qu'elle fut remontée en voiture. Elle avait baissé la vitre et demandé :

— Le travail de mineur n'est pas trop dur, pour Claudio ?

— Non, madame, il ne se plaint pas, avait-elle répondu.

— Eh bien, vous lui transmettrez mes amitiés, nous l'avons connu si jeune ! Qu'il sache que, quelquefois, il est possible de tout changer, dans la vie...

Sur ce la voiture avait démarré, la laissant perplexe. Que voulait dire cette phrase sibylline ? Et pourquoi avoir demandé à son chauffeur de passer par une rue qu'il n'aurait normalement pas dû emprunter pour aller de l'usine de son mari au Clos des Tilleuls ? Dans le seul but de la rencontrer ? Pour permettre à Claudio d'espérer un jour reprendre sa place chez les Favière, ou par simple curiosité ? Elle n'aurait su le dire. Elle haussa les épaules. Peu lui importait, on ne pouvait revenir en arrière.

Lucia longeait maintenant le canal qui bordait la route et apercevait les premières maisons de Ganges. Elle était un peu en avance et ralentit l'allure. Une chose beaucoup plus sérieuse la préoccupait. Depuis une quinzaine de jours, elle avait des doutes qui se transformaient peu à peu en certitude. Pour l'instant, elle préférait ne rien dire à Claudio pour ne pas lui donner de fausse joie, mais elle croyait bien être enceinte. Depuis, une espérance profonde et tendre l'habitait. Mais elle était aussi taraudée par le remords. En décidant de tenir sa parole envers Claudio, elle voulait de toutes ses forces être loyale avec lui. Et au moment où elle appelait de tous ses vœux le bonheur de lui donner un enfant, se doutant combien il serait fier et amoureux, elle pensait de plus en plus souvent à Sylvain ! Que devenait-il ? Avait-il épousé une de ces filles qu'il fréquentait, lorsqu'il allait danser à Béziers ? Ou bien était-il resté seul à ruminer sa déception après son retour dans sa ferme ? Lucia se prenait parfois à soupirer avec un petit pincement au cœur. Elle aurait bien voulu savoir. En fait, elle avait cru pouvoir oublier le jeune homme, se persuadant que son changement total de vie la rapprocherait encore plus de son mari en l'unissant définitivement à lui et que cela l'aiderait à chasser le souvenir de Sylvain. Et c'était presque le contraire qui se produisait ! Elle en était malheureuse alors que Claudio se montrait très tendre avec elle et attentif à satisfaire le moindre de ses désirs. Si bien qu'elle en arrivait, parfois, à se juger mauvaise épouse. Elle se sentait d'autant plus coupable qu'elle regrettait de n'avoir rien avoué de son aventure avec Sylvain. Maintenant, il était trop tard. Dans cette période heureuse de sa vie, ces doutes représentaient la seule chose qui assombrissait un peu son bonheur.

Elle s'était à peine engagée sur le pont Neuf qu'elle entendit quelqu'un l'interpeller. Une employée de l'usine venait de la rattraper. Les deux jeunes femmes se sourirent et continuèrent leur route en devisant gaiement. Lucia songea que la rencontre était providentielle. Elle lui avait permis de chasser ses mauvaises pensées et elle tenta de se rassurer en se disant que le temps ferait son œuvre.

*

* *

Le jardin de Claudio était de taille modeste, mais la terre paraissait fertile, d'autant qu'avant de commencer à bêcher il avait pu étendre quelques sacs de fumier qu'un camarade de la mine lui avait apportés. De plus, la Crenze toute proche avait repris un débit un peu plus normal après les orages de la mi-août. Certes, il faudrait économiser l'eau jusqu'aux pluies d'octobre, mais il pourrait tout de même arroser. C'est pourquoi il s'activait tous les jours dans ses moments libres à biner, creuser des raies ou à perfectionner l'aménagement de son poulailler qu'il ne tarderait pas à garnir.

Le sol était prêt, il planterait d'abord des salades, scaroles et chicorées, puis des carottes, des fèves et des poireaux. Ce serait un commencement bien facilité par la solidarité de ses voisins des chalets de la mine. On lui avait donné des semis, des planches de récupération pour construire sa cage à poules. Il suffisait de parler pour qu'un camarade trouve invariablement une solution.

Les hommes s'interpellaient joyeusement d'un jardin à l'autre, échangeaient des conseils ou discutaient simplement de la pluie et du beau temps. Le sujet favori restait la chasse qui venait d'ouvrir et sur laquelle les anecdotes fleurissaient avec, parfois, quelques vantardises qui le faisaient sourire. Pour finir, Claudio avait pu racheter pour un prix modique les outils que Gazelle possédait. Il n'en revenait pas de cette amitié et de la solidarité qui existait entre voisins. Finalement, il s'adaptait très bien à sa nouvelle vie et il ne regrettait plus son ancien emploi de chauffeur de luxe.

Il faut dire que ce travail en plein air permettait une grande détente après les huit longues heures passées dans les galeries de la mine à pelleter du minerai ou à aider les boiseurs à sécuriser un point faible, à respirer la poussière de roche et à patauger dans la boue. Lorsqu'il jardinait, il éprouvait un sentiment de plénitude salutaire. Et puis il n'oubliait pas la promesse faite à Lucia : ils allaient économiser le plus possible en vue de s'acheter une petite épicerie. Ce qu'ils récolteraient du potager les aiderait à épargner.

Lucia ! Lorsqu'il pensait à elle, il s'arrêtait de travailler et restait un long moment immobile, appuyé sur l'outil, à méditer sur son bonheur et la chance qu'il avait eue d'épouser cette fille qu'il avait crue perdue à jamais pour lui, pendant son pénible séjour en prison. Et voilà que, contre toute attente, elle avait tenu parole à sa sortie ! Il serait toujours reconnaissant à Mme Favière et à son mari de lui avoir fourni un avocat. Que serait-il devenu sans cette aide providentielle ?

Quand il voyait arriver Lucia en fin d'après-midi, il en éprouvait une grande joie. Elle s'asseyait sur le banc de fortune qu'il avait fabriqué avec les quelques planches récupérées sur les restes du poulailler. Alors, il venait s'installer à côté d'elle et ils bavardaient tranquillement des petites choses de la vie, de leurs projets, de leurs attentes surtout, car ils espéraient tous deux qu'une naissance viendrait souder un peu plus leur couple et qu'ils commenceraient ainsi à fonder une famille.

Quand ils abordaient ce sujet, Claudio se rendait compte, parfois, que Lucia paraissait songeuse, comme si elle laissait errer son esprit dans des souvenirs dont il était absent. Quels étaient-ils ? Il évitait de poser des questions sur la période où elle s'était trouvée seule. Lucia évoquait souvent son départ de chez les Favière et de chez Mme Gounelle, la brave patronne de la pension de famille où elle s'était réfugiée et grâce à qui elle avait été embauchée à la teinturerie de M. Toureille. Et elle se montrait intarissable sur Marisette, se réjouissant que son amie se marie dans moins d'un mois. Était-elle allée danser avec elle au *Cheval Blanc* ? Avait-elle fréquenté d'autres garçons ? Il l'ignorait et ne cherchait pas à le savoir. Lucia parlait peu de ses sorties du dimanche et il respectait ce silence qui aurait pu troubler la totale quiétude dans laquelle il se trouvait.

Toutefois, il lui arrivait tout de même de demander, quand il la devinait lointaine :

— À quoi penses-tu ?

Elle répondait :

— À rien.

Alors, à quoi bon réclamer des explications au risque de la fâcher ? Ou bien de provoquer un malaise si elle désirait garder un secret. Après un vol et quatre mois de prison, il ne se sentait pas le droit d'être jaloux, encore moins d'exiger des comptes. C'est pourquoi il n'insistait pas, comprenant qu'une partie de la vie de sa femme lui échapperait toujours. Il préférait se contenter du bonheur total qu'elle lui donnait. Dans ces moments-là, il lui revenait en mémoire le jour où, alors qu'il l'attendait à la sortie de l'usine, habillé comme un clochard, complètement perdu et ne sachant où aller, sa valise en carton à ses pieds, elle lui avait simplement dit :

— Viens.

Quel sourire libéré avait-il eu, alors ! Claudio se souvenait souvent de cet instant. C'était le plus beau et le plus étrangement heureux qu'il ait vécu. Pour le reste, il considérait que chacun a droit à son jardin secret.

XXV

À LA MI-OCTOBRE il se mit à pleuvoir abondamment. Un soir, des nuées venues du sud, qu'on appelle le marin, s'accumulèrent et s'installèrent peu à peu sur tout le pays. Mais au lieu de se transformer en pluie, elles se regroupèrent en gros tas de laine noire. Leur concentration inexplicable donnait aux montagnes alentour une tension si haute qu'à tout moment Lucia et Claudio, qui observaient le ciel à travers leur fenêtre, s'attendaient à quelque brusque craquement. Cependant, tout semblait mort, bêtes, plantes, pierres. Les oiseaux avaient disparu, les chiens se tenaient à l'abri, tranquilles. La nuit survint vite et lorsqu'au matin ils se levèrent la pluie tombait dru. Une vraie pluie d'automne, épaisse, têtue, rageuse, qui ne s'accordait que de brèves accalmies.

Les ruisseaux les plus ténus dévalèrent les serres de cascade en cascade, ravinant le sol, sapant les murailles des traversiers dont certaines, déjà fragiles, s'écroulaient par endroits, laissant partir la terre. La Crenze s'était transformée en un torrent et le travail patiemment accompli par Claudio au jardin fut en grande partie anéanti. Quant à la Vis, elle avait submergé ses rives sous plusieurs mètres d'eau au point qu'on craignait qu'elle ne finisse par envahir la route. Ses flots tumultueux charriaient des arbres arrachés aux berges comme fétus de paille, ce qui menaçait les piles du pont. Ils emportèrent même une passerelle en amont de la cascade qui avait résisté jusque-là à tous les débordements de la rivière. Et c'était pire en aval, où l'Hérault avait inondé les rez-de-chaussée à Laroque, obligeant les occupants à se réfugier en catastrophe dans les étages supérieurs.

— C'est un épisode cévenol, expliquait Claudio. Ça se produit souvent, à cette époque de l'année.

À quoi Lucia répondait, sidérée par ce déluge :

— À une semaine près, ça gâchait la noce de Marisette et de Jeannot. Quel malheur !

Par chance, le temps fut splendide le samedi précédent, et tous deux avaient été très heureux de partager le bonheur des nouveaux époux. Un souvenir qui restait cher au cœur de Lucia.

Aux chalets de la mine, on ne circulait qu'en bottes, car à peine avait-on descendu les marches de bois qu'on pataugeait dans la boue. Il n'empêche, tous les jours il fallait aller travailler et Claudio était très inquiet. Lucia et lui s'étaient équipés du mieux possible, mais faire le trajet sous une pluie battante s'avérait très pénible, voire dangereux ; aussi avait-il demandé à Lucia de rester à la maison, le temps que la tempête se calme, tant il craignait qu'elle ne chute sur la route inondée ou dans une ornière cachée par les branchages jonchant le sol. Mais elle avait refusé, arguant qu'elle n'était pas la seule à se rendre à l'usine à vélo et que chacune était à son poste, chaque jour, se gardant bien, vu la situation, d'annoncer qu'elle était maintenant à peu près certaine d'être enceinte. Elle préférait attendre que la pluie cesse pour faire cette annonce. Simplement, elle partait plus tôt et se montrait prudente. Et puis elle avait pris la précaution de laisser des habits au vestiaire, ce qui lui permettait de se changer en arrivant à la teinturerie. Toutefois, le couple avait été obligé d'allumer le poêle à mazout autour duquel séchaient à longueur de journée leurs vêtements mouillés. Ainsi, à part quelques rares accalmies, le ciel se déversa une semaine durant sur les Cévennes.

Enfin, le vendredi, un beau vent du nord, un vent bien fort et libre, large d'épaules, bouscula le pays et balaya en un clin d'œil les dernières cohortes de nuages qui traînaient encore, essuyant la nature de toute son humidité. Alors, le soleil réapparut, lumineux, chaud, arrogant, et on dut se retrousser les manches pour boucher tant bien que mal les ornières, nettoyer les rues du village envahies par la fange et par une multitude de détritus divers que l'eau avait amassés çà et là. Aux chalets de la mine aussi il fallut faire un grand ménage, car malgré toutes les précautions la boue s'était insinuée dans les logements.

Sous terre non plus, la tempête ne s'était pas passée sans conséquences, surtout à Alby-Fontbonne. Arboux avait informé l'ingénieur que, petit à petit, d'importantes infiltrations s'étaient produites un peu partout, si bien que certaines galeries étaient trop inondées pour assurer un travail normal. Les hommes y pataugeaient sur un sol bourbeux et devenu instable, ce qui rendait leurs tâches extrêmement pénibles. Après une visite minutieuse, Descombes prit une sage décision. Il décréta le samedi chômé pour permettre aux pompes de fonctionner à fond pendant deux jours. On pourrait ainsi évacuer l'eau qui s'était accumulée afin de pouvoir redémarrer, dès le lundi, avec une exploitation normale. La ventilation aiderait à assécher l'atmosphère.

Le dimanche fut une journée particulièrement resplendissante avec un grand ciel teinté de lait. Le vent s'était calmé, laissant la place à une brise caressante qui portait des odeurs de châtaigne, d'humus, de bois coupé. Tout, dans la nature, semblait net, offert, comme révélé par une harmonie souveraine. Quel contraste, avec la semaine terrible que l'on venait de vivre !

Pendant que Lucia passait l'après-midi à finir de mettre de l'ordre dans la maison, Claudio s'était rendu au jardin pour constater que seul le poulailler avait résisté ! Et encore n'était-il pas à plaindre, le mur soutenant le potager de Ferrié, un de ses voisins, avait cédé sous les assauts répétés de la Crenze. Si bien qu'à peine arrivé il était allé prêter main-forte aux trois collègues qui aidaient le malheureux à réparer les dégâts.

Les hommes avaient déjà bien avancé leur tâche quand un grondement lointain les figea, l'oreille aux aguets. Un bruit de roulement assourdi et profond se faisait entendre au loin, du côté de la mine ! C'était comme une trépidation trouble, indéfinissable, qui se répercuta sur les contreforts des plus proches montagnes.

— On dirait que la terre a tremblé ! s'exclama Ferrié une fois que le silence fut revenu.

Ils se regardaient tous, l'œil interrogateur.

— Ça a duré plusieurs minutes, remarqua Claudio.

— En tout cas, ajouta Marcel, un ancien, ça ne peut pas être de la dynamite. Tout est fermé depuis hier. À part le gardien, il n'y a personne là-haut.

Ils hésitaient, dubitatifs, puis décidèrent de terminer leur ouvrage le plus vite possible pour aller aux nouvelles.

La grand-rue de Saint-Laurent-le-Minier était en effervescence. On s'interpellait d'une fenêtre à l'autre, de petits groupes s'étaient formés çà et là et les commentaires fusaient, plus ou moins farfelus.

Ce n'est qu'en arrivant sur la grande place où il y avait foule que Claudio et ses collègues connurent la cause de l'étrange grondement. Quelques jeunes avaient sauté sur leurs vélos pour se rendre sur les lieux. Ils expliquaient avoir vu qu'un important glissement de terrain s'était produit dans un endroit particulièrement escarpé, juste en dessous du pic d'Anjeau.

— Un large pan de la montagne s'est détaché de sa base, racontaient-ils, et a dérapé sur une cinquantaine de mètres jusqu'à une barre rocheuse qui l'a arrêté. C'est impressionnant, mais c'est loin des installations de la mine. On dirait qu'il n'y a pas de dégâts.

Il n'empêche, lorsqu'il rentra chez lui, Claudio était inquiet. Son équipe travaillait maintenant à la cote 502, non loin du pic d'Anjeau.

Le lundi soir, Claudio expliqua à Lucia ce qui s'était passé. Les géologues de la compagnie s'étaient rendus sur place dès le lever du jour, accompagnés de Descombes, et à leur retour les informations avaient vite circulé dans toutes les galeries par l'intermédiaire des maîtres mineurs, chargés d'apporter des nouvelles rassurantes.

En fait, sous l'effet des pluies diluviennes, les couches de marne, de grès et de calcaire qui constituaient le sous-sol à cet endroit avaient gonflé et la végétation n'avait pu empêcher le terrain, très abrupt, de commencer à glisser lentement avant d'être brusquement emporté par son propre poids. Le miracle avait été que la barre rocheuse arrête ce large affaissement, sinon la route, en contrebas, eût été coupée pendant peut-être plusieurs semaines.

— Mais tu m'as dit travailler non loin du pic d'Anjeau ? s'inquiéta Lucia.

— Assez loin de ce secteur, la tranquillisa Claudio. Ne te tracasse pas.

— Et les galeries ?

— Les géologues nous ont expliqué que nous n'avions rien à craindre, parce que nous sommes dans le terrain primaire. Il n'y a aucun danger.

Claudio avait beau paraître sûr de lui, Lucia ne trouvait pas cela très rassurant.

*

* *

Claudio était devenu un bon élément dans l'équipe d'Henri Maurin, le chef de poste, et il se montrait très perspicace quand un problème se posait. Si bien que, s'il travaillait toujours avec Sarran, avec qui il dégageait la blende, il arrivait qu'Henri lui donne d'autres tâches et il en était content, son but étant de passer mineur pour avoir une meilleure paye. Ainsi aidait-il souvent les boiseurs.

Cela faisait maintenant quinze jours qu'ils travaillaient à la cote 502, la plus haute d'Alby-Fontbonne. Une fois la galerie d'accès élargie et renforcée, le géomètre, après avoir effectué divers sondages, avait décidé d'ouvrir de nouvelles veines si bien qu'ils étaient douze hommes sur ce chantier.

La besogne avançait vite, la trémie étant à portée de tous. Mais sur le front de taille, c'était difficile. Les haveurs s'activaient par moments à genoux ou à plat ventre et, à cette cote élevée, la ventilation n'était pas excellente. Si bien que tous respiraient la poussière que dégageait la blende quand elle se détachait de la paroi, envahissant l'espace, ce qui leur piquait les yeux et rendait l'air suffocant. De plus, la chaleur qui régnait au fond des boyaux était accablante.

Chaque fois qu'il revenait de la trémie, Claudio s'arrêtait, intrigué. Certes, le boisage paraissait solide et ne craquait pas, comme avait indiqué le chef de poste. Mais depuis le début de l'après-midi, de l'eau suintait et les madriers étaient mouillés, ce qui, inévitablement, ne pouvait que les affaiblir. Ce jour-là, en observant mieux à l'aide de sa lampe à carbure, il avait même arraché un minuscule fragment de ce qui semblait être l'extrémité d'une racine. « Vous êtes dans le terrain primaire, vous ne risquez rien », avait pourtant assuré le géologue. Dans le doute, Claudio avait mis cette radicelle dans sa poche pour en parler aux autres, à l'heure du casse-croûte.

De retour sur le chantier, les hommes se rendirent sur place pour vérifier les constatations de Claudio.

— Il faudrait peut-être renforcer le boisage, reconnut Maurice. Mais ce que tu nous montres ne peut pas être une racine à la profondeur où nous nous trouvons.

— C'est solide, décréta Sanglier. Pour l'instant, ça ne risque rien.

— On peut attendre, surenchérit Toine. Ça va nous retarder.

Les piqueurs négligeaient parfois volontairement de boiser pour gagner du temps afin de remplir le plus de berlines possible. Surtout quand la paye du mois précédent avait été moins bonne que d'habitude. Ce qui avait été le cas à la fin du chantier de la cote 406, où le minerai était presque épuisé.

— Et si nous étions plus près de la surface que nous le croyons ? osa remarquer Claudio.

L'argument fut balayé par Maurice.

— Si Toine dit qu'on peut attendre, c'est que ça ne risque rien. On verra plus tard. Au boulot…

Vers la fin de l'après-midi, Descombes, l'ingénieur, fit une visite surprise en compagnie d'Arboux et d'Henri. Depuis les inondations, il faisait des tournées à l'improviste que les mineurs redoutaient, car il se montrait très strict sur le règlement.

— Il paraît que le chantier est bon ? lança-t-il aux hommes après avoir salué.

— Nous n'avons pas à nous plaindre, monsieur.

Henri était resté dans la galerie d'accès. Il appela :

— Claudio, viens voir.

Celui-ci avait obéi sans lâcher sa pelle. Le contremaître, la lampe à bout de bras, passait sa main sur les madriers.

— Tu ne t'es pas aperçu de ça ? demanda-t-il. Ces bois ne risquent pas de craquer pour prévenir, en cas de problème, ils sont tout mouillés ! C'est très dangereux.

Claudio se sentit gêné. Il n'aimait pas moucharder. Mais comment ne pas avouer la vérité devant l'évidence ? Il bafouilla :

— Euh… J'en ai parlé au moment du casse-croûte, mais on m'a dit que ça pouvait attendre…

Surtout ne pas donner de nom. Henri s'enfonça à grands pas vers les trois piqueurs.

— Vous êtes négligents, les gars ! lança-t-il. Je viens de m'apercevoir que les madriers de la galerie d'accès sont imprégnés d'eau. Comment se fait-il que vous n'avez rien renforcé ?

L'ingénieur s'était précipité pour vérifier, Arboux sur ses talons.

— Messieurs, annonça-t-il, l'air sévère, le rendement est une chose, votre vie en est une autre. Je suis obligé de vous mettre à l'amende pour une grave négligence de sécurité.

Les hommes baissaient la tête, mal à l'aise.

— Leur paye du mois dernier n'a pas été excellente à la cote 406, monsieur Descombes, plaida Henri, et c'est une des meilleures équipes d'Alby-Fontbonne.

Descombes hésitait.

— Bon, conclut-il, je veux bien fermer les yeux pour une fois. Mais que cela ne se reproduise pas. Et renforcez-moi ce boisage immédiatement. Demain, je viendrai vérifier le travail.

— Nous allons nous y atteler tout de suite, monsieur, assura Toine.

Alors qu'ils s'éloignaient, Henri souffla à Claudio :

— L'incident est clos, mais la prochaine fois, il faudra me prévenir si tu vois quelque chose d'anormal.

— Promis, Henri.

Il ne voulait pas en rajouter pour ne pas accroître la culpabilité des hommes et il n'avait même pas parlé de la racine. D'ailleurs, Maurice l'avait jetée.

XXVI

À LA TEINTURERIE, il y avait une pause de vingt minutes en fin de matinée. Certaines employées se contentaient de croquer une pomme ou de grignoter quelques biscuits en restant sur leur lieu de travail. D'autres préféraient sortir dans la cour afin de se dégourdir les jambes tout en discutant avec leurs camarades. Lucia et Marisette, elles, aimaient mieux se retrouver au réfectoire pour avaler le solide sandwich qu'elles avaient l'habitude de se préparer. Diable, il faut veiller à conserver des forces quand on se trouve enceinte ! Et puis elles étaient inséparables, surtout depuis que toutes deux, jeunes mariées, elles se savaient dans le même état. Elles avaient tellement de choses à se raconter ! À commencer par avoir des crises de fou rire en se moquant de la réaction de Jeannot et de Claudio lorsqu'elles leur avaient annoncé la nouvelle à chacun d'eux. Toutefois, elles s'inquiétaient, parfois, songeant à la tête que ferait M. Jean en apprenant qu'il allait perdre pour quelque temps deux formeuses expérimentées. Mais leur bonne humeur reprenait vite le dessus.

Les deux copines faisaient des projets d'avenir, essayant d'imaginer leur vie lorsque le bébé serait né. Pour Marisette, c'était simple. Sa mère ne travaillait pas et se faisait déjà une joie de garder le nourrisson. Quant à Jeannot, qui était employé chez un électricien, il envisageait de se mettre à son compte et de gagner suffisamment d'argent pour qu'elle arrête l'usine.

— Mais je ne suis pas d'accord ! lançait Marisette. C'est mieux quand on a deux salaires. Et puis Jeannot aura des frais pour équiper son affaire et on ne sait jamais, ça peut ne pas marcher.

Lucia, elle, avait moins de certitudes, mais elle était confiante. Elle trouverait bien une solution le moment venu. Aussi chassait-elle vite ce problème.

— Claudio se renseigne déjà auprès de ses collègues pour savoir s'il y a des dames qui gardent des bébés, à Saint-Laurent, nous verrons bien.

Elle se laissait parfois aller à rêver à voix haute, parlant du projet de Claudio qui voulait économiser afin d'acheter une petite épicerie. Elle était maintenant devenue aussi rapide et experte que Marisette pour enfiler les bas sur la forme ; elle gagnait bien sa vie. Ainsi finissait-elle par se convaincre que tout était possible, finalement. D'autant que cela lui serait plus facile pour garder le bébé.

— On n'en est pas là, confiait-elle à Marisette, mais il n'est pas interdit d'espérer.

Lucia parlait souvent avec tendresse du pépé Cambon et de sa femme Rosine.

— Ils ont tout de suite répondu à ma lettre et me disent combien ils ont été heureux d'apprendre cette bonne nouvelle, se réjouissait-elle, songeuse.

Elle était émue, mettant la main sur le bras de Marisette :

— Ils ont déjà quatre petits-enfants et considèrent que ce sera leur cinquième ! Ça nous touche beaucoup, Claudio et moi. Nous nous sommes trouvé des grands-parents d'adoption adorables !

Parler des Cambon l'attendrissait. Elle aimait raconter qu'ils s'inquiétaient de tout : s'ils étaient bien logés, s'ils s'étaient facilement intégrés dans la petite communauté des chalets, si le trajet pour se rendre à l'usine n'était pas trop pénible. Ils s'interrogeaient aussi au sujet de Claudio et de son dur métier de mineur.

— Ils veulent tout savoir, s'amusait-elle.

Ce matin-là, elle était en train d'expliquer que les Cambon envisageaient même de leur rendre visite, un de ces prochains dimanches, lorsque monsieur Jean fit irruption dans le réfectoire en compagnie de Mme Bourrier, la *comise*.

Lucia blêmit. Le contremaître se dirigeait droit sur elle, le visage grave, tandis que toutes les conversations s'étaient brusquement interrompues.

— Il faut vous habiller, Lucia, dit-il avec douceur. On vient de téléphoner de la mine. Il y a eu un problème sur le chantier où travaille votre mari, à Alby-Fontbonne. Pour l'instant, je n'en sais pas plus. Je vais vous y emmener en voiture. Marisette, vous accompagnez votre amie…

Sous le coup de l'émotion, Lucia était restée figée alors qu'elle était la cible de tous les regards. Tout s'était soudain brouillé dans sa tête. Elle fixait monsieur Jean, hébétée, incapable de faire le moindre effort pour se lever tant ses forces l'avaient abandonnée.

— Ce n'est pas forcément très grave, tenta de la rassurer monsieur Jean.

Marisette s'était précipitée pour l'embrasser, avant d'aider monsieur Jean à la mettre debout. Lucia se sentit entraînée, on lui parlait à l'oreille mais elle n'entendait rien dans l'état second où elle se trouvait. Elle réalisa à peine que son amie et Mme Bourrier lui enfilaient sa veste et la conduisaient dans la cour où monsieur Jean attendait déjà au volant de son auto. La comise ouvrit la portière et Marisette poussa Lucia à l'arrière avant de se glisser à côté d'elle et de la prendre dans ses bras tandis que la voiture démarrait. L'angoisse était telle que personne n'osait dire mot. Au moment de traverser le pont Neuf, monsieur Jean fut obligé de se garer pour laisser la priorité à une ambulance venant en sens inverse. Sa sirène résonnait comme une plainte lugubre. Un mauvais présage aux oreilles de Lucia qui se tassa un peu plus sur son siège, songeant que Claudio se trouvait peut-être à l'intérieur, gravement blessé.

Sur le carreau de la mine régnait une grande agitation. Monsieur Jean stoppa à la hauteur d'un mineur visiblement pressé.

— Monsieur, cria-t-il, Alby-Fontbonne, c'est où ?

L'homme s'arrêta un instant, tendit le bras et lança :

— Prenez ce chemin, c'est au bout, pas loin. Vous verrez du monde.

Il était déjà reparti. À Alby-Fontbonne, deux ambulances stationnaient. Quelques femmes étaient accourues de Saint-Laurent et l'anxiété se lisait sur les visages. À l'entrée du travers-banc, il y avait des cris, une dame semblait prier tandis qu'une autre vociférait en secouant un mineur qui tentait en vain de la calmer. Un groupe s'était formé, essayant d'interpeller un sauveteur au passage.

Lucia regardait de tous ses yeux, paralysée, n'osant pas descendre de voiture.

— Ça va aller, ça va aller, répétait sans cesse Marisette d'une voix tremblante en lui caressant la joue.

— Je reviens tout de suite, dit monsieur Jean qui s'était garé à côté des ambulances.

Il sortit vivement de l'auto et se faufila entre les personnes qui se pressaient, réussit à pénétrer dans une baraque de bois où il voyait un homme qui téléphonait, tandis qu'à côté de lui un autre semblait attendre des ordres.

— Que voulez-vous ? demanda brusquement celui qui venait de raccrocher.

— Je suis le contremaître de l'usine où travaille l'épouse de Claudio Gomez, dit-il. On nous a appelés et…

— Ah ? Vous l'avez emmenée ?

— Elle est dehors, dans ma voiture…

Monsieur Jean n'aima pas le regard que lui lança son interlocuteur.

— Excusez-moi, dit celui-ci, soudain radouci, nous sommes sur les nerfs.

Il tendit la main.

— Cambacédès, je suis chargé de coordonner les secours. Il y a eu un effondrement de la voûte, à la cote 602. M. Descombes, l'ingénieur, m'a demandé de le prévenir lorsque vous seriez là. Il est sur place, à diriger les travaux de déblaiement.

Il se tourna vers le mineur, auprès de lui.

— Arnal, allez le chercher.

— Mais vous-même, que savez-vous de Claudio, il est blessé ? s'impatienta monsieur Jean.

Il aima encore moins la mimique désolée de Cambacédès.

— Je suis obligé de respecter l'ordre de M. Descombes.

Le téléphone se remit à sonner. Son interlocuteur eut un haussement d'épaules, l'air navré.

— Bon, décida monsieur Jean, alarmé et mécontent de la réponse. Je vais rejoindre Mme Gomez.

Dans la voiture, l'attente commença, interminable, dans un silence total et une tension extrême. Lucia se sentait totalement impuissante. Que faire à part prendre son mal en patience en s'efforçant d'espérer ? Mais, peu à peu, l'angoisse se faisait de plus en plus prégnante et l'accablement la gagnait. Cela se lisait sur son visage, livide malgré les caresses de Marisette qui retenait ses larmes. Que faisait-elle là, se disait-elle, à attendre assise dans cette voiture ? Lucia avait une furieuse envie de bondir hors du véhicule et d'aller secouer cet homme qui passait son temps au téléphone en exigeant des nouvelles de Claudio. Au lieu de cela, elle se rendait compte qu'elle se recroquevillait lâchement sur sa peur, se répétant sans cesse la phrase de monsieur Jean : « Il faut attendre M. Descombes, l'ingénieur. »

Mais pourquoi personne ne venait la renseigner alors qu'on avait pris la peine de prévenir l'usine ? Cela ne pouvait être qu'un mauvais présage, elle en était certaine.

Soudain, la portière s'ouvrit et un visage casqué, maculé de boue, apparut.

— Madame Gomez ?

— Oui, souffla Lucia, au bord du vertige.

— Descombes. Excusez-moi de vous avoir fait attendre. J'étais à la cote 602, où il s'est malheureusement produit un effondrement de la voûte dans une galerie d'accès. Les hommes s'activent à déblayer, il y a encore des mineurs qui sont prisonniers, derrière l'éboulis.

Il eut un geste vague du bras.

— J'avais ordonné que l'on renforce le boisage il y a peu de temps. La fatalité…

— Mon mari est avec ceux qui sont bloqués ? demanda Lucia d'une toute petite voix.

Descombes se glissa à l'intérieur du véhicule. Il hésitait.

— Non, dit-il, il a été le premier à être dégagé et il se trouve maintenant à l'infirmerie.

Il s'adressa à M. Jean :

— Faites demi-tour, nous allons du côté des bureaux.

Tandis que l'auto manœuvrait, les mots s'embrouillaient dans la tête de Lucia. Claudio était donc blessé ? Elle en avait assez qu'on lui cache la vérité, elle voulait savoir.

— C'est grave ? demanda-t-elle dans un souffle.

Descombes grimaça et prit la main de Lucia.

— Euh… très grave. Je suis désolé…

Et, à M. Jean :

— Arrêtez-vous, nous sommes arrivés.

Il aida Lucia à descendre et la tint fermement par le bras.

— Il va falloir que vous soyez courageuse, Mme Gomez…

Mais Lucia ne comprenait rien, ne pensait rien, tout se mélangeait dans son esprit. Soutenue par Descombes et Marisette, elle se laissait entraîner, marchant comme un automate. Ils entrèrent dans une pièce où régnait une forte odeur de médicament. Deux lits d'hôpital étaient occupés. Un homme et une femme se penchaient sur l'un d'eux. À travers ses larmes, Lucia vit soudain une espèce de sac allongé sur l'autre. On n'avait pas monté la fermeture éclair jusqu'en haut. Claudio gisait là, la tête de travers, la bouche arrêtée sur la grimace d'un cri, les yeux figés sur une dernière vision d'horreur.

Lucia demeura d'abord stupéfaite, suffoquée, le visage vide. Elle voulut hurler son effroi mais aucun son ne sortit de sa gorge. L'instant d'après, elle sentit un liquide chaud qui coulait le long de ses jambes tandis qu'une douleur insupportable la faisait gémir sourdement. Une certitude s'imposa à son esprit. Ce sang qui s'écoulait, c'était la vie de son bébé qui s'en allait. Un vertige s'empara d'elle et elle s'affaissa brusquement avec l'impression de sombrer dans un gouffre sans fond.

*

* *

Lucia courait à perdre haleine, zigzagant entre les chênes verts en hurlant son désespoir. Les branches giflaient cruellement son visage tandis que les buissons ralentissaient sa fuite, lui faisant craindre à tout instant de glisser sur le sol détrempé en tentant de les éviter. Elle bondit par-dessus un roncier qui la griffa douloureusement, déchirant sa robe, mais elle s'en moquait. Elle filait au hasard dans une humidité glacée. La pluie battante enveloppait son corps d'une chape hostile, affolante. Elle cria sa peur, qu'un coup de tonnerre effaça. Insensible à tout, elle n'était plus qu'un pantin désarticulé au milieu d'une nature en folie. Elle n'avait qu'une obsession : fuir, échapper à son bourreau. Elle entendit du bruit derrière elle et tourna la tête. L'ombre menaçante du régisseur se rapprochait ! Tout à coup, elle aperçut un homme, au loin, qui s'élançait vers elle. Sylvain était là, qui se précipitait ! Elle voulut accélérer l'allure mais trébucha, s'écroulant sur les rochers. Ses yeux brouillés de larmes virent du sang sur le sol, mais elle ne s'en soucia pas. D'un bond, elle fut debout et s'apprêtait à reprendre sa course vers son sauveur quand deux bras vigoureux la soulevèrent comme fétu de paille. Paillès l'avait rattrapée et la tenait serrée contre lui, impuissante, tandis que Sylvain tournait le dos et s'éloignait sans un mot, à son grand désespoir. Alors, elle lâcha un cri d'effroi qui lui vrilla la tête et essaya de repousser le régisseur, se débattant éperdument en vain.

— Tu ne pourras plus m'échapper, ricana Paillès, triomphant. Je vais t'en faire baver, tu verras…

À bout de forces, Lucia tenta une dernière fois de se dégager d'un violent soubresaut et elle ouvrit les yeux. Des mains s'agitaient devant elle sans qu'elle comprenne ce qui se passait, puis elle réalisa que ces mains lui obéissaient et étaient les siennes.

— Je suis où ? demanda-t-elle, étonnée.

— À la bonne heure, j'espère que tu es revenue pour de bon ! entendit-elle. Tu pourras dire que tu nous as fait peur.

Deux vagues silhouettes se penchaient sur elle tandis qu'une voix continuait de lui parler, et cela résonna douloureusement dans sa tête.

— Je vous ai fait une piqûre calmante, madame Gomez. Et ça vous a assommée un peu plus longtemps que prévu. C'est pourquoi on vous a ramenée ici…

Lucia regarda autour d'elle et reconnut sa chambre ; puis les ombres s'éclaircirent comme un voile qui se déchire et elle distingua nettement Marisette, Germaine et aussi Maryse, une autre voisine. M. Jean se tenait assis dans un coin, l'air soulagé. Elle ne connaissait pas l'homme qui se penchait sur elle et le dévisagea, étonnée.

— Je suis le docteur Boudouresque, fit celui-ci. C'est moi qui suis le référent des mineurs.

D'un coup, la mémoire revint à Lucia et ses yeux s'emplirent de larmes tandis que Marisette lui serrait très fort la main.

— C'est affreux, sanglota-t-elle, ce cri d'horreur figé sur son visage, sa pauvre tête tordue !…

– Un grand malheur, madame Gomez, dit le médecin.

Il se tourna vers les femmes.

— Il faudrait lui préparer quelque chose de chaud, une tisane lui ferait du bien.

Germaine avait bondi. Tout à coup, Lucia s'écria :

— Mon Dieu, docteur, j'ai saigné, je ne serai pas maman ?

Boudouresque paraissait embarrassé.

— Vous avez fait une fausse couche, finit-il par acquiescer.

Puis, très vite :

— Mais il ne s'agissait que d'un embryon. Vous êtes jeune, vous pourrez avoir d'autres enfants... plus tard...

Lucia ferma les yeux. De vagues souvenirs lui revenaient en mémoire. Une femme qui la lavait comme elle l'eût fait d'une gamine, un homme qui devait être Boudouresque préparant une seringue en lui recommandant : « Pleurez, mon petit, pleurez tout votre saoul. » Une couverture, dans laquelle on l'emmitouflait tandis qu'elle basculait dans une torpeur traversée d'éclairs de souffrance.

Le docteur se leva et mit de l'ordre dans sa sacoche qu'il referma d'un coup sec.

— Je dois vous quitter, madame Gomez. J'ai d'autres patients à soigner, mais je passerai demain, sans faute.

Il s'adressa à Germaine et Maryse :

— Pouvez-vous rester avec elle et la surveiller, au moins ce soir et demain ? Et veiller à ce qu'il n'y ait pas d'autres saignements ? Il faut qu'elle mange, aussi. Au moins un bouillon.

— Soyez sans crainte, docteur. Nous allons nous relayer, elle ne sera jamais seule. Ici nous sommes toutes solidaires devant le malheur.

— Bien, soupira Boudouresque. Il y a trois comprimés sur la table de nuit. Vous lui en donnerez un en fin d'après-midi, pour qu'elle dorme bien. Et vous lui prendrez la température, afin de vérifier qu'elle n'ait pas de fièvre.

Il caressa la joue de Lucia.

— Il vous faut garder le lit un jour ou deux, madame Gomez. Laissez-vous soigner, vous êtes entre de bonnes mains. Et laissez couler vos larmes, quand vous en avez envie, elles aident à rendre le malheur supportable.

Tandis qu'il prenait congé, Lucia ferma les yeux. Elle ne voulait plus voir personne, être seule et se réfugier dans sa détresse.

— Maryse et moi allons rester à la cuisine, décréta Germaine en lui caressant le front. Si tu as besoin de quoi que ce soit, appelle-nous.

Lucia sentit que Marisette l'embrassait en lui promettant de revenir le lendemain avec Jeannot. Puis la chambre se vida et ce fut le silence. Elle crut entendre chuchoter, à côté, mais elle n'en était pas certaine. Elle avait déjà sombré dans un sommeil lourd.

XXVII

Les trois premiers jours qui avaient suivi la tragédie avaient été un véritable enfer pour Lucia. Certes, elle avait été heureuse d'être aidée, cajolée, surveillée par les voisines qui ne la laissaient jamais seule. Il y avait eu aussi les visites quotidiennes de Marisette, d'employées de l'usine, de femmes de mineurs venant prendre des nouvelles tout en se lamentant sans fin au sujet de la catastrophe au cours de laquelle ce « pauvre » Claudio, comme elles disaient, avait trouvé la mort. Puis elles s'attardaient sur celle de Maurice, également tué par l'éboulement, avant de pleurer sur le sort des quatre blessés qu'on avait emmenés à l'hôpital de Montpellier. Et pour finir, cette fausse couche, gémissaient-elles. Quel malheur ! Ces rappels incessants, ces larmoiements et les allées et venues qui se succédaient sans fin l'avaient épuisée, l'empêchant de faire son deuil comme elle l'eût souhaité. Elle aurait aimé qu'on la laisse enfin seule, barricadée dans son chagrin et son destin tragique. Lucia estimait que les douleurs muettes, celles qui détruisent de l'intérieur, ne se partagent pas.

« Et dire, songeait-elle parfois, que le Dr Boudouresque me recommande le repos ! »

Toutefois, une présence l'avait beaucoup aidée à supporter l'épreuve, surtout le jour des obsèques. Elle avait chargé Marisette de prévenir les Cambon, et ceux-ci, éplorés par ce drame, étaient arrivés la veille de l'enterrement, auquel avaient assisté une foule de mineurs et d'employés de l'usine. Même Mme Favière était venue l'embrasser sans pouvoir retenir ses larmes, après la cérémonie.

Ce jour-là, Jeannot et Marisette, comme Germaine et Maryse, l'avaient bien soutenue, mais la présence la plus réconfortante pour elle avait été celle de ce vieux couple. Les seules personnes avec qui elle pouvait évoquer son enfance. Ils étaient restés deux jours, obligeant les visiteurs à respecter un peu son intimité, ce qui lui avait fait le plus grand bien. Aussi en gardait-elle un souvenir ému. Ils étaient si gentils, si prévenants ! Joseph n'avait cessé de l'encourager.

— Tu es jeune, Lucia, lui répétait-il, tu dois lutter parce qu'un jour la chance tournera, j'en suis certain.

Au contraire, Rosine ne savait que se lamenter.

— Ma pauvre petite, serinait-elle souvent, à peine mariée et déjà veuve !

Avant d'ajouter tristement :

— Quelle fatalité ! Le bonheur, ça ne fait que passer dans la vie de certains, et encore faut-il de bons yeux pour le voir ! Mais le malheur, il n'y a pas besoin de bésicles pour se rendre compte qu'il est là ! Il vous colle à la peau et ne vous lâche plus. On a beau tout essayer, on ne peut plus s'en débarrasser…

Alors, Joseph la tançait.

— N'écoute pas ma femme, s'emportait-il, elle radote. C'est difficile d'en parler en ce moment, mais à ton âge il faut aimer la vie, et la vie finira par t'aimer. Le sort ne peut pas être indéfiniment mauvais.

Et lorsqu'il voyait qu'elle s'efforçait de retenir ses larmes, il lui prenait les mains et la sermonnait gentiment :

— Laisse-toi aller, ma fille. Si tu ne sais pas pleurer pour chasser ta peine, tu ne pourras jamais être tout à fait heureuse, plus tard.

Lucia adorait ce couple merveilleux qui lui avait apporté un profond réconfort. « Ils font partie de ces gens dont le cœur innocent a la pureté et la fragilité du verre, mais qui ont des âmes généreuses, vigilantes et pleines de bonté », songeait-elle. Si bien qu'auprès d'eux elle s'était sentie apaisée.

Toutefois, elle devait bien admettre que tout le monde, autour d'elle, s'était efforcé de la soutenir avec une grande sollicitude. Ainsi, Germaine et Maryse veillaient toujours sur elle et M. Jean lui avait fait dire par Marisette de ne pas s'inquiéter et d'attendre d'être suffisamment reposée avant de revenir travailler. Quant à M. Descombes, l'ingénieur, il s'était montré prévenant lorsqu'il lui avait rendu visite pour l'informer qu'elle aurait droit à une pension et qu'il se chargeait de toutes les formalités. Il s'était aussi occupé d'organiser les obsèques, réglant les dépenses au nom de la Pennaroya. De plus, il l'avait assurée que le logement restait à sa disposition, ce qui était réconfortant. Toutefois, si elle s'y sentait en sécurité et bien entourée, elle s'interrogeait : comment continuer à vivre plus longtemps dans un lieu où tout lui rappelait Claudio ?

Lorsqu'elle pensait à cela, elle revoyait le cri d'horreur figé sur son visage, à l'infirmerie, et la colère contre son destin tragique prenait le dessus sur l'abattement. Qu'avaient-ils fait de mal, Claudio et elle, pour que le sort s'acharne ainsi ? Son mari était mort ? L'univers s'en moquait, rageait-elle. Il continuait sa route, aveugle, insensible. Qu'allait-elle devenir maintenant qu'elle se trouvait seule une nouvelle fois ? Était-elle condamnée à une perpétuelle solitude ? Souvent, le visage de Sylvain venait la tourmenter, mais elle s'efforçait de chasser cette image, estimant qu'elle n'avait pas le droit de penser à lui. Elle avait fait le choix de Claudio, elle devait l'assumer. Tant pis pour elle. D'ailleurs, elle se persuadait que, sous le coup de la déception, Sylvain avait dû se trouver une nouvelle compagne. Elle devait l'oublier, se révolter pour affronter l'avenir sans faiblesse et se répéter que le mauvais sort ne pouvait être éternel, comme l'y encourageait le bon pépé Cambon. Cela faisait maintenant une semaine qu'elle avait arrêté le travail. Et M. Jean avait beau lui recommander de se reposer, il était temps pour elle de reprendre le chemin de l'usine.

— Tu as bien le temps, petite ! se récriaient Germaine et Maryse quand elle en parlait.

Mais elle avait décidé de retourner à la teinturerie dès le prochain lundi. L'inactivité lui pesait, il lui fallait sortir de cet environnement où elle se laissait dorloter, où chacun cherchait à lui être agréable. « Il est vain de se lamenter indéfiniment sur son sort », songeait-elle. Recommencer à travailler l'aiderait à soulager sa peine, elle en était persuadée.

*

* *

Saint-Laurent-le-Minier, le 3 décembre 1951
À Madame Favière

Madame,

Permettez-moi d'abord de vous remercier infiniment pour le don généreux que vous faites à ma paroisse. Je vous associerai à mes prières et dirai une messe pour vous.

Dans le courant de la semaine, une de mes fidèles doit venir à Ganges et vous rapportera l'argent que vous m'aviez fait parvenir par l'intermédiaire de votre chauffeur à l'intention de Mme Gomez. Elle l'a en effet refusé.

Je me suis rendu hier au domicile de cette jeune femme qui m'a très gentiment reçu. Mais elle m'a répondu qu'elle ne pouvait accepter cette somme, m'expliquant qu'elle gagnait bien sa vie et que M. Descombes l'avait informée qu'elle aurait droit à une pension.

Comme vous vous doutiez de sa réaction, j'ai eu beau lui affirmer, selon votre désir, qu'il ne s'agissait pas de charité mais de gages que vous restiez lui devoir, Mme Gomez m'a assuré que vous ne lui deviez rien. Elle a ajouté qu'elle appréciait beaucoup votre générosité et votre gentillesse et qu'elle vous serait éternellement reconnaissante de l'avoir recueillie alors qu'elle était perdue, ne sachant où aller. Ce sont les mots qu'elle a employés. Et elle m'a demandé, en insistant beaucoup, de vous remercier.

Elle m'a indiqué qu'elle avait repris le travail à l'usine il y a déjà trois semaines et m'assure qu'elle y a reçu un accueil attentif et chaleureux de la part de ses camarades comme de sa hiérarchie, ce qui l'aide bien à supporter sa douleur, d'autant qu'elle y côtoie sa grande amie, une nommée Marisette avec qui elle fait équipe.

Je trouve que cette jeune femme fait preuve d'une grande énergie pour surmonter le terrible drame qui l'a touchée. Et elle a d'autant plus de mérite qu'elle a fait une fausse couche qui ne l'empêchera pas, le docteur a été formel m'a-t-elle dit, d'avoir des enfants plus tard.

Je pense que c'est une personne qui s'est forgé un fort caractère après avoir beaucoup souffert. Mais l'avenir est devant elle, je suis certain qu'elle saura surmonter l'adversité.

En regrettant de n'avoir pu faire mieux et en vous remerciant encore de votre générosité, je tiens à vous redire combien votre confiance m'honore.

Je vous prie de croire, Madame, à mes très religieux sentiments.

Pierre-Émile Salendres,
Curé de Saint-Laurent-le-Minier.

*
* *

Mme Favière avait fini par se faire conduire à Saint-Laurent-le-Minier, tout en s'interrogeant sans cesse sur le bien-fondé de cette démarche.

Après avoir longuement considéré ces habitations de fortune qu'on appelait les chalets de la mine, elle avait hésité, se demandant comment on pouvait vivre dans un tel baraquement. Ce début décembre était froid, les logements étaient-ils chauffés, au moins ? « Que suis-je venue faire là ? » se dit-elle.

Mais il était hors de question de repartir sans être allée au bout de sa démarche. Elle monta résolument l'escalier et s'enquit de Lucia auprès de deux dames qui papotaient.

Elle parut extrêmement surprise de la voir, mais s'avança pour l'embrasser gentiment, tandis qu'elle-même débitait d'une seule traite un prétexte inventé la veille : elle devait rencontrer le curé au sujet d'un pèlerinage à la Vierge du Suc qu'elle organisait prochainement pour la paroisse de Ganges, en association avec celle de Saint-Laurent-le-Minier.

— Ainsi je ne pouvais pas passer devant votre porte sans m'arrêter, conclut-elle.

— C'est très aimable à vous, je suis ravie de votre visite. Si madame veut bien entrer.

« Toujours les mots qui mettent une barrière. Mais dits d'un ton affable et presque réjoui », songea Mme Favière. Lucia l'invita à s'asseoir avant d'ajouter :

— Ne soyez pas fâchée parce que j'ai refusé l'argent que vous m'aviez fait parvenir, mais je ne pouvais l'accepter. Je vous suis déjà tellement reconnaissante de m'avoir sauvée quand j'étais en perdition. Et c'est grâce à vous que Claudio a été libéré. Il m'a dit que vous lui aviez payé un avocat. En fait, c'est moi qui vous suis redevable. Votre générosité me touche beaucoup.

Alice écarta les bras.

— Pourtant j'aurais été ravie de vous offrir cette aide…

Lucia prit un air désolé.

— Ah ! Madame, ne voyez aucune mauvaise intention de ma part. Bien sûr, je savais que vous ne me deviez rien et j'ai bien compris que vous désiriez me faire une gentillesse, mais ce n'était pas nécessaire. Je gagne bien ma vie et je toucherai une pension, pour Claudio.

Toujours ce « madame » qui maintenait les distances. Le curé avait raison, Lucia était fière et un peu obstinée. Cela lui rappelait lorsqu'elle voulait lui vanter les mérites d'un mariage avec Claudio, et qu'elle changeait sans cesse de sujet.

— Je vais faire du café, dit Lucia. Il fait froid en ce début décembre, cela vous réchauffera.

Tandis que Lucia s'affairait, Alice observa la pièce, sommairement meublée d'une table et de deux bancs, égayée de rouge par le grand rideau qui cachait l'alcôve, et fut surprise de se trouver au chaud, tant le poêle à mazout rendait l'atmosphère agréable. Tout, autour d'elle, était modeste, mais net, impeccable. Elle reconnut bien la rigueur de Lucia.

Tandis que la jeune femme disposait les tasses, elle remarqua la gravité nouvelle de son visage, le hâle de ses joues, apanage de ceux qui vivent souvent à l'air libre. Et aussi une sorte de douceur, presque de mollesse qu'elle ne lui connaissait pas. « Le deuil l'a marquée, songea-t-elle, mais elle est toujours aussi belle, et même plus épanouie. »

Tandis qu'elles buvaient leur café, Lucia continuait à parler, expliquant qu'elle retournait à l'usine depuis déjà plus d'un mois et que tout le monde avait été gentil avec elle, y compris la direction. Elle était même obligée de se protéger un peu de ses voisines qui rivalisaient pour l'inviter. En particulier Germaine et Maryse qui la soutenaient beaucoup.

— Et puis mon amie Marisette est adorable.

Elle détourna un instant les yeux.

— Jeannot, son mari, dispose d'une voiture et vient me chercher, le dimanche...

Lucia accumulait les mots comme des pavés sur une barricade, songeait Mme Favière. Mais elle ne parlait pas d'elle. De sa vie, du drame qu'elle avait vécu, de sa solitude, ni de sa fausse couche ou de la façon dont elle envisageait l'avenir, dorénavant. Alice s'était dit que, si elle était bien accueillie, elle proposerait à Lucia de la reprendre à son service en s'alignant sur son salaire à la teinturerie. C'était un peu déraisonnable, mais Louis-Xavier ne s'y opposait pas. Cela lui permettrait d'argumenter, d'expliquer à Lucia qu'elle serait bien plus heureuse au Clos des Tilleuls, que son travail y serait moins pénible, qu'elle lui laisserait plus de liberté. Elle irait même jusqu'à lui faire remarquer qu'elle n'aurait plus tous ces kilomètres à parcourir quotidiennement à vélo par un froid glacial. Tout cela était dérisoire. À présent, Alice réalisait combien elle s'était trompée. En parlant beaucoup, Lucia anticipait déjà le refus qu'elle allait lui opposer, quelle que soit la proposition qu'elle puisse faire. Elle avait tout deviné de ses calculs, Alice en était certaine. En fait, elle avait cru bien faire mais se rendait compte combien la jeune femme était farouchement indépendante. Forte, aussi. Malgré tous les aléas, elle devait affronter seule l'avenir et ce n'était pas plus mal, finalement.

Elle finit sa tasse de café et esquissa un sourire.

— Je vais vous quitter, Lucia, car monsieur le curé m'attend, mais je suis ravie de vous voir si courageuse, dit-elle.

Les deux femmes s'embrassèrent sur le pas de la porte.

— Je souhaite de tout cœur que vous trouviez la paix et que la vie soit plus généreuse envers vous, à l'avenir. Vous le méritez.

Puis, pour s'enlever le regret, juste avant de s'éloigner :

— Toutefois, sachez que vous aurez une amie dévouée au Clos des Tilleuls et que vous y serez toujours la bienvenue, si vous avez besoin d'une aide quelconque. Y compris un emploi, si vous le désirez un jour…

— Je m'en souviendrai, madame Favière.

Alice s'échappa.

XXVIII

VERS LA MI-DÉCEMBRE, une vague de grand froid s'établit sur les Cévennes. À peine levée, peu avant 5 heures, Lucia regardait la nuit et frissonnait par avance en songeant aux six kilomètres à parcourir à vélo pour aller à l'usine. La pleine lune éclairait faiblement les collines, au loin, tandis que les étoiles semblaient crépiter. C'est du moins ce qu'elle pensait en observant le ciel à travers les carreaux.

Tout de suite après avoir traversé le pont, sur la Vis, elle savait qu'elle serait encore contrainte à mettre pied à terre sur une cinquantaine de mètres à cause du verglas persistant à cet endroit qu'elle redoutait. Même en marchant prudemment, à peine éclairée par une simple lampe de poche, il lui fallait faire très attention de bien regarder où elle mettait ses pas sur les bords herbeux de la chaussée afin d'éviter une glissade qui pouvait être dangereuse.

« Pourvu qu'il ne neige pas ! » songeait-elle tous les jours en mangeant une tartine préparée la veille tout en avalant un café brûlant. Si tel était le cas, comment pourrait-elle s'arranger afin de ne pas manquer à l'usine ?

Cette question l'inquiétait beaucoup. Bien sûr, Marisette lui avait proposé à plusieurs reprises de lui offrir l'hospitalité pour quelques jours. Mais jusque-là, Lucia avait préféré refuser la générosité de son amie pour laisser le couple vivre tranquillement le bonheur total de leurs premiers mois de mariage. Depuis deux dimanches, elle prenait d'ailleurs prétexte des températures glaciales pour éviter d'aller les retrouver et troubler ainsi leur intimité. Mais avec cette froidure, les gens se calfeutraient chez eux, aussi les après-midi lui paraissaient interminables après sa journée de travail. Lucia avait même fait l'achat d'un poste de radio mais ne l'écoutait que distraitement, passant de longues heures à méditer sur son lit.

En fait, à l'approche du 25 décembre une espèce de mollesse et de vacuité s'était emparée d'elle tant la solitude lui pesait. Elle avait déjà reçu beaucoup d'invitations pour cette date ; de la maman de Marisette, de Germaine, de Maryse et d'autres encore. Cette sollicitude lui réchauffait le cœur mais elle hésitait, ne promettait rien, ne sachant que faire, n'ayant aucune envie de décider quoi que ce soit. « Pourquoi aller troubler une maisonnée pour cette si belle fête familiale ? » se disait-elle. En fait, Lucia songeait que, malgré tous ses malheurs, et en particulier celui de ne garder aucun souvenir d'un Noël passé en famille, elle n'avait jamais connu une fin d'année si triste.

À Concourès, les sœurs les gâtaient, Claudio et elle. C'était une époque bénie où ils recevaient de menus cadeaux, une orange, une poupée, un livre. Mais, surtout, les religieuses se montraient particulièrement affectueuses à cette période et la fête commençait bien avant le 25 décembre, car il fallait aider à faire la crèche dans la minuscule chapelle attenante à la salle de classe. Une tâche joyeuse à laquelle participaient tous les élèves. C'était une trêve dans la monotonie des jours, un moment de partage et de fraternité où l'on oubliait les chicaneries, les guéguerres et les petites querelles habituelles.

Même à Grand-Puy, cette date apportait un répit dans les tracas et le rude labeur quotidien. Surtout du temps du patriarche, Anthelme, qui veillait à ce que les tables fussent bien garnies toute une semaine durant. Pour l'occasion, il accordait aussi une prime à chacun des domestiques et tous se rendaient en charrette à Cabriac pour assister à la messe de minuit. Ainsi, malgré la dureté de la vie avait-elle l'impression d'appartenir à une communauté solidaire. Quant aux Favière, ils s'étaient montrés généreux et attentifs pour le seul Noël qu'elle avait passé avec eux dans le confort d'une belle maison où, croyait-elle, elle se sentait en sécurité et à l'abri des coups du sort.

Toutes ces idées noires lui revenaient en tête le soir, quand elle se couchait, l'empêchant de trouver le sommeil. Elle tournait, se retournait dans son lit, s'interrogeant sur ce qu'allait être son destin. « Sans la mort de Claudio, se lamentait-elle en soupirant, je me réjouirais avec lui de voir mon ventre s'arrondir et, au lieu de cela, je me retrouve seule et mon corps est froid comme une maison vide. »

Elle n'avait aucune idée de ce que lui réservait l'avenir. Elle savait qu'un jour elle devrait quitter les chalets de la mine parce que sa vie ne pouvait être là. Mais pour aller où ? Avec quel projet ? Ses pensées devenaient confuses et elle se torturait, se demandant si elle était condamnée à subir sans fin un vent aride qui la chassait sans répit d'un lieu à l'autre. Elle réalisait que, depuis sa fuite d'Espagne avec son père, elle n'avait jamais cessé d'errer sans pouvoir jamais se fixer nulle part et y être vraiment heureuse. Ainsi, le découragement finissait par la gagner et son âme souffrait d'usure de plus en plus résignée.

« Où est ma place dans l'existence ? s'interrogeait-elle. Ne suis-je qu'une passante poudrée à frimas, filant sans cesse au ras des murs, au ras des jours, au hasard des épreuves que m'impose le destin ? Dieu, s'il existe, me trouve-t-il si insignifiante qu'il a décidé de m'abandonner ? »

Quand elle en arrivait là de ses divagations, une idée l'obsédait, de plus en plus prégnante, impérieuse, qu'elle ne parvenait plus à chasser tant elle se disait que se confier la soulagerait de ses peines afin de pouvoir affronter à nouveau la vie avec courage. Mais la pudeur l'en empêchait, et aussi la peur de décevoir des personnes chères à son cœur en faisant une révélation qu'elle avait toujours farouchement tue, y compris à Marisette. Et elle se torturait, se demandant si son aveu ne risquait pas de lui faire perdre le seul lien quasi familial qui lui restait. Une nuit où le sommeil la fuyait plus que d'ordinaire, après avoir passé un dimanche d'une tristesse infinie, le besoin impérieux de se livrer finit par dominer ses craintes. Elle bondit de son lit pour se précipiter à la cuisine, soudain persuadée qu'elle devait faire confiance à ce couple qu'elle savait infiniment généreux et indulgent. Elle serait plus forte une fois libérée de son lourd secret. D'ailleurs, les Cambon n'avaient-ils pas déjà pardonné la faute qu'avait confessée Claudio ?

Saint-Laurent-le-Minier, le 13 décembre 1951
Chers Rosine et Joseph,

Pardonnez-moi, à l'approche de Noël, de vous ouvrir mon cœur comme je le ferais à mes propres grands-parents, si je le pouvais. Je me sens si seule et malheureuse, ces jours-ci ! Pourtant, depuis le drame, j'avais assez bien supporté la terrible épreuve que j'ai subie grâce à tous les soutiens que j'ai reçus. Le vôtre, surtout, a été le plus précieux. Mais ce qui me manque le plus cruellement à cette époque si particulière, c'est une famille. J'y suis malheureusement habituée depuis toujours, mais cette année je le ressens encore plus cruellement après ce que je viens de vivre. Oh ! Je n'ai pas à me plaindre, pour Noël je reçois des invitations de tous mes amis et surtout de ma copine Marisette. Pourtant, je n'ai qu'une envie, c'est de me cacher pendant ces fêtes qui seront si tristes pour moi.

J'ai longtemps hésité avant de vous écrire, de peur de vous faire de la peine et sachant combien vous étiez attachés à Claudio, surtout vous, Joseph, qui lui aviez transmis la passion du jardinage. Mais j'ai confiance, vous avez été si bons et compatissants avec moi et si compréhensifs avec Claudio, quand il vous a avoué sa faute. Et puis à qui d'autre avouer un secret qui me pèse et me persécute ?

Vous vous souvenez, Joseph, du jour où vous m'avez revue à Concourès et que vous m'avez donné l'adresse de Claudio, à Ganges. Je vous avais expliqué que je n'avais échappé au viol du régisseur de Grand-Puy que grâce à l'intervention miraculeuse de Sylvain, un jeune homme qui se trouvait là par le plus grand des hasards. Eh bien, ce garçon, je l'ai rencontré à Ganges un jour où il était à ma recherche après s'être renseigné auprès de vous. À ce moment-là, Claudio était en prison et j'habitais une chambre en centre-ville. C'était un samedi et il y avait une manifestation de viticulteurs dans laquelle il s'était laissé entraîner par son tempérament, étant lui-même vigneron. Et figurez-vous que je l'ai sauvé d'une bastonnade alors que, blessé, il gisait à terre devant ma porte. Quel étrange signe du destin ! Il avait beaucoup saigné mais ce n'était pas grave. Le lendemain, il m'a invitée au restaurant puis nous sommes allés danser au Cheval Blanc, où mon amie Marisette avait ses habitudes.

À ce moment-là, Claudio était en prison, je ne savais rien de lui ni ce qu'il ferait lorsqu'il serait libéré et je suis tombée follement amoureuse de ce garçon. Mais j'avais fait des promesses à Claudio, et comme Sylvain était revenu me voir le dimanche suivant, j'ai essayé de le fuir en déménageant de la chambre que je louais. En vain, puisqu'il m'a retrouvée. Mon Dieu, Rosine, Joseph, je n'ai pu m'empêcher de me donner à lui parce que Sylvain était l'homme que j'avais cherché toute ma vie et je voulais connaître, au moins une fois, le bonheur ineffable, indescriptible, d'appartenir à celui, le seul, pour qui bat toujours mon cœur. Nous avons passé trois jours merveilleux ensemble avant qu'il ne parte. C'est un souvenir indélébile, gravé au plus profond de moi. Mais quand Claudio est réapparu, j'ai tenu parole malgré le chagrin qui m'accablait. Il m'avait sauvée en me faisant accepter par les Favière alors que j'étais en fuite, mineure, ne sachant où aller. Je lui étais redevable. Et puis nous avions vécu tellement de choses en commun !

Mais ce qui me persécute, qui me fouille comme une bêche et me fait souffrir, c'est que je n'ai jamais réussi à oublier Sylvain. Même mariée, même après avoir annoncé à Claudio que j'étais enceinte et, pardonnez-moi, même maintenant que je suis veuve. Je lutte pour le chasser de ma mémoire, mais son souvenir est dans mon cœur. Que Dieu soit indulgent, je n'y peux rien.

Je ne parle jamais à personne de cela, même pas à Marisette qui, pourtant, m'encourage discrètement à lui écrire. J'estime ne pas en avoir le droit. D'ailleurs, il a peut-être épousé une autre jeune fille, maintenant, et je dois assumer mon choix. Et croyez bien que j'ai tout fait, pendant les quelques semaines où j'ai été mariée, pour être honnête dans mes sentiments et rendre Claudio heureux. Et sincèrement, il l'a été et faisait des projets d'avenir. Mais j'ai honte de l'avoir trahi malgré moi, même en pensées.

Quand il a été libéré et qu'il est venu m'attendre à la sortie de l'usine, il m'a dit que du temps avait passé et que, si je ne voulais plus de lui, il disparaîtrait définitivement de ma vie. Cela aurait été lâche de ma part de le laisser, surtout dans un moment aussi difficile pour lui qui se trouvait dans la même situation que moi, après ma fuite. Je ne le regrette pas. Mais il s'est montré plus noble et généreux que moi, finalement.

Mon Dieu, Rosine, Joseph, ne me condamnez pas, je vous prie. Je me sens tellement soulagée, après m'être confiée ! Je voudrais humblement que vous me pardonniez, vous qui m'avez connue enfant. Après, je crois que je serai libérée de mes remords et pourrai plus sereinement affronter la vie. Mais je vous en supplie, ne parlez à personne de cette lettre.

Je vous souhaite les plus belles fêtes qui soient avec tous vos enfants et petits-enfants et je vous embrasse très fort.

Lucia.

Concourès, le 19 décembre 1951
Ma petite Lucia,

Ta lettre nous a beaucoup émus, Rosine et moi. Sache que nous pensons bien à toi en cette période particulière, comme tu le dis, et que nous comprenons les angoisses qui te tourmentent ainsi que tes craintes quant à l'avenir. Tu veux que nous te pardonnions ? C'est déjà fait, Lucia, et Rosine se joint de tout cœur à moi.

Vois-tu, nous ne sommes qu'un vieux couple avec un cœur où est passé bien du sang ; un fleuve, depuis tant d'années ! Mais rien ne l'a usé, notre cœur. Il aime encore et il garde une bonne place pour toi qui as vécu tant d'épreuves. D'ailleurs, comment pourrais-je te faire des reproches, moi qui t'ai encouragée à aimer la vie ? Tu as été honnête avec Claudio, c'est le principal puisque tu l'as rendu heureux. Même si un destin tragique a tout brisé. Et puis tu nous dis que tu ne parviens pas à oublier Sylvain. Je le connais, nous avons beaucoup parlé quand il est venu me voir. C'est un brave garçon qui a eu ses épreuves, lui aussi. Eh bien, ne te torture pas ainsi, Rosine et moi ne pouvons te blâmer parce que l'amour ne se condamne pas. Il n'y a pas de tribunal pour cela, ma petite Lucia.

Je te le répète : abandonne tes regrets et tes remords et regarde l'avenir avec courage et confiance. Je suis certain qu'une étoile veille sur toi, là-haut, car chacun a droit à une deuxième chance dans la vie. Alors, cesse de lui envoyer des signes négatifs, sinon ton astre finira par s'éteindre. Au contraire, il faut garder l'espoir dans cette lumière qui brille, quelque part. Un jour, elle saura te le rendre. Quant aux fêtes de Noël, tu n'as encore rien promis, c'est bien, sinon excuse-toi. Et surtout, ne pars pas te cacher. Rosine et moi, nous nous faisons une joie de t'accueillir et tu ne peux nous refuser ce plaisir sous aucun prétexte.

Cette année, Noël étant un mardi, nous t'attendons sans faute le dimanche et tu resteras les trois jours avec nous, cela te permettra de connaître nos enfants et petits-enfants. Renseigne-toi tout de suite pour les horaires des autobus. Pour coucher, nous serons serrés, mais on se débrouillera. Il suffira que vous, les femmes, donniez un coup de main à Rosine pour la cuisine parce que nous serons nombreux. Allez, ce sera une belle fête et tu n'auras pas le temps d'être triste, je te le garantis.

Rosine et moi t'embrassons bien fort.

Joseph.

*
* *

Lucia est si émue que, parfois, les larmes lui viennent aux yeux. Tant de souvenirs assaillent sa mémoire alors que l'autobus s'approche de Concourès ! Des bons et des mauvais, comme ceux de l'année passée où elle avait été désespérée de ne pas retrouver les sœurs à la maison-école. Elle frissonne malgré elle. Que d'événements se sont produits depuis ce jour ! Pourtant, il semble que le destin la ramène toujours à ce village où elle a vécu les seules années véritablement heureuses de sa vie, protégée par des religieuses exigeantes mais aimantes et soucieuses de son éducation. Elle sourit, songeant qu'aujourd'hui elle sait qu'elle sera accueillie par des gens adorables et généreux qu'il lui tarde d'embrasser. Après tant de jours à se lamenter sur son sort, elle ne veut penser qu'à ce bonheur tant attendu. Et elle s'est promis d'aller saluer Julie, la patronne du bar-hôtel qui l'avait si bien réconfortée, ce qui lui avait permis de reprendre des forces alors qu'elle était en perdition.

Elle se tourne vers la fenêtre, heureuse de découvrir des paysages familiers. Déjà, elle aperçoit les premières maisons au bout de la ligne droite et elle sourit, en songeant que Joseph et Rosine doivent peut-être guetter l'arrivée du bus, eux qui habitent presque en face de l'arrêt. La veille, elle a eu une chance inouïe en apprenant par Germaine qu'un chef de poste de la mine se rendait le lendemain à Béziers pour passer les fêtes chez ses parents. Avec les deux enfants du couple, ils se sont un peu serrés sur la banquette arrière, mais le départ était fixé de bonne heure, cela lui a permis de prendre le car suffisamment tôt pour parvenir à destination à midi. De précieuses heures gagnées.

Lucia pense à ce que lui a dit Joseph dans sa lettre, au sujet de l'étoile qui luit dans le ciel et veille sur elle. Il doit avoir raison car après avoir craint qu'il neige, ce qui l'aurait empêchée de voyager, le temps s'est un peu réchauffé ces derniers jours. Ainsi, l'air est bien aiguisé, bien net, mais le soleil brille toute la journée et il n'y a pas de vent ni de nuages.

L'autobus arrive enfin dans la rue principale et Lucia se lève avant même que le chauffeur n'arrête le véhicule, tant elle est impatiente de voir si Joseph l'attend. Elle ne tarde pas à l'apercevoir et est profondément émue de découvrir la silhouette menue de Rosine à ses côtés. Elle se saisit de sa valise et s'approche de la porte alors que le car stoppe à peine. L'instant d'après, les Cambon, tout sourire, sont en face d'elle et lui souhaitent la bienvenue.

— Merci ! s'exclame Lucia en les enlaçant tous les deux, les larmes aux yeux. Oh ! Merci de m'avoir invitée, vous ne pouviez pas me faire un plus beau cadeau.

— Viens, petite, dit Rosine. Tu dois avoir faim et soif. Le repas est prêt.

Ils n'ont que quelques pas à faire pour se trouver devant le portail. Lucia s'arrête un instant pour observer les lieux, le jardin, la coquette maison où Joseph les entraînait, parfois, pour que Rosine leur offre un carré de chocolat ou un bonbon. Elle s'exclame :

— Mon Dieu, Joseph, si vous ne m'aviez pas aperçue lorsque j'attendais le car, l'an dernier, je me demande ce que je serais devenue !

Joseph pose la valise à terre et prend Lucia à l'épaule pour la serrer fortement contre lui.

— Ce jour-là, Lucia, c'est l'étoile qui veille sur toi qui m'a fait venir arracher l'herbe juste à ce moment-là.

Il lève un doigt sentencieux.

— Il faut toujours espérer en la vie, je te l'ai déjà dit…

La voix vaguement moqueuse du vieil homme surprend Lucia qui fronce les sourcils, intriguée, car elle remarque aussi qu'il vient de lancer un clin d'œil malicieux à Rosine. Son regard va de l'un à l'autre, et elle s'aperçoit qu'ils paraissent tous deux attendris. « Ils sont heureux de me recevoir, quels braves gens ! » songe-t-elle.

Alors qu'ils approchent du portail, elle remarque une fourgonnette 2 CV Citroën garée devant la maison des Cambon.

— Un de vos fils est déjà arrivé ? s'étonne-t-elle.

— Non… Ce n'est pas ça… répond Joseph.

Il se tourne vers Rosine, qui l'encourage d'un sourire. Alors, Joseph se lance :

— Hier soir, avant de nous endormir, Rosine et moi avons adressé une prière à ta fameuse étoile. Et nous lui avons dit que, si elle avait enfin envie de faire quelque chose pour toi, le moment était venu. Eh bien, figure-toi que, ce matin, cette voiture était garée devant chez nous !…

Lucia se fige, car maintenant Rosine et Joseph paraissent en proie à un grand trouble. Son arrivée, même plus tôt que prévu, ne peut être la raison d'une telle émotion. Et puis cette histoire de prière à son étoile, cette voiture…

— Que se passe-t-il ? Expliquez-moi… implore-t-elle.

Joseph la prend par le bras et l'entraîne, l'air décidé.

— Viens, dit-il. Tu comprendras, on t'a un peu trahie, mais pour la bonne cause.

— Trahie ? Comment ?

Joseph n'a pas le temps de répondre, la porte d'entrée vient de s'ouvrir et Sylvain apparaît brusquement sur le seuil, qui la regarde intensément. La surprise et l'émotion paralysent Lucia.

— Mais… balbutie-t-elle.

Elle se sent vaciller et doit s'accrocher au bras de Joseph. Sylvain, lui, est lourd et saoul de cet orgue qui ronfle dans sa poitrine. Il a une folle envie de serrer Lucia contre lui, mais il reste cloué sur place, incapable d'esquisser le moindre geste tant elle paraît désarmée, nerfs brisés, haletante comme il ne l'a jamais vue. Et tellement émouvante dans son désarroi. Cela dure un instant qui leur semble une éternité. Qui a cédé le premier ? Ils ne sauraient le dire, mais ils se retrouvent soudain dans les bras l'un de l'autre en une étreinte si intense qu'ils en tremblent tous deux jusque dans leur cœur. Derrière eux, Rosine et Joseph se sourient, heureux et fiers d'avoir pu réunir ces deux êtres désaccordés.

Quand, enfin, Sylvain cesse de la serrer contre lui, Lucia relève sa jolie tête enfouie au creux de son épaule. Elle a les yeux brillants de larmes.

— Je ne me souvenais pas que tu étais aussi fort, balbutie-t-elle avec un voile dans la voix.

Et Sylvain de dire :

— Je ne me souvenais pas que tu étais aussi belle.

Rosine et Joseph s'approchent pour les embrasser à leur tour. Il ne reste plus aux Cambon qu'à pousser doucement les amoureux à l'intérieur de la maison pour cacher ces effusions à la vue du couple qui vient de passer dans la rue. Ce bonheur tout neuf n'a pas besoin de témoins indiscrets.

Épilogue

Après une longue courbe, la fourgonnette a quitté la route goudronnée pour emprunter un large chemin entouré de chênes verts. Il est encore tôt et le soleil de cette belle journée d'hiver resplendit. Lucia se penche en avant pour admirer un aigle qui plane dans le ciel. Puis elle soulève la vitre pour respirer le parfum unique de la terre, des cades touffus, l'odeur d'église des buis, de la mousse humide, tous effluves familiers qui lui rappellent soudain Grand-Puy. Elle frissonne à ce souvenir. Sylvain, qui la surveille du coin de l'œil, s'en aperçoit et la rassure :

— On ne risque pas de rencontrer Paillès dans la région. Louis Massebiau l'a renvoyé au printemps, quand tous les domestiques se sont révoltés contre lui. Personne ne sait ce qu'il est devenu, mais ça va beaucoup mieux à Grand-Puy depuis qu'il est parti.

Lucia est soulagée et remercie d'un sourire. Elle se demande si Sylvain peut lire dans ses pensées.

Après le repas, il a rapidement pris congé, tant il était impatient de montrer la Vernède à Lucia. Les Cambon ne les ont pas retenus, devinant combien il devait leur tarder de se retrouver seuls.

Ils n'ont guère bavardé durant le trajet. Un peu comme si tous deux n'osaient encore croire au bonheur qui les attend. Peut-être aussi, en vérité, redoutaient-ils que le seul bruit des mots ne désaccorde leurs âmes et ne réduise en cendres leur commune espérance. C'est pourquoi Sylvain a préféré rester prudent, évitant de parler de l'avenir. Il a quand même expliqué gravement que sa mère est décédée en septembre à l'hôpital de Béziers, où elle avait été admise après une nouvelle syncope.

— Par chance, elle n'a pas souffert, a-t-il murmuré après un silence qui s'est prolongé.

Quant à Lucia, elle se sent fragile, après tout ce qu'elle vient de vivre ces deux derniers mois, de longues journées faites de froidure et de frissonnements, de solitude et d'accablement. Ces retrouvailles avec Sylvain sont si soudaines, si inespérées qu'elle est saisie de vertige devant le tournant totalement imprévu que vient de prendre sa vie.

Maintenant, elle regarde de tous ses yeux. La voiture s'est enfin arrêtée et elle découvre une jolie fermette aux volets peints en vert. Bien sûr, la tonnelle fait un peu triste sans sa glycine qui a perdu ses feuilles et ses fleurs, mais elle l'imagine déjà à la belle saison. Et puis il y a un tilleul devant la porte et des noyers, derrière, plantés à l'entrée d'un grand bâtiment qui doit être la cave. Quant à la basse-cour, dont Sylvain s'est débarrassé à la mort de sa mère, elle se sent de la reconstituer. Elle connaît par cœur le travail de la ferme.

— Viens, dit Sylvain.

Ils descendent de voiture et font quelques pas, main dans la main, jusqu'à l'entrée de la maison.

Sylvain se retourne et d'un geste large du bras il désigne l'horizon. La vigne, dans le creux du vallon, la rivière dont les eaux scintillent dans le lointain, les bois de chênes sur les pentes des collines au-dessus desquelles tournent de grands oiseaux de proie. Tout est net, offert, révélé par une force sereine et une harmonie si souveraine qu'elle en est captive un long moment.

— Voilà le bien modeste royaume que je peux t'offrir et où nous pourrions construire notre vie, dit Sylvain. Pour l'instant, il est triste et dépeuplé, mais j'aimerais voir des enfants courir autour de la maison, entendre des cris de joie et des éclats de rire, te serrer dans mes bras après les avoir couchés, avant que nous allions nous asseoir sous la tonnelle, les soirs d'été, pour contempler les étoiles naissantes dans le ciel tout en écoutant la paix du monde.

Lucia sourit. Le plein soleil sur la nature environnante semble accordé à son cœur. Il lui vient un sentiment qu'elle n'a jamais éprouvé. Le bonheur est là, dehors, dedans, partout. Les cruautés de la vie et les effrois du cœur sont désormais derrière elle et tous ses fardeaux sont défaits. « Me voilà au bout de mes peines », songe-t-elle.

Elle a une pensée pour les Cambon. « C'est grâce à eux si je suis là, je leur en serai éternellement reconnaissante », songe-t-elle. Décidément, Joseph avait raison, la vie savait mieux qu'elle-même où elle devait aller. Elle contemple le ciel et remercie son étoile. « La vie, la vie, la vie », se répète-t-elle avec ivresse. Les douleurs passées, les espérances, les chemins à venir, la grande roue des jours, les collines alentour, les vignes, la garrigue, les oiseaux lents qui tournoient dans l'azur, tout cela a enfin un centre et c'est Sylvain. Elle est si émue qu'elle ne peut réprimer un sanglot. Sylvain se penche sur elle et s'inquiète :

— Lucia ?

Elle le rassure d'un sourire.

— Oh ! c'est d'amour et de bonheur, souffle-t-elle. J'ai l'impression de vivre une nouvelle naissance.

Il caresse ses joues, ses lèvres, sèche ses larmes et le baiser qu'ils échangent est tendre, chaud, plein de promesses. Quand ils se séparent, Lucia est radieuse. Dans un geste irréfléchi de total abandon, elle prend la main de Sylvain et la porte à sa bouche.

— Maintenant, nous sommes deux, Sylvain, souffle-t-elle. Je me sens forte parce que je sais que nous serons toujours ensemble pour affronter les soucis et les ans. Je vais vivre, enfin !

Elle lève les yeux sur lui et s'écrie, elle-même étonnée de son emportement :

— Nous serons invincibles !

À cette vantardise, elle ne peut s'empêcher d'éclater de rire et, cette fois, c'est elle qui enlace son amoureux et le serre de toutes ses forces dans ses bras.

Note de l'auteur

On n'écrit pas un roman par hasard. Sa trame se tisse patiemment au hasard des idées qui surgissent, des rencontres, parfois de ses propres souvenirs du temps béni de sa jeunesse ou encore de ses lectures. J'avais envie, depuis longtemps, de raconter une histoire qui se déroulerait dans mon pays natal, Ganges.

Au sortir de la guerre, dans les années 1950, cette petite ville du nord de l'Hérault est en plein essor. La demande de bas est de plus en plus forte avec l'engouement pour le bas Nylon qui va entraîner inexorablement la chute de la consommation du bas de soie. À cette époque, la région de Ganges-Le Vigan, en englobant Saint-Hippolyte-du-Fort, Saint-Bauzille-de-Putois, Arre et Sumène, est la deuxième région française de production après Troyes. Les gens gagnent bien leur vie, il y a autant de travail pour les femmes que pour les hommes. Les magasins sont nombreux et bien achalandés, les bars regorgent de clients.

Mais il n'y a pas que l'industrie textile pour apporter de la prospérité. La société minière Pennaroya, qui exploite le gisement de plomb et de zinc à Saint-Laurent-le-Minier, embauche à tour de bras. Je l'ai déjà dit : après les destructions dues à la guerre et les équipements nouveaux, on a besoin de beaucoup de plomb pour les canalisations, et de zinc pour les caisses à eau et les gouttières. Heureux temps du plein-emploi !

Dans ce contexte, et après les années noires de la guerre, les deuils, l'éloignement des prisonniers, les privations, les gens avaient envie d'être heureux, de rire, de s'amuser. Il régnait une irrésistible soif d'insouciance. Les fêtes étaient nombreuses, joyeuses et sans violence. Ganges organisait même un carnaval qui attirait la grande foule, y compris des villages voisins.

On me dira peut-être que je décris un temps un peu trop idyllique mais, chacun le sait, on ne guérit pas de son enfance.

Un dernier mot pour préciser que tous les personnages de mon roman sont évidemment imaginaires.

Remerciements

Je veux exprimer ma plus vive reconnaissance et mes remerciements à toutes les personnes qui m'ont donné de précieux renseignements ainsi que de la documentation. Sans eux et leur extrême gentillesse, je n'aurais pu écrire ce roman.

En premier, merci à M. René Meyrieu, ancien industriel de la bonneterie à Ganges, pour ses nombreuses précisions concernant les difficultés qu'affrontait l'industrie du bas à cette époque, côté patronal. Tant au niveau de l'équipement que de l'approvisionnement en matières premières. Sans oublier les rapports parfois un peu rugueux avec les syndicats.

Merci à Mme Estelle Bougette, du Musée cévenol du Vigan, pour ses renseignements et, surtout, pour m'avoir confié la revue : Bas et collants, tradition et avenir en Cévennes. *Une mine d'informations sur cette industrie.*

Merci à Mme Renée Amarvier et à son mari, René, responsables de l'association Mémoire du patrimoine minier des Malines. Mme Amarvier est fille de M. Valat, ancien mineur. Elle m'a permis de contacter plusieurs mineurs qui ont bien connu le travail de la mine à cette époque.

Merci à M. René Janel, ancien mineur et délégué syndical dont le savoir encyclopédique sur la mine des Malines n'a d'égale que sa gentillesse et sa disponibilité.

Merci à M. Patrick Cournier, fils d'Henri Cournier, chef de poste, pour ses renseignements, en particulier sur les « chalets de la mine ».

Merci à M. Jean-Charles Mostaquetti, ancien mineur, pour sa documentation.

Merci pour les conversations avec MM. Georges Broat et Jean Durand, anciens mineurs.

Je ne peux terminer sans rendre un hommage appuyé à mon ami Pierre Chillet, historien, romancier et conférencier bien connu dans les Cévennes qui a l'extrême gentillesse d'enrichir depuis toujours mes ouvrages de ses avis et corrections… ô combien avisés.

Dans la même collection

Dans la même collection

www.deboree.com
livres@centrefrance.com

Imprimé en France par CPI
en janvier 2022
N° d'impression : 2062979
Dépôt légal : avril 2022
ISBN : 978-2-8129-3163-5
ISSN : 1627-6779